外れスキルをもらって異世界トリップしたら、チートなイケメンたちに溺愛された件

カイルアイネン
ラルドの剣の聖霊。
やんちゃでお喋り好き。
ラルド
異世界の国ソージェイアの騎士。
無表情なため一見、怖いが
実は親切。
増《ます》倉《くら》優《ゆ》愛《あ》
神さまのミスにより
死んでしまった女子大生。
聖霊と話せる能力をもらって
異世界トリップした。
登場人物紹介
Main Characters

ジュリア
ソージェイアの王族に
代々伝わるピアスの聖霊。
レジェール
ソージェイアの王太子。
結構、腹黒。
ラディスラフ
セレスタンの剣の聖霊。
セレスタン
ソージェイアの騎士団長。
いかつい大男だが
可愛い物好き。

プロローグ　神さまのお詫《わ》びは〝外れスキル〟でした

どこまでも見渡す限り真っ白な空間。

その白に溶け込むように、白い応接セットがポツンと置かれている。

見かけを裏切らない極上の座り心地のソファーに腰かけた優愛《ゆあ》は、絶賛混乱中だ。

「本当に、なんと言ってお詫《わ》びしたらいいものか――」

この非常識な空間の中、まるで仕事でミスをした平社員みたいに身を縮めているのは、この世のものとも思えないイケメンだ。腰まで届く銀の髪に、秋の空のような真っ青な目。左右対称で完璧な美貌《びぼう》の中で、眉だけが情けなく下がっている。

「……えっと、つまり私は、そちらの手違いで寿命が来る前に死んだんですね？」

優愛は一応、ここまで聞いた話の中で、唯一理解できた部分を確認した。

「は、はい！　誠に、申し訳ございません！」

完璧なイケメンが深々と頭を下げる。

このイケメンが言うことには、つい一時間ほど前、優愛は大学に行く途中の交差点で事故に遭《あ》って死んだ……らしい。今朝は特別に寒い日で、路面に張った氷にタイヤを滑らせたトラックにはねられたのだそうだ。

そして、その今朝の寒さは、目の前のイケメンの職務怠慢が原因だという。

なんと、彼は神々の世界で天候を司《つかさど》る役目を持つ機関の地球担当課長代理――イケメン曰《いわ》く中間管理職らしい。名はミュール。

一応神さまみたいなので、ミュールさまと呼んだほうがいいのかと聞いたのだが、呼び捨てにしてくれと頼まれた。

「いやぁ、部下がほんの少し上空の温度設定を間違えましてね。昨晩中に報告はもらっていたのですが正直ここまで冷えるなんて思っていなかったんですよ。それでも何事もなければ、ちょっと寒いなくらいで済んだはずなのですが、よもやトラックが滑って、しかもよりにもよってあと百年足らずの寿命を全《まっと》うすれば《解脱《げだつ》の域》に達するお方を殺してしまうとは……まったくの想定外でした」

どこからか取り出した白いハンカチで額《ひたい》の汗を拭きながら、ミュールは申し訳なさそうに話す。

イケメンなのに、おじさん臭い話し方と仕草である。

彼が言うには、優愛は一千年に亘《わた》って輪廻《りんね》転生を繰り返していて、今世の寿命を全《まっと》うすれば《解《げ》脱《だつ》》し、神の領域に入魂できる稀有《けう》な魂《たましい》の持ち主なのだそうだ。

「私のうっかりミスで、あなたの一千年に亘《わた》る努力を無に帰《き》すなど、自分で自分が許せません！」

ハンカチを握りしめミュールは悔しがる。

「はぁ」

そうは言われても優愛には実感がなかった。

彼女は、日本の平均的な家庭に生まれ育ったごくごく普通の女子大生だ。それ以外の記憶など少しもなく、当然、千年に及ぶ輪廻《りんね》転生など、欠片《かけら》も覚えていない。

「私、そんな大した人間ではないと思いますよ？」

「何をおっしゃいます！　ご自分が死んだというのに、慌《あわ》てず騒がず泰然自若《たいぜんじじゃく》としたその態度！　それこそが、あなたの魂《たましい》が数多《あまた》の経験と苦難を乗り越え、悟《さと》りを開かんとする境地の一歩手前にいるという何よりの証拠なのです！」

ドン！　と机を叩《たた》き主張するミュールに、優愛は再び「はぁ」と曖昧《あいまい》に頷《うなず》いた。

別に彼女は泰然自若《たいぜんじじゃく》としているわけではない。ただ単に、混乱しているだけなのだ。

（いきなり『あなたは死にました』なんて言われても……どうすればいいの？）

これで、せめてトラック事故の痛みや苦しみ、恐怖があったのなら、自分の死だけでも実感できたのかもしれないが、即死だったせいなのか、優愛は自分がトラックに轢《ひ》かれたことさえ認識できていない。

今の彼女が一番強く感じているのは、戸惑《とまど》いだ。

そんな優愛の思いをよそに、ミュールはズズイッと身を乗り出してきた。

「そこで、ご提案なのですが――優愛さまにおかれましては、最近巷《ちまた》で流行の〝異世界トリップ〟をなさってみませんか？」

「はぁ？」

優愛の混乱に拍車がかかる。

「私があなたの体を再生します。あなたは残りの百年ほどの人生を異世界で生き直してください！　本当は、現在まで生きていらっしゃった地球に生き返らせることができればいいのでしょうが、さすがにそれは規定違反なのです」

地球での優愛はトラックに轢《ひ》かれて即死してしまった。既《すで》にそれは事実として確定しているため、覆《くつがえ》せないのだという。また、同じ世界に再び人間として転生するには、百年以上の時間が必要らしい。

「でもご安心ください。環境や生態系などは、できるだけ地球に似た世界を選択いたします。それでも多少の違いは出てしまいますが、ちゃんと人間がいて、そこそこ文明の発達している所ですよ。それに、そうだ！　お詫《わ》びとして今のあなたにはない〝スキル〟もつけさせていただきましょう。その世界での生活に役立つチート能力が、選《よ》り取《ど》り見取りです。実は、既《すで》におつけするスキルの目星もつけてあるのです。きっとお気に入りいただけるはずです。そこでちょっとした〝功徳《くどく》を積み〟、寿命を全《まっと》うしてくだされば、あなたは間違いなく解脱《げだつ》できるのです！　そうすれば私のミスもノーカウントになりますし、いいことずくめ！　ね、ね、ぜひそうしましょう!!」

ミュールは、必死な表情で頼み込んできた。

なんだか彼の本音がダダ漏れな気がして、優愛はちょっと引く。

それに〝功徳《くどく》を積む〟とは、いったい何をすればいいのだろう？　普通、功徳《くどく》と言えば善《よ》い行いのことだと思うのだが。

「あの、功徳《くどく》って具体的には何をすればいいんですか？」

確認は必要だろうと思って、優愛はたずねてみた。

するとミュールが安心させるように微笑《ほほえ》みかけてくる。

「ああ、ご心配は無用ですよ。功徳《くどく》と言ってもそんなに難しいことをする必要はないのですから。元々あなたの魂《たましい》は、よほどの悪行をしない限りは間違いなく解脱《げだつ》できたはずのレベルなのです。それが今回異世界トリップという特別措置《そち》を受けることにより、追加のささやかな善行が必要になるというくらいで。本当に気にするまでもなく、普通に暮らしていても、あなたならば大丈夫だと思います。ですが、そうですね。もしもお気になさるのであれば、これから行く世界に存在する〝聖霊〟を助けてあげてくれませんか？」

いいことを思いついたというように、ミュールはポンと手を叩《たた》いてそう言った。

「聖霊？」

優愛はポカンと聞き返す。

「はい。これから行く世界には聖霊と呼ばれる存在がいるんです。長く生きた鳥や獣、あとは古びて意思を持った道具や自然物などに宿る〝モノ〟の総称なのですが」

「鳥や獣、それに〝道具〟ですか？」

「ええ、そうです。道具に宿るモノ。地球にも〝聖霊〟という概念はあったと思うのですが？」

概念はあっても、実際にはいないもののはずだ。これから行く世界には、そんな存在がホントにいるということなのだろうか？　しかもそれを助けてほしいと頼まれてしまった。

驚く優愛に、ミュールは説明を続ける。

「実は、最近その世界では聖霊の弱体化が問題になってきているのです。以前は、人間と変わらぬ姿で顕現《けんげん》し意思疎通もできて大きな力を使えていた聖霊なのですが、ここ百年くらいは、人間が見ることもできず言葉も通じない存在になってしまったのです。どうにかして顕現《けんげん》しても、ちょっと小さなものになってしまって。当然影響力も下がり、このままでは人間と聖霊は共存できなくなるのではないかと案じられています」

ミュールの秀麗な額《ひたい》に、深いしわが刻まれる。

どうやら大変な問題のようなのだが、自分に何かできるとは優愛にはとても思えない。

「ええと、そんな大変な問題なら――」

断ろうとした彼女を、ミュールが焦《あせ》って遮《さえぎ》った。

「ああ、大丈夫です。聖霊の弱体化については、その世界の神がきちんと対応していますから。優愛さまにそんなご面倒をかけるつもりは、さらさらございません！　ただ、神の対応策の効果が現れるまでまだもう少し時間がかかるので、その間、聖霊の話し相手になってほしいのです」

「話し相手？」

優愛が聞き返せば、ミュールは「はい」と頷《うなず》く。

「人間と聖霊の間で言葉が通じなくなったと、先ほど言いましたでしょう。実は聖霊は非常にコミュニケーションを好む性質を持っているのです。元々、聖霊の個体数は少ないため、仲間同士では限られてしまうコミュニケーションを人間と会話することで補《おぎな》っていました。ですが弱体化以降、それができなくなって困っているのです。それで、優愛さまには、彼らの話し相手になっていただけないかと」

ただ単なる話し相手になるだけ。それならば優愛にも簡単にできそうだ。

「本当にそれだけでいいんですか？」

「もちろん！　もちろんです。ただその場合、優愛さまにお付けする〝スキル〟は、【聖霊の加護】一択になってしまいますが。このスキルは、聖霊が見えて話もできるという便利なスキルなのです。ところが、最近は肝心な聖霊が弱体化しているため、人間の間では〝外れスキル〟と言われて疎《うと》まれているのです」

たしかに、加護を与えてくれる存在である聖霊自体が弱くては、外れと判断されても仕方ない。

もっとも、聖霊と話をすればいいだけの優愛には、外れであろうと関係ないことだ。

「いずれ聖霊の力が戻れば、絶対お得なスキルになるのは間違いありません！　ですから！　優愛さま、どうか私の提案を受けていただけませんか？」

ミュールは、どこか必死な様子で頼んでくる。

優愛は、考え込んだ。

ミュールの話に悪いところは見当たらないが、まだ自分が死んだ実感もないのに簡単に頷《うなず》いていいものか。

そんな優愛のためらいを、ミュールは違うほうに受け取ったようだ。

「ああ、ひょっとして地球のご家族がご心配ですか？　……わかりました。それではご家族の悲しみを和《やわ》らげるために、ご家族のもとに新たな命——具体的には、あなたのお姉さんに赤ちゃんを授《さず》けることにいたしましょう。あなたを亡くした悲しみは減らないかもしれませんが、新たな家族の誕生で、ご家族には喜びが増えるはずです」

「……赤ちゃん」

優愛は大きく目を見開いた。

彼女の姉は結婚三年目。まだ子宝に恵まれず、心配した両親に不妊治療を勧められている。姉自身は「三年間子どもが生まれない夫婦くらい、たくさんいるじゃない」と明るく言っているが、その実不安を抱えていることに優愛は気づいていた。

「本当に赤ちゃんが生まれるんですか？」

「ええ、もちろんです。玉のような可愛い赤ちゃんをお約束しますよ」

その言葉に、優愛は目を輝かせる。そうなれば、こんなに嬉しいことはない。

「ありがとうございます。ぜひお願いします！」

喜色満面でそう言った。

このとき、優愛はうっかり失念していたのだ。

赤ちゃんが生まれる＝《イコール》自分が異世界トリップを承諾することになるのだということを。

「いやぁよかった！　快《こころよ》くご承諾いただきありがとうございます!!　これで、あなたも私も万々歳ですね！　では善は急げです。あなたの気が変わらないうちに早速異世界トリップしていただきましょう」

ミュールは大袈裟《おおげさ》なほどに喜んで、優愛の両手を握りブンブンと上下に振る。

ハッと気づいたときには既《すで》に遅く、優愛の体から力がスーッと抜けていった。

「大丈夫です。大奮発してあなたを助けてくれそうな人のところへ直接トリップさせますからね。聖霊の話し相手になる件も、その人の側にいれば自然にうまくいくでしょう。なんの心配もいりません！　スキル【聖霊の加護】を使って、異世界で大往生《だいおうじょう》してくださいね‼」

最初は大きく聞こえていたミュールの言葉も、遠くへ離れるように段々小さくなる。

視界が真っ白に塗りつぶされ、優愛は呆然《ぼうぜん》とした。

（異世界トリップ？　え？　本当に、異世界？）

急な展開に、混乱が混乱を呼び、思考がグルグルと回りはじめる。

そのまま耐え切れず……プツンと意識を失った。

第一章　第一〝異世界〟人発見！

フッと、意識が覚醒《かくせい》した。

閉じている瞼《まぶた》の裏が明るい。頬に風を感じる。草の匂いもするから、ここは屋外なのだろう。

(私、どうして外で寝ているの？)

不思議に思いながら、優愛は目を開けた。同時に視界に、若い男性の顔が飛び込んでくる。彼は驚いているようで、サファイアみたいな青い目が大きく見開かれていた。

優愛は上体を起こし、その青に見入ってしまう。

(うわぁ〜！　外国のファンタジー映画に出てくる騎士みたいな人だわ)

やけに例えが具体的なのは、目の前の男性が本当に騎士みたいな格好をしているからだ。

青いマントに黒い詰襟《つめえり》の軍服。裾《すそ》の長いサーコートに、極めつきは腰に佩《は》いた立派な長剣だ。

(うん。間違いなく騎士よね。……ってことは、日本だったら自衛隊員か警察官ってとこなのかしら？　ミュールの言っていた、私を助けてくれそうな人って、この人のこと？)

中間管理職な神さまの言葉を思い出した優愛は、心の中でそう思う。

もしも優愛が夢を見ているのでないならば、ここは異世界のはずだ。騎士の後ろに見える空は青く、雲は白い。太陽の位置が低く空気がひんやりしているので、おそらくまだ早朝なのだろう。

地球とまったく同じ空に見えるのだが、まず間違いなく異世界だと感じる。

（だって、そうでなければこの男の人は、コスプレイヤーかファンタジー映画を撮影中の俳優さんくらいしか考えられないんだもの。でも、とてもそんな風には見えないのよね）

優愛は目の前の男性にジッと視線を注いだ。

ちなみに、目が覚めてから今この瞬間まで、優愛も男性も無言である。

ついでに言えば男性は無表情。もしも傍《はた》から二人を見ている人がいれば、双方ともにとても落ち着いていると感じるだろう。

しかし、男性の心境はいざ知らず、優愛のほうはかなり動揺していた。今すぐ全ての思考を放り出し、思いっきり悲鳴を上げたいと思うくらいには。

彼女が悲鳴を上げない理由は、ひとえに目の前の騎士がこちらを睨《にら》んでいるからだ。彼は整った顔をしているのだが、その分人間味が薄く、正直とても怖い。怖すぎて悲鳴すら上げられない。

（……う、動けない。私、何かこの人を怒らせるようなことをした？）

優愛には、まったく心当たりがなかった。

（おかしいわ？　この人は私を助けてくれる人のはずなのに）

朝日が徐々に昇ってきて、ひんやりとしていた空気が温まってくる。草の中にいたバッタみたいな虫がピョンと視界の端で動いたが、それでも優愛は動けなかった。

蛇《へび》に睨《にら》まれた蛙《かえる》のごとく、しばらく睨《にら》めっこをしていたのだが――

「○◎△×△――」

突如《とつじょ》、感情の読めない低い声で、目の前の騎士が喋《しゃべ》りだす。未知の呪文みたいな言葉で、まったく、さっぱり、聞き取れない。

(これって異世界の言葉なの？　全然わからないんだけど！)

優愛は心の中でがっかりする。知らない場所で言葉が通じないのは、とても不便だ。

自慢ではないが、英語の成績は中の下。大学も英語をあまり重視しない学校を選んだくらいに、外国語が苦手だ。

ミュールは聖霊の話し相手になってほしいと言っていたが、もしも聖霊がこの人と同じ言葉を話すなら、とてもじゃないが会話などできないだろう。

「×◇□××――」

返事をしない優愛に焦《じ》れたのだろう、騎士の口調が先ほどより強くなった。

ますます怖くなった優愛は、小さく体を震わせる。

そのとき――

『あ～あ、まったく不器用な奴だな。怖がらせているじゃねぇか。なんで愛想笑いのひとつもできねぇんだよ』

呆《あき》れたような〝言葉〟が、聞こえた。

「え？」

思わず優愛は聞き返す。間違いなく日本語だ。

「◎△×○◇――」

その声を聞いた騎士が、ズズィッと身を乗り出してくる。しかし彼の口から聞こえるのは、相変わらず意味不明な呪文だけ。

(えっと？　この騎士さんじゃないわよね？　言葉がわかるってことは、ひょっとしてどこかに聖霊がいるの？)

困惑した優愛の耳に――

『おいこら！　そこで不用意に近づくな。またその娘《こ》が怖がるだろう！』

再び日本語が聞こえてくる。明らかに騎士の声とは違う、少し高めの男の人の声だ。

優愛は、キョロキョロと辺りを見回す。

(どこ？　どこにいるの？)

周囲には人っ子一人見えない。それどころか、犬や猫といった生き物さえいなかった。だとすれば、この騎士と会話するしかないわけで。

「えっと？　日本語、話せますか？」

「◇□△○×××！」

「あの……その聞き取れない言葉じゃなくて、先ほど、どこからか聞こえてきたほうの言葉を話せますか？　あなたも聞こえましたよね？」

「……○○×？」

一生懸命話しかけるのだが、騎士は無表情のまま首を傾《かし》げるばかり。

(まさか、私にしか聞こえなかったの？　いったいどうすればいいのよ)

優愛は途方に暮れる。

そのとき、再び、日本語が聞こえた。

『まさか？　おい！　お嬢ちゃん、俺の言葉がわかるのか？』

優愛は声のしたほうにジッと視線を注ごうとして——パッと目を逸《そ》らす。だって仕方ない。声が聞こえてきたのは、目の前の騎士の下半身、しかも腰の辺りだったのだ。

（いくら服を着ているからって、男の人の下半身を凝視できないわ！）

優愛が赤くなっていることなど気にもせず、声は話しかけてくる。

『おいおい！　なんで目を逸《そ》らすんだ？　聞こえているんだろう？　話しているのは俺だよ！　俺！　こいつの佩《は》いている〝剣〟だ！　名剣カイルアイネンさまだよ！』

（え？）

優愛はビックリして目を見開いた。

思わず視線を男性の下半身——正確には、腰に佩《は》いている長剣に戻し、まじまじと凝視する。

黒地の鞘《さや》に入ったその剣は、ずいぶん古びて見えた。柄《つか》も黒で目立った特徴はなく、ただ一か所柄頭《つかがしら》に、紺《こん》に金色のまじった宝石がついている。

「ひょっとしてラピスラズリかしら？　宝石がついているのは凄《すご》いけれど、でも名剣って言うには全体的に地味？」

声に出して呟《つぶや》くと、すかさず抗議の声が聞こえてきた。

『なんだ地味とは！　失礼な！　その辺の儀礼用のお飾り剣と一緒にするなよ！　俺は武の名門ス

ティブ家に先祖代々伝わる由緒正しい名剣なんだぞ！』

剣――カイルアイネンが一瞬、わずかに震えたように見えた。

「えっと？　まさか、本当に剣が喋《しゃべ》っているの？」

優愛は呆然《ぼうぜん》とする。

そういえばミュールは、鳥や獣だけでなく古びて意思を持った道具や自然物などに宿る〝モノ〟も聖霊なのだと言っていた。

そこで、剣の柄頭《つかがしら》についている宝石がキラリと光る。

『おう！　本当に俺の声が聞こえているみたいだな。まあ、声って言っても、俺たちがやり取りしているのは思念だから、言語の種類に関係なく意味が通じているんだろう。お前は【聖霊の加護】を持っているのか？』

ズバリ聞かれて、優愛は大きく頷《うなず》いた。

「はい。持っています。【聖霊の加護】のスキルを」

『うぉっ！　本当か⁉　やったぜ！』

カイルアイネンが興奮して叫んだ。

『俺は鍛《きた》え上《あ》げられてから、かれこれ二百年は経つんだが、そのスキルを持つ人間と話すのは百年ぶりだ。最近の人間は【聖霊の加護】を〝外れスキル〟なんて言ってバカにして取ろうとしないから、誰も持っていないしな。うんうん。お前は見上げた心がけの人間だ。ずいぶん若く見えるが、経験を積んだ冒険者なのか？』

聞かれて優愛は、ブンブンと首を横に振った。

「ち、違います！　私はごく普通の女子大生で、冒険なんてしていません！　私が……えっと、カイルアイネンさん？　の声が聞こえるのは、神さまがそうしてくれたおかげです！」

優愛は全力でカイルアイネンの勘違いを否定した。

そのとき――

「△○×!?」

突然身を乗り出した騎士が、優愛の肩を掴み無表情で迫ってくる。

「へ？　え？　なんて？」

『ハハハ。お前が急に訳のわからないことを叫び出したから、錯乱《さくらん》したんじゃないかと心配しているのさ。「大丈夫か!?」だってよ。こいつは、こう見えて面倒見のいい優しい奴なんだぜ。ただ悲しいかな、感情が顔に出なくてな。〝氷の騎士〟なんて呼ばれている』

カイルアイネンは、騎士が優愛を心配しているのだと説明してくれた。

しかし、真顔で近づく騎士は恐ろしい迫力で……はっきり言って怖い。肩も身動きできないほどガッチリ掴まれていて、心は萎縮《いしゅく》するばかりだ。これで心配しているなんて、とても信じられない。

優愛が恐怖に顔を引きつらせていると、カイルアイネンのほうから悲しそうな声が聞こえてきた。

『そんなに怖がらないでやってくれ。本当にこいつは、いい奴なんだ。俺はこいつを子供だった頃から知っている。幼い頃のこいつは、内気で引っ込み思案《じあん》で人と争うのが嫌いな子供だった。いつもできのいい兄貴の後ろに隠れているような子だったんだ。でも、その兄貴が病気で急死しちまって、いきなり跡取りに祭り上げられて……〝俺〟を押しつけられて、だんだん笑えなくなってしまった』

それは、可哀そうな話だった。

今、目の前にいる恐ろしい男と、カイルアイネンの話の中の子供はどうにも結びつかないのだが、きっと嘘ではないだろう。

なぜならば、カイルアイネンの声の響きからは、騎士に対する心配と愛情が感じられるから。

(……そ、そうよね。肩は掴まれているけれど、痛いほどじゃないし……乱暴をしそうには見えないわ。怖いくらい真剣な顔も、きっと私を心配してくれているせいだろうし)

優愛は、自分にそう言い聞かせる。

だから怖がらずに騎士と向き合おうと思い、頑張って笑みを浮かべて視線を合わせる。

「え、えっと……私は大丈夫です。心配してくださって、ありがとうございます」

おずおずと優愛がそう言ったとたん、騎士はガチン！　と固まった。無表情な顔の中で、青い目がわずかに大きくなっている。

(え？　急にどうしたの？)

『ハハハ！　こいつ、女の子にまともに笑いかけられて動揺してやがる』

カイルアイネンが大爆笑しだした。

「動揺ですか？」

この無表情のどこに動揺の要素があるのだろう？

しかし、よくよく見れば、銀色の髪からのぞく耳の先がほんのり赤い。

「ひょっとして、この人、照れているんですか？」

『おお！　正解だ。よくわかったな。長いつき合いの俺だって、そうそうわからないのに。お前、こいつと波長が合うんじゃないのか？』

優愛はブンブンと首を横に振った。こんな迫力たっぷりな騎士と波長が合うなんてありえない。

「◇□×△○××――」

その後、相変わらず無表情だが、先ほどよりずいぶん落ち着いた感じで騎士が話しかけてくる。

『こんな野原でいつまでもこうしているわけにもいかないからとりあえず一緒に行かないかと、こいつが言っている。――お前はさっき〝神さま〟とか言っていたし、かなり訳ありなんだろうが、そんなお前が頼る相手として、こいつは適任だぞ。なんせ王都の騎士団の第五隊長さまだ。ちょっと……いや、かなり無愛想だが、拾った子猫は絶対捨てられないタイプの面倒見のいい奴なんだぜ！』

ここぞとばかりに、カイルアイネンが騎士のアピールをしてきた。騎士は相変わらず無表情ながら、彼の言う通り、こちらを見る青い目の中には心配そうな色が見える。

優愛は、カイルアイネンの言葉は本当なのだろうなと感じた。

（それにどの道、私はこの人を頼ることしかできないんだし）

ここが異世界ならば、優愛の常識は通じない。日本にいた頃のように、近くの交番に駆け込み住所と名前を告げて保護してもらうことはできないのだ。

（ミュールも私を助けてくれそうな存在のところへ直接トリップさせるって言っていたし、それがこの人なら申し出を受けて一緒に行くのが正解なのよね？　それに、さっそく聖霊にも会えて、会話もできたわ）

そう思った優愛は、首を縦《たて》に振る。

「わかりました。お世話になります」

当然、彼女の言葉は騎士には通じなかった。

しかし、態度から自分の提案が受け入れられたのがわかったのだろう、騎士はなんとなく嬉しそうな様子になる。――まあ、無表情は変わらないので、あくまで〝嬉しそう〟という優愛の印象でしかないが。

「×〇◇□――ラルド・ロベリーグ・スティブ」

聞き取れない早口の後、ゆっくりした発音で「ラルド・ロベリーグ・スティブ」と言った騎士が、大きな手を優愛に向かって差し出した。

「ラルド……何？」

首を傾《かし》げる優愛に、カイルアイネンが説明してくれる。

『名前だ。ラルド・ロベリーグ・スティブっていうのは、こいつの名前だよ。手に掴まれって言っている。あと、お前の名前も聞いているぞ』

どうやら騎士――ラルドは、優愛に名乗ってくれたらしい。

優愛は慌《あわ》てて彼の手を取った。手伝ってもらって地面に座り込んでいた体勢から立ち上がり、反対の手で自分の胸を指さす。

「優愛です。増倉《ますくら》優愛。私の名前です！」

しっかり名乗った。――なのに。

「ユア？　……デス・マスク……ラ・ユーア？」

「へ？　……い、いや、その！　……もうっ！　ユアでいいです。……ユ・ア！」

(デス・マスクって何？　いくらなんでも縁起が悪すぎるわ！)

そう思った優愛は、自分を「ユア」と名前で呼んでもらおうと提案する。

「ユア？」

コクコクと頷《うなず》いた。

『へぇ～？　ユアか、いい名だな。俺はさっきも言ったが〝名剣カイルアイネン〟だ！』

その言葉が聞こえると同時に、優愛の目の前でポン！　と黒い煙《けむり》が立ち上る。煙《けむり》が消えた後には、身長十センチ、三頭身くらいの可愛いフィギュアみたいな人が現れた。

長い黒髪をポニーテールにしていて、ラルドと同じ服装、小さな剣を腰に差している。紺《こん》に金色のまじったラピスラズリのような大きな目が、優愛を見上げていた。

「え？　ひょっとして、カイルアイネンさんですか？」

こんな不思議な存在は、彼以外にいないだろう。ミュールは、【聖霊の加護】があれば聖霊を見ることができるとも言っていた。

『おうっ！　そうだ。本体は剣だが、まあ分身みたいなもんかな。昔は、もっとでかい姿にもなれ

たんだが、最近はこの大きさが精一杯だ。カイルさんって気安く呼んでくれていいぜ』

カイルアイネンは、楽しそうに話しかけてくる。

優愛はプルプル震えた。

「もうっ！　そんな分身を出せるなら、どうしてもっと早く出してくれなかったんですか⁉」

そうしたら、あんなにラルドの下半身を凝視しないですんだのに！

『あ、いや？　もうずいぶん分身を使っていなかったからな。出せることを忘れていた』

頭をかきかき、カイルアイネンはテヘッと可愛く笑う。

（か、可愛すぎて怒れない‼）

優愛は心の中で悶絶《もんぜつ》した。

こうして、互いに名乗り合った二人――正確には、二人と一本の剣は歩き出す。

これが、異世界トリップした優愛と、ソージェイア王国王都騎士団第五隊長ラルド・ロベリーグ・スティブ、そして彼の持つ名剣の聖霊、カイルアイネンとの邂逅《かいこう》だった。


その後、ラルドは優愛を連れて街道に戻った。

二人が出会った場所は街道沿いの野原で、優愛はそこに倒れていたのだ。

戻る途中に大きな木があって、そこにラルドの馬が繋がれている。大きく立派で賢《かしこ》そうな馬だ。

ラルドは、たまたま通りかかり優愛を見つけたのだという。

『運がよかったたな』

カイルアイネンは、しみじみとそう言った。

今は早朝で人通りはないが、もうしばらくすると街道を種々雑多な人々が通るという。通行人の中には、気性の荒い無法者や奴隷を扱うあくどい商人もいるそうで、そんな輩《やから》に見つかった単身の女性がどんな目に遭《あ》うかは、聞くまでもないことだ。

もちろん、優愛の幸運は偶然ではなく神の采配《さいはい》なので、彼女がそんな目に遭《あ》うことはないだろうが、それでもラルドに助けられた事実は変わらない。

これだけでも感謝してもしきれないくらいお世話になっている優愛なのだが、さらに彼の手を借りることになった。

馬は一頭、人間は二人。このため、ラルドは当初優愛を馬に乗せ、自分は轡《くつわ》を持って徒歩で馬を引こうとしたのだが、彼女が一人では馬に乗れないことが判明したのだ。

(だって、牧場のポニーくらいしか乗ったことがないんだもの！　こんなに大きな馬なんて近寄ったこともないわ)

言葉の通じぬ優愛は、心の中で必死に言い訳する。

地球の馬と異世界の馬が同じかどうかはわからないが、優愛の心境的にはこちらの馬がものすごく大きく見えた。なんとか乗せてもらった馬上は想像を遥《はる》かに超えて高く、鞍《くら》に座ったとたん怖くなったのだ。

優愛は顔を強張《こわば》らせ、首をブンブンと横に振る。

「無理無理！　絶対無理です!!」

日本語が通じないラルドにも、その意思は間違いなく伝わった。

結果、優愛は馬上でラルドの前に座り体を支えてもらう形で二人乗りをすることになる。

（それだけでも、ものすごく恥ずかしくて申し訳なかったのに……私ったら、馬を走らせてから一時間も経たないうちに疲れて手綱《たづな》に掴まっていられなくて落馬しかけたんだもの……ラルドさんがいなかったら、きっと大ケガしていたわ）

言葉も話せず馬にも乗れない優愛。しかも彼女は、何もない野原に一人で行き倒れていた。

それをどんな風に解釈したのかわからないが、ラルドはものすごく親切だ。

表情は変わらず無表情ながら、即座に馬を止め、優愛を抱き下ろす。そして彼女を片手で抱いたまま、脱いだ自分のマントを地面に敷いて、その上にそっと横たわらせてくれたのだ。

その後、慣れた様子でお湯を沸かしてお茶を淹《い》れ、さらに、携帯食らしい固い乾パンや干し肉を食べ易いようにちぎっては、温めたスープに浸《ひた》して渡してくれる。

——それは、まるで雛《ひな》を世話する親鳥のごとき過保護っぷり。

（なんていうか、間違いなく男の人なのに〝おかん〟みたいよね？）

申し訳ないなと思いつつも、優愛はそう感じてしまった。

（カイルさんの言う通り、ラルドさんは本当に面倒見のいい優しい人なんだわ。顔は、ちょっと怖いけど）

その怖いも、決して顔が厳《いか》つくて〝怖い〟のではなく、整いすぎて畏怖《いふ》する類《たぐい》の〝怖い〟だ。

ラルドは、表情が表に出て優しく笑えるようにさえなれば、世にいうスパダリと呼んでも遜色《そんしょく》ない人物なのかもしれなかった。

そんな優しい人物に助けられた幸運に、優愛は心から感謝する。

ゆっくり休憩した後で、優愛は再び馬上の人となった。

今度は落ちないように気をつける彼女に、カイルアイネンが話しかけてくる。聖霊がコミュニケーション好きだというのは本当で、カイルアイネンは話し好きで聞き上手。彼との会話は途切れることがない。

『へぇ～？　神さまのミスで、ここことは違う世界からやってきたんだって？　そりゃあまたスゴイ経験したもんだな。二百年生きている俺だって、まだ神さまなんかと会ったことはないぜ』

これまでの事情を聞いたカイルアイネンは、しきりに感心した。腕を組み、体の割に大きな頭を頷《うなず》かせる。

『そうか、それでユアは馬に乗ったことがないんだな？　尻は痛くないか？』

地球での生活をポツリポツリと話して聞かせる優愛に、カイルアイネンはそう聞いてきた。

ちなみに、彼女がカイルアイネンに話しかけるときは、声を出さず口の中で囁《ささや》くくらいにとどめていた。そうでなければ、優愛は始終独り言を呟《つぶや》く怪しい女性とラルドに思われてしまうからだ。

聖霊は声ではなく思念を聞き取るのだそうで、どんなに小さな声でも問題ないという。

「痛くなんてありません！」

しかし、尻が痛いかと聞かれた優愛は、恥ずかしさのあまり大声を出してしまった。

「○○×□△？」

すぐさま、ラルドが声をかけてくる。

優愛を自分の前に座らせたラルドの頭は、まさしく彼女の頭上にあるため、声が上から降ってくる形だ。

『ラルドが心配しているぜ。疲れたようなら休憩するって言っている』

ちなみに、カイルアイネンの分身体は、優愛の目の前で馬のたてがみにしがみついていた。ポニーテールに結んだ黒髪が、まさしく馬の尻尾《しっぽ》みたいにはねている。

カイルアイネンに、ラルドが言っていることを教えてもらった優愛は、慌《あわ》てて首を横に振った。

先ほどの休憩から、まだ一時間くらいしか経っていない。

「大丈夫です！　さっきも休憩したばかりなのに、そんなに休んでもらったら申し訳ないです！」

カイルアイネン曰《いわ》く、ラルドは地方での用務を終えて王都に帰還する途中で、それほど急ぐ旅ではないそうだ。しかし、用務での旅ということは、つまりは出張。出張中にそう何度も休憩を取るのは、ダメだろう。

首を捻《ひね》って後ろを振り向き、優愛はラルドの顔を見上げ必死に大丈夫だと訴える。

「△△△○、×××○——」

『遠慮するなって言っている。もう少し進んだら休憩するってよ』

しかし、言葉は通じず、結局そう言われた彼女は申し訳なさに深くうつむいた。

（こんなに休んでばかりじゃ、行程が遅れちゃうわ）

彼女の心配など気にした風もなく、少し進んだ先で休憩できる空き地を見つけたラルドは、サッと馬を降り、再び軽々と優愛を抱き下ろす。マントを脱いで下に敷くと、今度は上着まで脱いで畳んだ上に座らせてくれた。

（絶対、お尻が痛いのに気がついているわよね？）

優愛の頬が火を噴きそうなほど熱くなる。

「◇〇〇△×◇×□？」

『またお茶でいいか、それとも体をリラックスさせてくれる薬草茶にしようかって聞いているぜ』

カイルアイネンの声が聞こえて顔を上げれば、確かにラルドは缶を両手に持っていた。ラベルを優愛に見せて首を傾《かし》げているので、どちらがいいかと聞いているのは間違いない。

（まさか私にカイルさんの声が聞こえるなんて、ラルドさんにはわからないでしょうしね）

聖霊の声は、ラルドには聞こえない。

『右手に持っているのが普通のお茶で、左手が薬草茶だな』

説明してもらった優愛は、考えてから左手の薬草茶のほうを指さした。

一つ頷《うなず》いたラルドは、お湯を沸かして薬草茶を淹《い》れはじめる。

「本当に優しい人なんですね」

優愛がそっと呟《つぶや》くと、カイルが即座に反応した。

『おうおう！　そうだろう。子供時代のラルドは、傷ついた小動物や小鳥なんかを保護してはよく世話していたんだ。兄貴が死んでスティブ家を継ぐ立場になったりしなければ、家を出て薬師になりたいと言っていたこともあるんだぜ！』

小さな体で精一杯胸を反《そ》らし、カイルアイネンは自慢げに話す。だけど次にはガックリと頭を下げ悲しげな口調になった。

『本当にそうさせてやれたらよかったんだがな。スティブ家は、俺という名剣を代々受け継ぐ武の名門なんだ。その後継となったこいつには騎士以外の道はなく、しかも剣の才能があった。二十七歳の若さで騎士団の第五隊長にまでなっているのがその証拠だ』

ラルドの夢を叶えさせてやれなかったと、落ち込むカイルアイネン。

「カイルさんも、優しい聖霊なんですね」

思ったままの呟《つぶや》きに、カイルアイネンは照れて赤くなった顔を上げた。

『いやぁ。ま、まぁな。俺は二百年以上生きた剣だし、気遣いができて包容力があるのは当然さ！ユアも、遠慮なく俺を頼ってくれていいぜ！』

茶化しながらも、優愛に『頼れ』と言ってくれるのは、間違いなく優しさだ。

「ありがとうございます」

『お、おう！　いやぁ、そう改まって礼を言われると、なんだか照れるな。……そうだ！　異世界から来て何も知らないだろうユアに、優しいカイルさんが、いろいろ教えてやろう！』

照れ隠しなのか、カイルアイネンは勢いよくそう言った。

聖霊とたくさん話すのは、ミュールから頼まれたことでもある。だから優愛はためらいなく頷《うなず》く。

すると小さな聖霊は、意気揚々《いきようよう》とこの世界について話しはじめた。

――まず、この世界はタサムと呼ばれている。

ここは、タサムで一番大きな大陸アラコアの西に位置するソージェイアという国だという。

ソージェイアは王政で、今の王はリビェナ女王。二十九歳の王太子を筆頭に三人の王子がいて、王女はいない。

国の西側は海。他は北から順番にアベスカ、バラーン、ネスヴァド、スモロ、ズレクという五つの国に囲まれている。

アベスカ、バラーン、ネスヴァドとは仲がよいが、スモロ、ズレクとは冷戦状態等々《などなど》、立て板に水のごとく、カイルアイネンは説明する。

小さな手足を一生懸命動かして力説する姿は、とてつもなく可愛らしい。

『まあ、冷戦状態で、今は面と向かって戦争しているわけではないんだがな。十年前には、スモロと大きな戦《いくさ》をして、うちが勝っている。向こうが吹っ掛けてきた戦《いくさ》だったから、賠償《ばいしょう》として領土をかなり削ってやったんだ。それをスモロは逆恨みしてやがるのさ。スモロとズレクは昔からの友好国で、ズレクはスモロの肩を持っている』

「向こうが吹っ掛けてきた？」

戦争を仕掛けてくるなんて大事《おおごと》だ。いったい何があったのだろう？

気になって聞いてみると、カイルアイネンは大きなため息をついた。

『ああ。スモロの王女がうちの王太子に一目《ひとめ》惚《ぼ》れしたのさ。ところが王女は一人っ子の跡取り王女。スモロ王は、娘を嫁《とつ》がせるわけにはいかないんで王太子に婿《むこ》に来いと言い出した』

「……王太子さまが婿《むこ》ですか？」

それは、いくらなんでも難しいのではないか？

『ああ、三人も王子がいるのだから構わないだろうって言い分だ。バカも休み休み言えってんだよな。勝手に向こうで熱を上げといて、はいそれではと王太子を婿《むこ》に出せるはずがないだろう？　スモロとの婚姻自体もうちの国にとってそんなに旨味《うまみ》のある話じゃない。丁重《ていちょう》に断ったのに逆切れして宣戦布告してきやがったのさ』

当時の王太子は十九歳。見目麗《うるわ》しく優秀で、しかもそれを鼻にかけることもないという好青年。国民の人気も高い完璧な王子さまだった。

それに比べスモロの王女は、この件からもわかるように、わがままで身勝手。自重《じちょう》をせずに好き放題で、外見も性格も最低なのだと言う。

――顔の美醜《びしゅう》に文句をつけるつもりはありません。しかし、多少でも見目好くしようとする努力を怠《おこた》り、あげく不摂生な生活で体を動かすこともままならないほど太った女性を妻にしたいと思うほど、私は世を儚《はかな》んでおりません。

王太子のこの断りの言葉が、宣戦布告の引き金だったそうだ。

それを聞いた優愛は、ポカンとする。

「え？　ちょっと待ってください！　王太子さまは誰からも好かれる好青年なんですよね？」

国民の人気も高い完璧な王子さまが言ったにしては、その言葉は容赦《ようしゃ》がなさすぎるのではないか？

（たとえ本当のことだとしても、言葉にトゲがあるわよね？）

『ん？　ああ。俺も聖霊仲間からの又聞きだから、王太子がホントにそう言ったかどうかはわからない。もうちょっとオブラートにくるんだ言い方だったのかもしれないが……なんせ俺たちは思念をやりとりしているからなぁ』

つまり言い方はどうあれ、トゲがあったのは間違いないということだ。

顔を引きつらせる優愛には気づかず、カイルアイネンは話を続ける。

『どんな言い方だったにしろ、公式な記録は残ってないし、真相は知りようがないさ。……そもそも、王女がフラれたから開戦っていうのは史実としてよろしくないっていうんで、別にもっともらしい理由がつけられているはずだ。……まったく人間ってのは、変なところで見栄を張って、面倒くさいよな？』

そう言ってカイルアイネンは、ガハハと笑う。

優愛はパチパチと瞬《まばた》きをした。

(えっと？　……ってことは、今教えてもらった話は、公式には伝わっていない裏話なの？)

そんな話を、聞いてもいいのだろうか？

『そうそう。面倒くさいと言えば、今のリビェナ女王も結構面倒くさい過去を持っているんだぜ。実は女王は第二子でな、本来なら先に生まれた兄貴が国王になるはずだった。ところが、こいつがとんでもないボンクラで、とてもじゃないけど玉座に座らせられる玉じゃない。……だから女王は秘密裏に子供ができない呪いを兄貴にかけたのさ。うちの王国は長子相続が原則で、王位に就《つ》くためには最低でも一人は子を生《な》していなければならないからな。後継を残せぬ者に王になる資格はないんだ』

……優愛の背中を、嫌な汗が流れ落ちる。

「カイル、さん……そのお話は、皆さん――当然、ラルドさんも、知っておられるお話ですよね？」

恐る恐る聞いてみた。

『ああ？　バカ言うなよ。秘密裏だって言っただろう？　こんなヤバい秘密を知っている人間は、女王と、兄の王子に呪いをかけた張本人――女王の夫の魔法長官だけに決まっている。他に知る奴がいたら、そいつはとうの昔に首と胴体がおさらばしているさ』

ガハハと、カイルアイネンは笑い続ける。

優愛は……とても笑えなかった。

「だったら！　どうしてそんな危険な〝秘密〟を話すんですか⁉　私は、まだ自分の胴体とおさらばしたくありません！」

思わず首を守るように手をあて、小声だが強い口調で抗議する。

『は？　いやだって、ユアは人間と話せないじゃないか？　秘密を知ったって平気だろう？』

「今は話せなくても、そのうち習って話せるようになる予定です！　そのとき、うっかり話したらどうするんですか⁉」

カイルアイネンは、たっぷり三十秒ほど黙り込んだ。話し好きな聖霊としては、大変珍しいことである。そして――

『……いや、まあ、大丈夫さ。口を滑らせなければいいだけだ』

無責任極まりない返答だった。

ジトッと睨《にら》むと、カイルアイネンは焦《あせ》って小さな手足を振り回す。

『だ、だってだな！　こんな風に話せる相手は、俺たちにとって貴重なんだよ！　聖霊はそんなに多くない。そりゃぁ、王宮に行けば、俺並みに古びて意識を持つ〝モノ〟も多少はいるから会話もできるが、普通は滅多に出会えないんだ。現にこの旅の間中、俺はずっと独り言状態だった。久しぶりに会った話し相手に、口が軽くなるのは仕方ないことだろう？』

「そのおかげで私が殺されてしまったら、仕方ないではすみません！」

思わず大きな声で、優愛はカイルアイネンを叱《しか》りつけた。

「ユア⁉　○◇△？」

とたん、薬草茶のカップを片手にラルドが飛んでくる。

名前を呼ばれて心配そうに見つめられ、慌《あわ》てて優愛は頭を横に振った。

「あ、大丈夫です。別にどこか痛いとか、そういうわけじゃありません！」

カイルアイネンに通訳してもらわなくても、ラルドが優愛を気づかっていることはよくわかる。

「×○◇……ユア、○△○×○？」

彼女の様子を確認して、なんともないとわかったのだろう。安堵《あんど》した様子で息を吐き出したラルドが薬草茶の入ったカップを差し出してきた。

「ありがとうございます」

相変わらず無表情のラルドだが、慣れてきたのか、優愛は彼の感情を少し読めるようになっていた。

「顔は怖いけど、視線を合わせるために屈《かが》んでくれるところとか、ゆっくり手を動かしてくれるところとか、わかりやすい優しさがたくさんありますよね？」

『そうそう！　そうなんだよ！　いやぁ、やっぱりユアは見る目のあるいい奴だな！　さすが、【聖霊の加護】を持っているだけある！　うんうん、大したもんだ！』

間髪容《かんはつい》れず、カイルアイネンに褒《ほ》められる。

「そんなに褒《ほ》めても、さっきのことは誤魔化《ごまか》されませんよ！　いくら話相手ができて嬉しいからって、私の命が危うくなる話までしないでください！」

優愛がきっぱりと言うと、カイルアイネンは『わかった』と力なく答える。

小さな聖霊ががっくりと肩を落とせば、ラルドの腰に佩《は》いた剣もなんとなくダラリとぶら下がって元気がないように見えた。

『これからは気をつけるよ。……そうだ！　お詫《わ》びにとっておきのゴシップを教えよう！　宰相のテイリング侯爵の秘密なんだが――』

「そんな話は聞きたくありません!!　そう言ったでしょう!?」

勢いよく話しはじめたカイルアイネンの言葉を、優愛は焦《あせ》って遮《さえぎ》る。

「○××ユア!?」

ラルドが、また心配して駆け寄ってきた。

どうやら聖霊と会話するだけという〝簡単〟なはずの善行は、かなり大変なことのようだ。

そしてこの後も、こんなやりとりが延々と繰り返されたのは、言うまでもない。

ちっとも懲《こ》りない名剣カイルアイネンなのだった。


その日は、もう少し馬を走らせて、見えてきた町に泊まることになった。

今までは整地された道と野原、せいぜい耕作された畑くらいしか見ていなかった優愛にとっては、はじめて見る異世界の町である。

石畳の道にレンガの家が並ぶ景色は、まるでヨーロッパの片田舎《かたいなか》のよう。町へ入る前から少しずつすれ違うようになった人々の服装も、中世ヨーロッパを舞台にした映画の登場人物みたいだ。

(うわぁ！　すごくステキだわ)

優愛の気分は高揚《こうよう》した。

「○△○×……○○」

馬から降りて歩きながらキョロキョロと周囲を見回していると、ラルドが話しかけてくる。

「……え？」

彼を見上げた優愛は、ちょっとびっくりした。無表情が標準装備の騎士の口角が、ほんの少し上がっているように見える。

(ひょっとして、私、笑われていたの？)

先刻から小さな子供さながらに興味津々《きょうみしんしん》な態度をとっていた。笑われたのだとしても仕方ないふるまいである。

そう自覚したとたん、優愛の頬はカッと熱くなった。

しかし恐る恐る見上げたラルドの視線は優しくて、馬鹿にしている感じはない。

『宿に入る前に兵士の駐屯所《ちゅうとんじょ》にちょっと顔を出すって、ラルドは言っているぜ。ユアを保護したことを伝えて、身元がわかる情報がないか聞いてみるってさ。……そんなことしたって、異世界から来たユアの身元がわかるはずないんだが、ラルドは知りようがないからな』

そんな優愛の恥じらいには気づかなかったのだろう。ラルドの肩の上に座るカイルアイネンは、いつも通りの調子で、ラルドの言葉の意味を教えてくれた。

カイルアイネンの通訳はとても便利だが、同時に不便なこともある。

(カイルさんの言葉って、私には日本語にしか聞こえないんだもの)

つまり優愛は、カイルアイネンにはこちらの言葉を教えてもらえないのだ。ラルドの発音を聞き、それがどんな意味かをカイルアイネンに確認することはできるのだが、こちらから話すことはできない。

現状、自分の事情をラルドに説明する術《すべ》は、どこにもなかった。

(まあ、私が異世界から来ましたなんて、言葉が通じても信じてもらえそうにないんだけど)

結果、ラルドには無駄骨を折らせることになる。

申し訳ないなと思っているとそれが顔に出たのだろう、ラルドは気にするなと言わんばかりに優愛の頭をポンポンと労《いたわ》るように撫《な》でた。

(本当に優しい人なんだわ)

一見すれば、ラルドは無表情で冷たい雰囲気だ。しかし、その実態は本物の〝おかん〟なのだと、あらためて確信する。

「○○×◇――」

『あ、あと、ユアさえよかったら鑑定装置も使ってみないかって、ラルドは言っているぜ』

「鑑定？」

鑑定というと、絵画の真贋《しんがん》を見極めたり、お宝の価値を確かめたりするあの鑑定だろうか？

『鑑定装置っていうのは魔道具の一つで、使った相手の今の状態を教えてくれるのさ。病気やケガをしていないかとか、健康状態を確かめるのに使われる』

「健康状態？　私、どこも悪くはないですよ？」

その説明を聞いた優愛は、コテンと首を傾《かし》げる。

カイルアイネンは『あ～』と唸《うな》って腕を組んだ。

『だけどなぁ、ユアはこの町に着くまでに、何回も休憩しただろう？　それってラルドみたいな騎士にとっては、考えられないほどの脆弱《ぜいじゃく》さなんだよ。元気に見えても何かの病気じゃないかって、心配しているんだと思うぞ』

そう言われてしまったら、優愛は何も言えない。心配をかけているなら、鑑定装置でもなんでも使って安心してもらわなければいけないだろう。

「あ、でも、その装置は健康状態以外のものも鑑定されたりしませんか？　〝異世界人〟とか鑑定結果に出たら、ちょっと困るんですけれど」

きっととんでもない大騒動になる。

そう思って確認すれば、カイルアイネンは大丈夫だと言って笑った。

『そんな高度な鑑定なんて、あの装置には無理だって。あれは、俺らみたいな聖霊つきの剣と普通の剣の区別もつけられないんだぜ。わかるのは健康状態と性別。あとはそうだな、〝スキル〟ぐらいじゃなかった？』

優愛の持っているスキルは、外れスキルと言われる【聖霊の加護】だ。それくらいなら知られても大騒動にはならないに違いない。

そう思った優愛は、ラルドに向かって大きく首を縦《たて》に振る。

ホッとしたように笑った彼は、また優愛の頭を撫《な》でたのだった。


そうして連れられていった兵士の駐屯所《ちゅうとんじょ》は、思っていたより大きな建物だった。

手続きは、簡単。ラルドの姿を見た兵士たちは、直立不動で立ち上がり、ラルドの用件を最優先で行ってくれる。

「なんだか、学校の授業に校長先生が見学にきているときの担任の先生みたいよね？」

言葉が通じないのだから声を潜《ひそ》める必要もないのだが、なんとなくヒソヒソと優愛はカイルアイネンに囁《ささや》く。

それはあながち間違った感想でもないらしい。手続きをしているラルドから離れてチョコチョコと近づいてきたカイルアイネンが、優愛の待つテーブルの上に座ってうんうんと頷《うなず》いた。

『ラルドは王都騎士団の第五隊長だからな。ユアの世界の〝センセイ〟がどんな職業かはわからないが、ここの奴らがラルドにペコペコするのは当然さ』

どうやらそのへんの事情は、異世界も日本も同じようだ。

「ユア――」

地元の兵士たちとやり取りしていたラルドが、優愛を呼んだ。

もちろん彼女は、すぐにラルドの側に駆け寄る。

「◇××○△――」

『やっぱりユアの情報はなかったってさ。まあ、当然だよな。そんで、あれが例の鑑定装置だ。四角い板を両手で持ってくれってラルドが言っているぜ』

カイルアイネンが小さな手で指し示したのは、机の上に乗っている三十センチ四方の四角い金属板だ。なんの変哲もない板に見えるのだが、あれでどうやって鑑定するのだろう？

考え込んでいると、優愛が怖がっていると思ったのか、ラルドが自分で鑑定してみせてくれた。

彼が金属板を両手で持ったとたん、何もなかった表面にびっしりと文字が浮かび上がる。

（スゴイ！　魔法なのかしら？　パソコンのタブレットみたい！）

優愛は興奮して金属板をのぞき込む。

もちろん彼女には、書いてある文字は読めないのだが。

周囲はわかるのだろう、優愛同様のぞき込んだ者から、「おおっ！」とどよめきが上がった。

『フフン。さすがラルドだな。健康状態も申し分ないし、スキルも【剣聖】や【聖騎士】、【剛力】、

【神速】等々《などなど》、スペシャルなものが満載だ』

まるで我が事のように、カイルアイネンが鼻高々に自慢する。きっとものすごいスキルに違いない。

『スキルは、そいつの適性や努力の象徴だからな。普通は、スペシャルスキルなんて一生かかっても、一つ手に入れられるかどうかって代物《しろもの》なんだぜ』

それをラルドはたくさん持っているのだから、カイルアイネンが自慢するのも当然だろう。

「×△×◇○――」

鑑定装置を持っても危険がないと証明してみせたラルドは、周囲の賞賛のまなざしなど気にした風もなく、優愛にそれを差し出した。

別に怖がっていたわけではない優愛は、今度はあっさりと受け取る。

（ただ単に持つだけなら簡単だわ）

面倒な操作がなくてよかったと思いながら手にした瞬間、金属板が文字を変化させた。今度はずいぶん簡素で、上下に二つの文字が綴《つづ》られているだけだ。

『上が〝健康〟。下がスキルで、【聖霊の加護】だな』

カイルアイネンが見たままに説明してくれる。

まあそうだろうなと、優愛は思った。これでラルドも安心することだろう。

彼女自身もホッとしたのだが――

「ハ！　ハハハッ‼　××△×◇‼」

「プッ！　○□××」

「×◇△、アハハハ‼」

突如《とつじょ》周囲に起こった爆笑に、ギョッとする。

見ると、駐屯所《ちゅうとんじょ》にいた兵士たちのほとんどが腹を抱えて笑っていた。

「え？　何？　どうしたの？」

『てめぇらっ‼　許せねぇ！　笑うなっ‼』

ポカンとする優愛をよそに突如《とつじょ》怒り出したカイルアイネンが、笑っている兵士たちに殴りかかる！

とはいえ、殴られた相手はまるで何も感じていないように笑い続けていた。

カイルアイネンの分身体は、優愛以外の人間には見えないし声も聞こえない。触れることもできないので、まったく影響を与えられないのだ。

『クソッ！　クソッ！　クソッ‼』

それなのに、どんなにムダでもカイルアイネンは殴り続ける。

「カイルさん、どうしたんですか？　お願いですからやめてください！」

たまらず優愛はカイルアイネンを止めた。殴られている兵士のためではない。殴っているカイルアイネンが辛《つら》そうに見えたからだ。

『止めるな！　こいつら、【聖霊の加護】が役に立たない〝外れスキル〟だとバカにして笑っているんだぞ！』

どうやら周囲の兵士たちは、優愛のスキルを嘲笑《あざわら》っているようだ。たしかにミュールも、【聖霊の加護】は人間から〝外れスキル〟と呼ばれて疎《うと》まれているのだと説明していた。

（……まさか、ここまで笑われるスキルだとは思わなかったけれど）

優愛は困惑する。

しかし、不思議と腹は立たなかった。どんな世界にもこういった輩《やから》はいるのだなと、反対に冷静になってくる。

「カイルさん。やめましょう。言いたい人には言わせておけばいいんです」

そう言ってカイルアイネンを止めた。

「だが！」

「こういう人たちには、腹を立てるだけムダなんですよ。感情を動かすのもバカらしいと思います。カイルさんみたいな立派な聖霊が怒る必要なんてありません」

彼女の言葉を聞いて、カイルアイネンは動きを止める。それでも怒りは収まらないようで、小さな拳《こぶし》を握りしめてプルプルと震えていた。

どうしたら、この優しい聖霊を宥《なだ》めることができるだろう？

悩む優愛の耳に、ヒュン！　と、空間を切り裂く音が聞こえた。

同時に鞘《さや》に収まったままの大剣が、優愛のすぐ側で一際大きな笑い声を立てていた兵士の眼前に突きつけられる！

「×△×!!　○××△◇!!　○○×」

鋭い怒声を発したのは、ラルドだ。氷の騎士と呼ばれるその男は、呼び名そのものの冷酷な無表情で、笑っていた兵士を見ている。

剣を突きつけられた兵士は、見る見る顔色を青くして、ガタガタと震え出した。必死に首を横に振り、何かを否定している。

『いいぞ！　さすがラルドだ。もっと言ってやれ‼』

カイルアイネンが喜色満面に叫ぶ。

「あの？　ラルドさんは何を言っているのですか？」

そして優愛の問いかけに、ニパッと笑った。

『ラルドは——俺の剣は、聖霊が宿りし剣と呼ばれている。【聖霊の加護】を笑うお前たちは、この剣を……ひいては、剣を使う〝俺〟をも嘲笑《あざわら》っているのだと受けとるが、それで間違いないか？そう言ったのさ』

それは、青ざめるはずだ。

ラルドは王都の騎士隊長。この町の駐屯所《ちゅうとんじょ》の兵士たちにとっては、雲の上の存在だ。そんな相手を〝嘲笑《あざわら》った〟と認定されれば無事でいられるはずがない。

「スティブ○○×！　×△×◇——」

ラルドの放つ冷たい視線で凍る空気の中、部屋の奥から年配の男性が走り出てきた。

剣を突きつけられた兵士同様に顔色を青ざめさせた男性は、近づくなりその兵士の頭を押さえ、グギッ！　と音が出る勢いで膝《ひざ》辺りまで下げさせる。その後、大声で周囲を一喝《いっかつ》。全員に頭を下げさせた。もちろんその後で、自分も深々と頭を下げる。

「△×◇○×！」

誠心誠意謝っていることは、言葉がわからなくても一目瞭然《いちもくりょうぜん》だ。

「××△×◇○？」

ラルドが冷たく言い返すと、年配の男をはじめとした全員がハッとして優愛のほうを向く。口々に同じ言葉を叫び、揃って頭を下げた。

（あ、これは、カイルさんに聞かなくてもわかるわ。きっと、ラルドさんから「謝る相手が違うだろう」とか言われたのよね？）

だからといって、とってつけたように謝られても嬉しくない。

それでも、ここで優愛が許さなければ、騒ぎが大きくなるのは目に見えていた。

優愛は笑って片手を小さく左右に振る。気にしなくても大丈夫だというつもりの仕草はどうやら伝わったらしい。

ホッと息を吐いた年配の男が、もう一度頭を深々と下げてきた。

ちなみに、彼に頭を押さえつけられている男性は、最初から最後までずっと頭が膝《ひざ》にくっついたままだ。さすがに頭に血が上るのではないかと心配になる。

「×◇△×◇」

まだ怒りの雰囲気を漂《ただよ》わせたラルドは、兵士たちと話していた。

『そうそう。二度はないからな。十分反省しろよ』

ラルドの肩の上でカイルアイネンも偉そうに男たちに言い聞かせている。おかげで通訳してもらうまでもなく、話の内容がわかった。

「ユア――」

それから少し経って、ようやく話し終わったラルドが優愛を手招きする。

言われるままに近寄ると、優愛の手をギュッと握った。彼女を見つめるその顔は相変わらず無表情だが、大きな手は温かく、青い目は心配そうに揺れている。

「庇《かば》ってくださってありがとうございます。私は大丈夫ですよ」

伝わらない言葉でも、優愛は心からの感謝を告げた。

気持ちはきっと伝わるはずだと信じているから。

ラルドはほんの微《かす》かに笑みを浮かべた。本当にわからないくらいの笑顔なのに、思わず優愛はドキッとする。

その後、ラルドに手を繋がれたまま、二人は駐屯所《ちゅうとんじょ》を後にした。

思ったより時間は経っていなかったようで、喧噪《けんそう》が二人を包み込む。

「○○□△×」

ラルドに話しかけられた優愛は、静かに首を横に振った。

「謝ってくださらなくて大丈夫です。ラルドさんのせいではありません」

その言葉を聞いたカイルアイネンが、大きく目を見開く。

『え？　なんでラルドが謝っているってわかるんだ？　いったいいつの間に、こっちの言葉がわかるようになったんだ？』

もちろん、言葉がわかるようになったわけではない。

「違いますよ。ただきっとラルドさんなら、自分が連れてきたせいで不快な思いをさせたとか言って謝りそうだなって」

ラルドはとても優しい人だ。出会ってまだ一日にもならないが、優愛は心からそう思う。きっと、優愛が心ない輩《やから》に笑われたことにすまないと思っているだろうと感じたのだ。

するとカイルアイネンは感心したように頷《うなず》く。

『そうか。ユアはホントにラルドのことがよくわかるんだな。……大丈夫。ラルドもユアの言ったことがわかるみたいだ。「ありがとう」だってさ』

優愛は、ラルドを見上げる。

ラルドも優愛を見つめてきて、目が合った。

どちらからともなく二人は、微笑《ほほえ》み合う。

お互い満ち足りた気分で歩き出した。

しばらく歩いた後で、今日の宿屋に行く前にもう一つ寄るところがあると言われて、優愛が連れてこられたのは大きな建物だ。

中には服や靴、雑貨や家具などが並んでいる。どうやらここはなんでも扱う商店らしい。

「ラルド×〇！　△◇■」

店の奥からラルドの名を呼びながら、小太りの男が走り出てきた。ラルドに向かって深々と頭を下げて、早口で話し出す。

『この店の主人のマロウだ。こいつは王都の支店にいたことがあって、その当時、強盗事件をラルドが解決してやったから、恩義を感じているんだ』

地方都市であるこの町で起業したというマロウは、王国全土に商売の手を広げていて王都に支店を持つまでに至っている。よりよい品を産地から直接買い付け安く売るという手法で消費者には歓迎されているのだが、その手法がそれまで中間で利益を貪《むさぼ》っていた仲買人の恨みを買ったのだ。強盗事件はそんな仲買人の一人が計画したもので、それを迅速《じんそく》に解決してくれたラルドにマロウは深く感謝しているらしかった。

『騎士の中に、仲買人からの賄賂《わいろ》で事件をもみ消そうとした奴がいたから尚更さ。ラルドはそういう姑息《こそく》なやり口が嫌いだからな。徹底的に相手を潰《つぶ》してやったんだ』

自慢げにカイルアイネンが説明してくれる。

マロウは王都を離れこの町に帰る際に、近くに来たら必ず寄ってほしいとラルドに言っていたのだ。

『まあ、だからといってラルドが寄ることなんて、今まではなかったんだがな』

それならどうして今日は寄ったのだろう？

不思議に思って優愛が視線を向けると、話し合っていたラルドとマロウがちょうどこちらを向いたところだった。

視線がバッチリ合って、マロウが嬉しそうに笑う。

「……え？」

次の瞬間、マロウに何かを指示された女性の店員が側にきて、優愛を店の奥に誘った。

「え？　……あの？　ラルドさん？」

名前を呼ばれたラルドは、無表情のまま優愛に向かって手を振る。

（えっと？　このままついて行っていいのかな？）

わけがわからぬまま従ったのだが――

「キャア！」

しばらくして、優愛は情けなくも悲鳴を上げることになった。

連れていかれた店の奥の一室で、あれよあれよという間に服を脱がされ下着姿にされたのだ。しかもそこへ、別の女性店員が新しい服を何着も持ってきて着せ替えがはじまったから、たまったものじゃない。

どうやらラルドはこの店で、優愛に服を買ってくれるつもりらしかった。

（さっきのお詫《わ》びなのかしら？　そんな必要ないのに！）

「ひぇっ！　な、何を!?　……ひょっとして、服を選ぶんですか？　それなら私が自分で着ますから!!　……うわぁ！　急に脱がさないでください！」

優愛の叫び声は……無視される。考えてみれば言葉が通じていないのだから、当然だ。

抵抗むなしく、着ては脱ぎ、着ては脱ぎを繰り返しさせられて――最後に青いチュニックワンピースを着せられた。肩から胸の辺りまで刺繍《ししゅう》がある、襟《えり》を紐《ひも》で編み上げた上品で可愛らしい服だ。満足そうな女性店員たちの様子を見るに、どうやらこのワンピースに決まったらしい。

ぐったり疲れ果てた優愛は、なんだかひどく落ち着かなかった。

(だって、このワンピ、すごく肌触りがいいんですもの。……ひょっとして、本物の絹《きぬ》だったりしない？　それに、この刺繍《ししゅう》――複雑で丁寧で、とても手が込んでいるわ。ものすごく高そうなんだけど、いったい、いくらするの⁉)

異世界の相場などわからないが、少なくとも安いものではなさそうだ。しかも女性店員は、最後まで迷った別の三着の服も布に包んで持ち帰られるように準備している。一緒に下着みたいなものも入れていたのは見間違いではないだろう。

(まさか、これをみんなラルドさんが買ってくれるの？)

そう考えて顔色を悪くする優愛の前に、今度は靴が何足も並べられた。少し長めのブーツから短めのものまで、色も種類も様々だ。

優愛が呆気《あっけ》にとられている間に、ああでもないこうでもないと相談していた店員たちが茶色い編み上げブーツを選び出す。椅子に座らされて、今履いている一足二千円だったスニーカーを丁寧に脱がされて、代わりに茶色いブーツを履かせてもらった。

ピカピカに磨き上げられたそのブーツは革製に見えるのに履き心地が柔らかく、きっと丁寧になめされたのだろうと思われる。

(なんだか、これも高そうじゃない？)

顔を引きつらせた優愛の目の端に、今まで履いていた靴と一緒に数足の靴が包まれているのが映った。きっと、お持ち帰り用だ。

優愛の顔色は、ますます悪くなった。

そこに、嬉しそうに笑うカイルアイネンが入ってくる。身長十センチの聖霊は、トテトテと走り、鏡の前で座っている優愛の膝《ひざ》にピョンと飛び乗った。

『おっ！　ユア、見違えたぞ。さっきの見慣れない異国の格好も可愛かったが、この国の衣装もよく似合うじゃないか！』

そのすぐ後ろから続いてラルドも入ってくる。

慌《あわ》てて立ち上がろうとした優愛を、彼は手振りで押しとどめた。

『うおっ！　急に動くなよ。落ちるだろう！』

カイルアイネンからも抗議され、優愛は立ち上がるのを諦める。

女性店員たちはラルドに対し緊張した表情で頭を下げ、そそくさと部屋から出ていった。

「ラルドさん！　こんな立派な服や靴、私もらえません！　さっきのことは、本当に責任とか感じてくれなくていいんです！　……それは、もちろん着替えは欲しいのですけれど、もっと安そうな古着とかそういうのでいいですから！」

優愛とラルドは会ったばかり。この世界に放り出され、言葉も通じない彼女を保護してくれただけでもありがたいのに、これ以上迷惑はかけられない。

（いくら神さまが『助けてくれる人』って太鼓判《たいこばん》を押してくれたからって、ここまで甘えちゃいけないわよね？）

優愛は常識人なのだ。言葉が通じないのはわかっていても黙っていられず、必死で訴える。

膝《ひざ》に座ったカイルアイネンが、そんな彼女を呆《あき》れた顔で見上げてきた。

『何を遠慮しているんだ？　大丈夫、ラルドはこう見えて金持ちなんだから。なんといっても王都の騎士団の第五隊長なんだぜ。この程度の服や靴を買うことくらい、なんてことないさ』

それはそうかもしれないが、優愛の金銭感覚的にこの服と靴はあり得ない。

困っていると、無表情のラルドがつかつかと優愛に歩み寄ってきた。彼女の背後に回って、大きな手で髪に触れる。

パチンと音がして、髪が少し引っ張られた感じがした。

「×△◇」

促《うなが》されるような声に、慌《あわ》てて彼女は鏡をのぞき込む。

鏡の中の優愛の黒髪に、ワンピースと同じ布で作られたバレッタが留まっていた。大きすぎないリボンが、上品に髪をまとめている。

『おお！　いいな。すごく似合うぞ、ユア。ラルドもなかなかセンスがいいじゃないか』

カイルアイネンが上機嫌で褒《ほ》めた。

優愛は慌《あわ》てて立ち上がる。

「そんな！　この上、髪留めまでなんて！」

その勢いにカイルアイネンが『うわっ！』と叫んで膝《ひざ》から落ちたが、かまっていられない。

「○○□×」

しかし、優愛の抗議は、明らかに宥《なだ》められているとわかる口調でラルドに遮《さえぎ》られた。

そのまま再び手を引かれ、店の外に促《うなが》される。

『ユアは真面目なんだなぁ。これくらい気にせずもらっておけよ。この世界、庶民ならともかく、貴族の女たちは平気であれこれ強請《ねだ》るもんなんだぜ。……まあ、ラルドは今まで女に貢《みつ》いだことはないけどな』

いつの間にかラルドの肩に戻っていたカイルアイネンが、ガハハと笑う。

「でも！　こんなにたくさん」

どんなに声を出しても、優愛の日本語の抗議はラルドに通じない。

このとき、優愛はできる限り早急にこの世界の言葉を覚えようと固く決意した。


その後、優愛とラルドは今日泊まる宿に向かった。

宿は、大きいと思った先ほどの商店よりもさらに大きな建物で、店構えも立派だ。

『へぇ～？　この町一番の宿屋じゃないか。ラルドはいつもこんな立派な宿には泊まらないんだけどな。まあ、今日はユアが一緒なんだ。できるだけしっかりした所に泊まりたいよな』

相変わらずラルドの肩の上に乗りながら、カイルアイネンがうんうんと頷《うなず》く。

優愛が焦《あせ》るのは、もう何度目だろう。

「そんな！　ラルドさん、私はこんな立派な宿屋でなくてもかまいませんから！」

大声で叫ぶのだが、やっぱり言葉は通じなかった。

『気にするなって。たまにはこういう高級宿もいいもんさ。ここならきっとぐっすり眠れるぞ』

カイルアイネンは気楽な表情でそう話す。聖霊は寝る必要があるのだろうか？

「だって、これじゃ迷惑をかけすぎだわ！」

『ラルドが迷惑なんて思っているはずないだろう？』

だからこそ、心苦しいのだ。

優愛とカイルアイネンの会話を知るはずもないラルドは、さっさと宿に入っていく。そして、愛想よく出てきた宿の従業員と会話をはじめた。

ところが何か気に入らないことがあったようで、突如《とつじょ》低い声で相手の話を遮《さえぎ》ると、彼はこちらに向かって戻ってくる。

「――×××！」

慌《あわ》てて後から従業員が追ってきた。

(何かしら？　ひょっとしてまた【聖霊の加護】のスキルが問題になったの？)

宿に泊まるくらいでスキルの話をしたりはしないと思うのだが、優愛は不安になる。

焦《あせ》ってラルドを追ってきた従業員は、優愛を見ると彼女に向かって深々と頭を下げた。次いで縋《すが》るような勢いで話しかけてくる。

面食らってしまった優愛だが、従業員に彼女を侮《あなど》る雰囲気はなく、それだけは安心できた。

どうやらラルドが気分を損ねたのは、スキルの問題ではないらしい。

「○×××！」

まだ優愛に話しかけている従業員を、ラルドは一喝《いっかつ》して黙らせる。

「えっと？　どうしたの？」

優愛の疑問に答えてくれたのは、当然カイルアイネンだ。

『う～ん。……どうやらこの宿、今日はいっぱいみたいで、二人部屋が一つしか空いていないらしいな。ラルドは一人部屋を二部屋頼もうとしていたんだが、希望が合わなくて断った。別の宿に移ろうとしているのを、宿の支配人が引き留めているのさ』

従業員とおぼしき人物は、支配人だったようだ。

支配人は、今度はラルドに向かって必死に話しかけている。

『ラルドは有名な騎士だからな。泊まってもらえば宿に箔《はく》がつく。宿泊料を割り引くから泊まってほしいって言っているぜ』

「え!?　割引！」

その言葉に優愛は飛びついた！

だって、仕方ない。優愛は、ただでさえラルドにお金をかけさせてしまっているのだ。服に靴、その上宿代まで払ってもらうのなら、少しでも安いに越したことはない。

（ここは、この町一番の宿屋だから、高いんでしょうけれど……でも、割り引いてもらえるんなら話は別よね？　この分じゃ、次にラルドさんが選ぶ宿もきっと高級宿でしょうし。……だったら、ここで手を打っておくのが一番お得じゃないかしら!?）

問題は部屋が一つだということだが、二人部屋なのだ、問題ないだろう。

「ラルドさん、私、ここに泊まりたいです！」

そう訴えた優愛は、言葉だけではダメだとラルドの手をつかみ、宿の奥に引っ張った。

「ユア？　×△○」

「ここにしましょうよ！　ね、ね！　そうしましょう!!」

「○×□△――」

ラルドは困ったように眉を下げる。優愛を指さし、自分を指さし、その後で、優愛の目の前で人差し指を一本立てて見せた。

『ユアと自分が一つの部屋で眠ることになるけど、それでいいのか？　って聞いているぜ』

カイルアイネンの通訳を聞いた優愛は、勢いよく首を縦《たて》に振る。

「全然平気です！　むしろラルドさんが一緒の部屋で寝てくれたほうが、私は安心できます！」

『それはそれで、どうなんだ？　人間の男女は、いろいろ面倒くさいんだろう？』

カイルアイネンは複雑そうな顔で考え込む。

――その後、多少のやりとりはあったが、結局この宿に泊まることになった。

嬉しそうな支配人が自ら案内してくれた部屋は、日本でいうところのスイートルームそのもの。

広々とした豪華な居間とそれに続く寝室に鎮座するキングサイズのベッドに、優愛の目は釘付けになる。

ベッドに大きな枕が二つ並べて置いてあったのだ。

（え？　え？　なんで？　二人部屋なんだからベッドも二つじゃないの？）

残念ながら、この部屋は新婚さん御用達《ごようたつ》のスイートルームのようである。

（……だからラルドさんは断ろうとしていたのね）

今さら知ってもどうにもできない真実に、優愛は呆然《ぼうぜん》とした。

『おお～っ！　フカフカだぜ。最高のクッションだ！　ユア、お前も寝転んでみろよ！』

マイペースなカイルアイネンがさっさとベッドの上に飛び乗りピョンピョンと飛び跳ねている。

ユアは顔を引きつらせ、隣に立つラルドを見上げた。

「×××、○△□」

ラルドは苦笑しながら、優愛の頭をポンポンと触る。

『え～？　ラルド、なんでソファーで寝るなんて言い出しているんだ？　こんなに広いベッドだぜ。一緒に寝ればいいだろう⁉』

不満そうにカイルアイネンが口を尖《とが》らせた。

どうやらラルドは、自分はソファーで寝ると言っているらしい。

「そんな！　ソファーを使うなら、そっちに寝るのは私のほうです‼　ラルドさんがベッドで寝てください！」

今日一日、優愛はこれ以上ないほどにラルドに気遣ってもらって旅をしてきた。たしかに慣れない馬に乗って疲れてはいるが、ラルドのほうが大変だったはず。

そう思った優愛は、焦《あせ》ってラルドの手を取りベッドへ引っ張った。

普通であれば、優愛が引っ張ったくらいで彼が動くはずがない。しかし、このときは完全に不意を突いたのだろう、ラルドはグラッとバランスを崩した。

「キャッ！」

結果、一緒に優愛もフラついて、二人はもつれるようにベッドへ倒れこむ。

ボスン！　と音がして、優愛の体は布団に深く沈んだ。さすが高級なキングサイズベッド。スプリングがバッチリきいているせいか、二人の体重を受けてもびくともしない。

痛みも何もなかった優愛だが、咄嗟《とっさ》に目を瞑《つむ》った。

「すみませんっ」

寝転んだ姿勢のまま焦《あせ》って目を開けると、超至近距離にラルドの整った顔がある。

いつも無表情な彼もさすがに今回ばかりは目を見開いていた。

キレイな青い目に、一瞬優愛は見惚《みと》れる。

ラルドは両手を優愛の顔の両脇につき、両足で彼女の下半身をまたぐ形でベッドに乗っていた。

つまり二人は、どこからどう見ても、男が女を押し倒した格好になっている。

——見つめ合った二人は、どちらも声を出せず、固まった。

そのまま声も出せずにいたのだが——

『おいおい！　いったい何をしているんだ？　まだ寝るには早いだろう。とりあえずめしを食いに行こうぜ』

ベッドの上をポスポスと歩いて近寄ってきたカイルアイネンが、ラルドの手を引っ張る。

『優愛、お前だって腹が減っただろう。こういうことは遠慮しちゃいけないんだぜ。人間は食べなきゃ生きていけないんだからな』

その言葉で、優愛はハッとする。

「ラルドさん！　食事、食事に行きましょう!!」

少しうわずった声でそう叫んだ。

ラルドもハッとして体を起こす。

「あ、ああ。△□××○」

そのままベッドから下り、優愛に手を差し伸べてくれる。

その手に掴まり、優愛も体を起こした。ホッと息を吐き、二人でなんとなく見つめ合う。

「……えっと、ラルドさん。ベッドはやっぱり二人で寝ましょう？　こんなに広いベッドですもの。両端に眠れば二人でも楽々眠れます。私、寝相は悪くないんで大丈夫ですよ」

言葉が通じないラルドは、困ったように首を傾《かし》げている。

……まあいいかと、優愛は思った。

(食事から帰ってきたら身振り手振りで伝えて、絶対オーケーしてもらうから！　きっとラルドさんは私をソファーで眠らせないし……だったら説得して二人でベッドを使ったほうがいいわ！)

そう密《ひそ》かに心に誓う。

『大丈夫だ。ラルドも寝相は悪くないぞ。ついでに言えばいびきもかかない。俺はベッドの真ん中がいいな！　こんなフカフカベッド、久しぶりだ！』

嬉しそうなカイルアイネンにつられて、優愛も笑った。

「さあ、行きましょう！」

手を引いて促《うなが》すと、ようやくラルドも食事のことに気がついたらしい。わかったというみたいに頷《うなず》いて、一緒に歩いてくれる。

——そしてこの夜、優愛とラルドは、ベッドの真ん中に名剣カイルアイネン（本体）を置いて、その両脇で眠った。

最後まで複雑な表情をしていたラルドがどうだったかはわからないが、優愛がぐっすり眠れたことだけは明記しておく。


そんな風にして旅を続けた優愛たちは、旅の目的地である王都に入るための最後の難関にさしかかっていた。

ここは昼なお暗い、鬱蒼《うっそう》とした山の中。急斜面の細道を優愛は必死に登っている。

『頑張れ！　ユア、もう少しで一番の難所を抜けるぞ！』

彼女の前を心配そうに振り返り振り返り歩くのはカイルアイネンだ。

後ろからは、馬の手綱《たづな》を引くラルドがついてきている。

「◇×△○○！　○○×——」

おそらく彼も頑張れと言ってくれているのだろう。これぱかりは、カイルアイネンの通訳がなくともよくわかる。

『悪い！　ここが王都への一番の近道なんだ。本当は遠回りでも安全な道を行きたいんだが、そうするともう半月は余計にかかってしまうからな。さすがにラルドもそこまで王都を離れるわけにはいかないんだ』

ラルドは王都の騎士団の第五隊長。今回は特殊な任務のために単独で地方へ赴《おもむ》いていた。生真面《きまじ》目《め》で滅多に休暇をとらない彼に、騎士団長が「この際だから観光がてらゆっくり羽を伸ばしてこい」と送り出してくれたのだそうだが、いくらなんでも限度がある。

『二、三日ならまだしも半月はなぁ〜』

お気楽そうで細かい決まり事など気にしないカイルアイネンでさえそう口にするのだから、これ以上遅くなるわけにはいかないに違いない。

それでも、ラルドは最後の最後まで、この道を行くのを渋っていた。

いざ山道という段になってやはり遠回りしようとした彼を、無理やり引っ張ってきたのは優愛である。

(まあ、引っ張れたのは最初のほんの少しの間だけだったけど。山道がこんなに疲れるなんて思ってもみなかったわ)

こんなことなら、大学で登山サークルにでも入っておくんだったと後悔したが、今さら遅い。

(でもでも、ラルドさんが予定より遅くなっているのは、絶対私のせいだもの！　弱音なんてはけないわ！)

覚悟を決めて、優愛は一歩一歩山道を登る。

そして、本当にもうすぐ道なき道を抜けるという場所で――

『あ、ユア、その石はグラグラしていたから気をつけろよ』

振り向いたカイルアイネンがそう言ってきた。次の瞬間。

「え？」

ちょうどその石に足を乗せた優愛は、思いっきり体勢を崩した。

「キャア！」

「ユア!!」

最悪なことに、そこは今まで通ってきた中でも一番道幅が狭い箇所。山側は切り立った崖《がけ》で、反対側は藪《やぶ》に覆《おお》われた急斜面だ。

石に足をすくわれた優愛は、そのまま見事に藪《やぶ》の中に落ちる。

ザザザッ！　と、派手な音を立て体が急斜面を滑った。

「ユア～!!」

ラルドの大声があっという間に遠くなっていく。

『ユア！　ユア！　しっかりしろ!!　体を丸めて頭を庇《かば》うんだ!!』

カイルアイネンの必死な声が聞こえた。

優愛はその声に従い、なんとか頭を両手で抱える。

その後も『ユア！　ユア！』と声は聞こえていたのだが……

『……うっ!!　クソッ！　ダメだ。これ以上本体と離れられない！　――ユア！　必ずラルドと迎えに行くからな!! 待っていろよ! ——山の眷属《けんぞく》たち! 頼む、ユアを守ってくれ!!』

その声を最後に、カイルアイネンの声も聞こえなくなった。

これも聖霊の弱体化が原因なのだろうか? もしもカイルアイネンが弱体化していなければ、優愛は助けてもらえたのか?

しかし、それはあくまで〝もしも〟の話。

(どうしようっ!? 私、このまま落ちて死んじゃうの?)

優愛は絶望にかられた。

しかしそのとき、彼女の体に何かが巻きついてくる。グンッ! と引っ張られる感じがして、同時にバサッ、バサッ! と別の何かが軽く体にぶつかった。

やがて、落下が止まる。

それなりに衝撃はあったが、体は思っていたより痛くなかった。

そのことに驚きつつ、優愛は恐る恐る閉じていた目を開ける。

最初に見えたのは、緑の苔《こけ》が張りついた太い樹の幹だ。幹周《みきしゅう》は、二十メートルはあるだろうか?

ところどころコブのできた幹は、この樹の経てきた長い年月を感じさせる。

絡みつくツタを辿《たど》るように見上げると、樹上に青々とした葉が生い茂っていた。

(スゴイ。樹齢何千年?)

自分の状況も忘れ、ポカンとする。

『眷属《けんぞく》が助けてほしいと叫ぶんで何かと思えば……なんじゃ、人間ではないか?』

そのとき、落胆したような声が聞こえた。

「え？」

驚いて声のほうに目を向ければ、地面に隆起した大きな根の上に、身長十センチくらいの三頭身のおばあさんが腰かけている。白髪《しらが》を緑のかんざしでまとめあげた、緑の目の老婆だ。

『ここ百年くらい聞いたこともないほど切羽詰《せっぱつ》まった声じゃったから助けたというのに……よりによって人間だとは、まったく骨折り損の草臥《くたび》れ儲けじゃ』

ブツブツと文句を呟《つぶや》く、三頭身の老婆。

（……えっと、たぶん、このおばあさんは樹の聖霊なのよね？　それでもって、私を助けてくれたんじゃないのかしら？）

優愛はそう気がついた。

なぜなら自分の体には樹のツルが絡まり、髪や服にたくさんの葉っぱがついている。きっと、このツルが落下の速度を落とし、葉っぱや枝がクッションになってくれたのだ。

老婆の言葉も彼女の推測を裏付けている。

おかげで九死に一生を得たらしい。

「あの……助けてくださって、ありがとうございます！」

優愛は体を起こし、老婆に向かって深々と頭を下げた。体のあちこちが痛くて悲鳴を上げそうになるが、それよりもまずお礼を言わなければ気が済まない。

すると老婆はポカンとして優愛を見上げた。

『……なんじゃ？　まさか、この人間、わしの姿が見えておるのか？』

「見えるし、お声も聞こえます。……えっと、たぶんこの樹の聖霊さんですよね？」

聖霊とは、長く生きた鳥や獣、古びて意思を持った道具や自然物のこと。三頭身の老婆は、間違いなく目の前の大樹だろう。

『たしかに、わしはこの樹の聖霊じゃ。……しかし、なんと！　お前はただの人間ではなく【聖霊の加護】の持ち主じゃったのか!?　そうであれば、眷属《けんぞく》があれほど必死に願ったのも頷《うなず》ける。……そうか、そうか、そういうことか！』

うんうんと、納得して頷《うなず》く目の前の老婆。

彼女は、優愛をジッと見て……ニタァと笑った。

『骨折り損の草臥《くたび》れ儲けかと思ったが、これは拾いものじゃ！　……お前、体は辛《つら》くないか？』

親切そうに聞いてくる。

とはいえ、先ほどの笑みを見た優愛は、背中に寒気を感じてしまう。

「あ、はい。あちこち痛いですけれど、大きなケガはないみたいです」

それでも、助けてもらった相手なのだ。答えないわけにもいかなくて、きちんと自分の状況を伝えた。

『そうかそうか。それは上々。……であれば、わしの話し相手になるくらい、かまわないな？』

それくらいであれば、まったく問題ない。そう思った優愛は、迂闊《うかつ》にも「はい」と答える。

（ミュールからも聖霊の話し相手になってほしいって言われているし）

――このとき、優愛は忘れていたのだ。カイルアイネンをはじめとしたこの世界の聖霊が、とてもお喋《しゃべ》りだということを。

老婆が再びニタァ～と笑う。

『そうかそうか。いや嬉しや！　何せわしは、もう何百年もこの場所に一人でおったからのぉ。話し相手もなく、ひどく退屈しておったのじゃ。これで思う存分話せるぞ！　ああ、安心するがいい。話し相手こそなかったが、わしの根は大地を通し、この大陸とつながっておるしな。人間のことであっても重要な情報は逐次《ちくじ》得ておる。古くさい話で退屈させるようなことはないから、安心せい！わしは情報通じゃ！』

そう言って胸を張る。

優愛はドッと冷や汗をかいた。

(それって、絶対また知らないほうがいい情報だったりして？)

「あ、あの……お話できるのは嬉しいですが……きっと、カイルアイネンさんが心配していると思うので、私、戻らないと――」

『ほぅ？　そうか。お前を心配して命を助けてほしいと願ったのは、あの〝剣〟のカイル坊やじゃったのか。なに心配するな。ならば、カイル坊やと坊やの今の持ち主の人間に対し、わしのもとに至る道を開くように、山の仲間たちに伝えよう。多少時間はかかるが、ちゃんと助けに来てくれるはずじゃ。その間、わしの話につきあってくれればそれでいいからな』

あのカイルアイネンを『坊や』と呼ぶ老婆。

そんな存在に優愛が勝てるはずもない。

彼女は早々に白旗を上げた。

それに、聖霊の話し相手になることは、ミュールと約束した優愛の使命だ。

『さて、何から話しはじめようかの？』

上機嫌な樹の聖霊に対し、優愛は顔を引きつらせる。

『おうおう、そうじゃ。自己紹介がまだじゃったな。わしの名はアドネ。見ての通り非力で無害な老婆じゃよ』

ホッホッホッと、アドネは笑う。

そして、老婆のお喋《しゃべ》りが滔々《とうとう》とはじまった。


——それから一時間あまり。

優愛はアドネの〝話〟をありがたく拝聴していた。

アドネは、自分で言うだけあって情報通で、多岐に亘《わた》るその話は長くはあるが面白い。そしてやはりカイルアイネンと同じく、聞き上手でもあった。自分勝手に話しているように見えて、いつの間にか優愛にもたくさん話をさせて彼女の事情を聞き出している。

『そうかそうか、異世界から神の力でこの世界に来たのじゃな。まあ、神というものは案外大雑把《おおざっぱ》な性格をしとるからのぉ。そういうことがあっても不思議でもなんでもない。——フム、ならばお前は、この国の西海に浮かぶ多数の島々の一つから来たことにするといい。島は国に属しておるが、民の管理まではしておらん。お前のような黒髪黒目の人間も多いし、中には独自の言語を使う島もある。この国の言葉が通じなくとも不審に思われんはずじゃ。……まあ、どのみち多少は話せるようにならなければ、自分の意思を伝えられんことじゃろうがのぉ』

アドバイスまでしてくれて、優愛はとても助かった。自分の出自を誤魔化《ごまか》さなければならない彼女にとって、何よりの情報だ。

（もっとも、いらない情報のほうが十倍多かったけど。この国ならまだしも、隣国のスモロやズレクの宮廷派閥抗争の裏事情なんて、知ってどうするの？　……この国の王太子さまにフラれて戦争を起こしたスモロの王女が敗戦後、親子ほども年の離れたネスヴァドの王さまの妾《めかけ》になったとか、絶対に知りたくなかったわ！　……ラルドさんみたいな騎士なら、隣国の情報とか喜んで聞くのかもしれないけれど、私じゃ宝の持ち腐れだし）

そう思った優愛は、ラルドを思い出して少し寂しくなる。

この世界に来てから片時も離れずにいたラルドが、今は――側にいない。

（きっと心配しているわよね。必死で捜してくれているはずだわ）

優しく親切で〝おかん〟な彼が、崖《がけ》から落ちた自分を捜していないはずはない。

冷たい無表情に見えて、その実、いろんな感情を表す彼の顔が、優愛の脳裏に浮かんだ。

（……あ、まずい。思い出したら会いたくなっちゃったかも）

ギュッと胸が締めつけられ、喉の奥が塞《ふさ》がる。それは、涙が出てくるときの前触れだ。

優愛は、自分がずいぶんラルドに頼りっきりになっていることに気づいた。

ちょうどそのとき、バサバサッ！　と音がして、周囲の木々から小鳥が一斉に飛び立つ。

『ユア〜っ!!　見つけた！　やっと見つけた!!　ユア、ユアだっ!!』

同時に大声が響いて、カイルアイネンが木の葉の中から飛び出してきた。

『やれやれ、どうやらお喋《しゃべ》りもここまでのようじゃな』

アドネが残念そうに肩を竦《すく》める。

『ユア、ユア！　無事だったか？　ケガはないか？　安心しろ！　ラルドもすぐにくるからな!!』

一直線に優愛に飛びついてきたカイルアイネンは、彼女の首にすがりついた。

『うるさいぞ〝カイル坊〟。このわしが一緒だったんじゃ。ユアが無事でないはずがないだろう。まったく、久しぶりに会ったが、相変わらず落ち着きのない剣じゃな』

アドネは呆《あき》れたようにそう言った。

『え？　……あ、アドネ媼《おうな》!?　そうか、ここってアドネ媼《おうな》の森だったんだな。媼《おうな》がユアを助けてくれたのか？』

『一目瞭然《いちもくりょうぜん》じゃろう。残念な頭も相変わらずか。……ハァ〜、まったく。これではユアの行く末が心配じゃ。――仕方ない。ユア、手のひらを上に向けて前に出すがいい』

急にアドネにそう言われて、優愛は面食らった。それでも言う通りに手を出す。

すると、手のひらの上にポトンと小枝が落ちてきた。長さが十センチくらいの細い枝だ。枝の先には、固く小さな芽が一つついている。

『それはわしの〝挿し木〟じゃ。万が一、危険に陥《おちい》ったときは、それを地面に挿すといい。お前には【聖霊の加護】もあるし、きっとなんとかしてくれるはずじゃ』

優愛は驚いて手の中の小枝を見つめた。公園のそこかしこに落ちているのと同じに見える小枝には、とてもそんな力が宿っているようには思えない。

『ユアには俺がついているんだ！　危険なんてあるはずがないだろう!?』

『だから、万が一と言っておろうが。本当に残念な〝剣〟じゃのう』

くってかかるカイルアイネンに、アドネが大きなため息をついた。

優愛は慌《あわ》てて頭を下げる。

「ありがとうございます！　アドネさん」

『よいよい。久方ぶりに思う存分話せたお礼じゃよ。お前もこの先大変じゃろうが、頑張るんじゃぞ』

「はい！」

そう返事をしたときだった。

「ユア!!」

大きな声が、優愛の耳に届く。

同時に、ズザザッ！　と藪《やぶ》がこじ開けられ、そこからラルドが現れた！

冷たい無表情はどこに行ったのか、大きく見開かれた青い目が優愛を見つけてはっきりと喜色を浮かべる。

「ユア！　○○○×△!!」

現れたそのままの勢いで走ってきた彼は、優愛をしっかり抱きしめた！

「ユア！　ユア！　ユア!!」

大きな腕が、熱い体が、ドクドクと伝わる心音が、どれほど彼女を心配してくれていたかを教えてくれる。

「ラルドさん――」

力強いその体に、優愛も思いっきり抱きつく。

『うんうん、ユア、よかった！　よかったなぁ！』

涙まじりのカイルアイネンの声を耳にして彼女は心底安心し、ラルドの胸に顔を埋《うず》めた。


そんな大変な道中を経て、優愛たちが王都に着いたのは、それから五日後。

本当はもっと早く着けたのだが、山の転落事件以降、過保護っぷりに拍車をかけたラルドがなかなか進もうとしなかったのだ。自分の目の前で優愛が崖《がけ》に落ちたのが、よほどショックだったらしい。

『ユアの傷が完全に治るまでは、動かないって言っているぜ』

「そんな！　私の傷なんて軽い打ち身やかすり傷ばかりなのに！」

それでは無理をして山を越えた意味がない。そう思った優愛は、言葉が通じないながらも必死に覚えた単語をつなぎ、なんとかラルドを説得する。

「ラルドさん！　王ト行ク！　早ク。私、嬉シイ！　楽シミ！　痛イ、ナイナイ!!」

いまだかつて、これほど真剣に語学の勉強をしたことはない。

その甲斐《かい》あってか、ラルドはようやく重い腰を上げてくれた。

『〝ナイナイ〟とか、ユアは可愛すぎだろう！　あれじゃラルドが敵《かな》うはずがないぜ』

カイルアイネンの言葉は気にしないことにする。剣と人との感じ方は、きっと違うはずだ。そうに違いないと、優愛は思う。

その後も、彼女の体調を気遣いゆっくりゆっくりと馬を進め、ようやく今日、王都に着いたのだった。

「うわぁっ！　すごい!!」

はじめて王都を見た優愛は、思わず感嘆の声を上げる。

今まで通ってきた町などとは比べものにならないくらい広く整備された道路と、その両脇に続く緑の街路樹。大きな建物が軒《のき》を連《つら》ねる風景は、圧巻の一言だ。

行き交うのは、立派な馬車や種々雑多な衣装を着た徒歩の人々。

その中を、馬を引いたラルドと優愛は並んで歩く。

カイルアイネンはいつも通りラルドの肩に乗っていた。

王都の中央には大河が流れていて、涼しくひんやりとした河風が優愛の髪と服をなびかせる。

今日の彼女の服装は、白いブラウスと青いデニムみたいな生地のチョッキ。そして同じ生地のスカートだ。スカートの裾《すそ》にはレースのフリルがついていて、無表情でジッと見つめるラルドに代わり、カイルアイネンが可愛いと大絶賛してくれた。

（ラルドさんったら、泊まった町ごとに服や靴を買うんだもの。私のことを甘やかしすぎだと思うわ）

おかげでラルドの荷物は、優愛と出会ったときの三倍くらいになっている。やめてほしいと何度も頼んだのだが聞き入れてもらえず、優愛はもう諦めていた。

ちなみにアドネからもらった小枝は小さな袋に入れて紐《ひも》をつけ、首から服の下にぶら下げている。どう見ても普通の小枝で助けになりそうには思えないのだが、〝お守り〟とでも考えればいいだろう。

（まあ、そんな〝お守り〟必要ないくらい、ラルドさんは過保護なんだけど）

いまやラルドの〝おかん〟属性は、とどまることを知らず日々大きくなっている。

「〇×……馬……〇◇……痛く……□×……ユア？」

優愛が華やかな街並みをキョロキョロと見回していると、ところどころ聞き取れるようになってきたこの国の言葉で、ラルドが話しかけてきた。

『悪いなぁ。王都の中では緊急時でもない限り騎馬での通行は禁止されているんだ。おかげでこうやって歩かなきゃならない。……足は痛くないかってラルドが心配しているぜ。もちろん俺もな』

ラルドの言葉はカイルアイネンが訳してくれるため、聞き取れなくても問題ない。

「あ、えっと……大丈ブデス。痛イ、ナイヨ。ラルド、サン」

問題なのは聞き取りではなく話すほうだ。少し覚えはじめた言葉で、優愛は頑張って返事をした。

たどたどしい彼女の声を聞いたラルドのキツイ目元が、ほんの少しだけ下がる。きっと微笑《ほほえ》ましく思われているのだろう。

『ユア～！　俺への返事は？　俺を無視しないでくれよぉ～！』

とたん、ラルドの肩の上のカイルアイネンが不満を訴えてきた。

「別にどちらへの返事でも、一緒でしょう？」

『でも、呼んだのはラルドの名前だけだった！　カイルさんって、言ってくれなかった！』

そう言われても、カイルアイネンの姿が見え、声が聞こえるのは優愛だけだ。

「ラルドさんに聞こえる声で、カイルさんの名前を呼べるはずがありませんよね？」

『そ、それはそうだが……でも！』

とんだ駄々《だだ》っ子の剣だった。

「ハイハイ。大丈夫です。私はどこも痛くありませんよ〝カイルさん〟。それよりラルドさんは今どこに向かっているんですか？　やっぱりお城に行って、任務完了の報告をされるんでしょうか？」

ラルドに聞こえないような小さな声で、優愛はカイルアイネンにたずねる。地方での公務から戻った騎士が王都で最初に行く場所と言えば城だろう。

『……俺への返事がおざなりだ。俺は名剣カイルアイネンなのに』

カイルアイネンはいじけた風にそう呟《つぶや》くと、それきり黙り込む。どうやら返事をしないつもりでいるらしい。

でも、そんなことを言われても、仕方ない。

（いくら神さまからの依頼でも、カイルさんってまともに相手をすればするほど際限なくお喋《しゃべ》りを続けるんだもの。しかも、どんな話題も国家機密や、王族、貴族のゴシップネタに発展するし……

いったいどこの情報番組なの？　って感じなのよね）

おかげで優愛は、知っているのがバレたら命の二つや三つ飛ぶほどの秘密をいくつも抱えることになってしまった。その秘密の中には、山で遭難したときに出会った大樹アドネからの情報もある。

（公爵家の不倫騒動とか、伯爵家のお家騒動とか、まったく知りたくなかったわ。この世界の言葉が話せるようになっても、カイルさんみたいな存在と話せることは絶対秘密にしなきゃよね！）

そうでなければ、よくて精神異常者として病院送り、最悪スパイとして逮捕処刑されるに違いない。

そんな未来はまっぴらごめんと、優愛は固く心に誓う。カイルアイネンとの会話は、控えめくらいがちょうどいい。

「えっと、……ラルド、サン、城、行ク？　スグ？」

とりあえず優愛は、拙《つたな》い言葉でラルドに話しかけた。

「いや、×△――」

ラルドが答えはじめた、そのとたん――

『うわぁあっ！　嘘、嘘！　俺がちゃんと答えるよ！　だから、俺を無視しないで!!』

ものの一分も経たずにだんまりを放棄したカイルアイネンが、慌《あわ》てて話しかけてくる。小さな手足を振り回し、目一杯存在をアピールした。

聖霊とは、どれだけお喋《しゃべ》りに飢えているのだろう？

『城への報告は明日でもいいんだってさ。だからラルドはこのまま家へ帰るつもりだ。スティブ家は名門だからな。領地の本邸とは別に、王都に立派な屋敷がある。もっともこいつは、城の騎士団宿舎に寝泊まりして滅多に屋敷には帰らないんだが。……今日はユアがいるから、ちゃんと屋敷でもてなしてくれるつもりらしいぜ』

そんな、もてなされるような立場ではないはずの優愛だ。ラルドは彼女を王都まで連れてきて、さらに面倒を見てくれるつもりなのだろうか？

「いいんですか？　私は身元不明の行き倒れなのに」

『何言っているんだ！　ユアは【聖霊の加護】を授《さず》かった異世界からの客人じゃないか！　この世界の代表として、ラルドがもてなすのは当然のことだぞ』

それは、カイルアイネンだから知り得ることで、ラルドはそんなこと欠片《かけら》も知らない。

「でも――」

『ああ！　心配するなって。もしラルドがユアを放り出すつもりなら、今まで通ってきた町で、いくらだって機会はあっただろう？　それをここまで連れてきたんだ。今さら手を放すつもりなんかねぇよ！』

それは確かにそうだ。

王都に着くまでの十日ほどで通ってきた町は七つ。中にはそこそこ大きくて警備の兵士がきちんと巡回している町もあった。つい先ほど通り過ぎた王都に入る門にも、そこに詰《つ》める騎士隊がいて、ラルドは彼らと話をしていたのだ。

つまり、ラルドはいつだって優愛を町の役人や兵士たちに渡すことができたのだ。それをせずに自分が暮らす家に連れていこうとしているのなら、中途半端に彼女を放り出すつもりはないということだろう。

しかし優愛には、そのラルドの意向が不思議でたまらなかった。

(ラルドさんは神さまが私を助けてくれそうだと選んだ人だから、悪いようにはしないと信じられるんだけど。ここまでよくしてくれる理由がわからないわ)

その気持ちが顔に出ていたのだろう。カイルアイネンが小さくため息をつく。

『大丈夫だって。ラルドは性格的に、一度懐《ふところ》に入れた奴を見捨てられないだけだから。――ああ。あと、こいつは、門番の騎士には「拾ったお前を責任もって監視する」って言っていたぞ。……まあ、どう考えても、自分や周囲に対する建前だろうけどな』

「あ、それだったら納得です」

ようやく自分が納得できる理由をもらえた優愛は、ホッとして頷《うなず》く。

『えぇ⁉　なんでそんな建前なんかに納得しているんだよ⁉』

けれどカイルアイネンは不満そうだ。

「えっと？　表向きの理由は大切ですよね？　本音だけで突っ走ったら、ラルドさんが立場的に大変なことになりますもの。今でさえ、私はものすごくお世話になっているのに、これ以上ご迷惑をおかけできません」

身元不明の怪しい人物を厚意だけで匿《かくま》うなんて、人間としては正しくとも、国に仕《つか》える騎士としてはいけないことだ。

ましてやラルドは騎士団の第五隊長。彼が優愛を世話するならば、誰もが納得できる言い訳が必要である。

『……人間って、ホント面倒くせぇ』

優愛の言葉を聞いたカイルアイネンは、疲れたようにそう呟《つぶや》いた。

「世の中、そんなものなんです」

チラリとカイルアイネンを見た優愛は、そこから視線を上げてラルドの顔を見つめる。無表情の騎士は、なんとなく心配そうにこちらを見ているように感じられた。

(ひょっとして、さっきの門で私を「監視する」なんて言ったせいで傷ついているんじゃないかって思っているのかしら？)

ほんの片言しかこの国の言葉を話せない優愛だが、お喋《しゃべ》りなカイルアイネンのおかげで、ラルドの言っていることは全て理解できる。このためラルドは、優愛は話すのは苦手でも聞き取りはそれなりにできると思っているようだ。だからこそ、自分の言葉に彼女がショックを受けているのではないかと心配しているのだろう。

(ホントに優しい人なのよね)

紛《まご》うかたなき〝おかん〟だ。

そう思った優愛は、大丈夫だという思いをこめて微笑《ほほえ》みを浮かべた。

「家、一緒、行ク。……ア、アリガ、ト」

こちらの言葉で、精一杯の感謝を告げる。拙《つたな》い言葉だったが、なんとか伝わったようだ。

ほんの微《かす》かに、ラルドの口角が上がる。

たったそれだけなのに、優愛の心臓はドキンとはねた。

（イケメンの控えめな笑顔って……スゴイわ！）

ラルドが無表情でよかった。もしも、こんな調子で彼がいつも表情豊かに笑っていたら、優愛の心臓はあっという間に爆発しただろう。ドキドキしすぎて、うっかり、彼に恋してしまったかもしれない。

（吊り橋効果って言うんじゃなかったかしら？　ドキドキしているときに一緒にいる相手には、恋心を抱きやすいのよね？）

そのドキドキが相手の笑顔に対するドキドキならば、それは吊り橋効果ではなく本物の恋である。

「行コウ――――ユア」

差し出された大きな手に胸の鼓動を高鳴らせながら、そっと手を重ねる優愛だった。

親切なラルドに保護されたとはいえ、言葉も話せず出自も不明な優愛。そんな自分がこの世界で居場所を見つけるのは大変なことだと思ったのだが、事《こと》は彼女が拍子抜けするほどスムーズに進んだ。

優愛がラルドと出会った野原からそれほど遠くない場所で、異国人を不法に攫《さら》って人身売買をしていた悪の組織が摘発されたのだ。被害者の中には、優愛と同じく言葉のわからぬ身元不明者が多くいて、彼女もその中の一人と思われた。なんとか組織から逃げ出し、そこをラルドに発見されたのだろうということになったのである。

（偶然……ていうより、神さまの作為的なものを感じるわよね？）

まあ、たとえそうだとしても人身売買組織の摘発はいいことなので、優愛に文句はない。

捕まっていた者たちは、年齢も性別も国籍もバラバラ。身元が判明し、希望した者たちは故郷や家族のもとに帰された。しかし中には、親に売られた子供や幼いうちに攫《さら》われて自分がどこで生まれたかわからぬ者もいる。

優愛もラルド立ち会いのもと、出身地を尋ねられた。

アドネのアドバイス通り、地図上の西の海に浮かぶ島々を適当に示した優愛に、質問した騎士たちは表情を曇らせる。住民の把握ができていない島々では誘拐や人身売買が横行していて、彼女が親もとに帰るのは不可能だと、即座に判断されたのだ。

ラルドは大きな手で優愛の体を引き寄せ、慰《なぐさ》めるように肩を抱きかかえてくれた。

優愛は申し訳なさでいっぱいになる。

(まるっきりの嘘なのに――まあ、でも私が親もとに帰れないのは嘘じゃないけれど)

優愛みたいな者たちは、自立できるまで国が支援すると決まったそうだ。

「ユアの支援は俺がすることになった。国から金も出ている。だから、遠慮せずに、家でのんびりしていてかまわないぞ」

既《すで》に見慣れて怖くもなんともなくなった無表情で、ラルドはそう言ってくれる。

彼の家に住むようになって一週間。

発音がかなり難しいため話すほうはまだまだだが、ラルドの言葉を優愛はだいぶ聞き取れるようになった。もちろん、聞き取れないところは、すぐにカイルアイネンが教えてくれるから問題ない。

『そうそう！　それに、そんな支援金なんてなくてもラルドは結構金持ちだからな。堅物すぎて遊びに金を使わないんだ。高給取りなのに、絵にかいたみたいな清貧生活を送っているんだぜ。ユアの一人や二人、余裕で養える金を持っているから、心配するな』

養うのはカイルアイネンでなくてラルドのはずなのに、お喋《しゃべ》りな剣は安請け合いをする。

「ソンナ！　世話、ナル、ズット、イケナイ！　働ク、デキナイ、ナラ、ゴ飯、食ベル、ナイ！」

首を勢いよく横に振りながら、優愛はラルドに訴えた。

すると、カイルアイネンが訝《いぶか》しげに首を傾《かし》げる。

『は？　働けないからって飯を食べさせないなんてことを、ラルドがするわけないだろう？』

「違います。『働かざる者食うべからず』っていう、私の世界の慣用句です」

たしかにラルドは、おかん気質。氷の騎士という見た目に反し、根っから世話好きな彼なら、優愛がどんなに働かなくともずっと面倒見てくれるだろう。

しかし、それではいけない。

（永遠にラルドさんのお世話になっているわけにはいかないもの！　なんとかこの世界で自立しなきゃいけないのよ！）

そんな決意をこめて、優愛はラルドを見つめる。

無表情の騎士はフッと息を吐くと、大きな手で彼女の頭を撫《な》でてきた。

「ユアは真面目な働き者なんだな。……わかった。そんなに気になるのなら、どこか信用のおける働き口を探してみよう」

そう言ってくれる。

表情は変わらなくとも、彼の手の優しさが優愛の心に沁《し》みいった。

『えぇ～！　反対！　絶対反対！　ユアが働きになんて出たら、ラルドは完全に仕事に復帰してまた城に住みこむようになるじゃないか！　俺は本体の剣から離れられないし、そんなことになったら俺とユアのコミュニケーションの時間がなくなる！　イヤだ！　断固抗議するぞ！』

反対にカイルアイネンが大声で抗議の声をあげる。三頭身の頭をブルブルと大きく左右に振って、短い足で地団駄《じだんだ》を踏んだ。

(ラルドさんの心遣いが台なしだわ)

見えるのも聞こえるのも優愛だけなのだし、やめてほしい。

「城に行けば、話のできるお仲間もいるのでしょう?」

仕方なしに優愛はそう言って慰《なぐさ》める。

『いるけど、数は多くないし、何よりユアみたいな可愛い女の子はいないんだ! 女の子との会話を絶たれるなんて……俺は、死んだほうがましだ』

カイルアイネンは……おいおいと泣き出した。

——果たして剣は、死ねるのだろうか?

はなはだ疑問に思うのだが、そこにツッコんでも無駄だろう。

「大丈夫ですよ。仕事をしたからって、ずっと会えなくなるわけじゃありませんし。案外お城に近い職場が見つかるかもしれませんよ? そうなったら度々《たびたび》会えますし、お昼とかも一緒に食べられるかもしれないですよね?」

そうそう都合のよい職場が見つかるわけはないと思うが、カイルアイネンを宥《なだ》めるためにそう話しかける。

『ホントか? ホントにそうなったら一緒に昼飯を食べてくれるのか?』

「ハイハイ。約束しますよ」

優愛は気軽に返事をする。まずはカイルアイネンを泣きやませなければならないのだ。

『絶対！　絶対だぞ！』

「ハイハイ」

　まさか、この約束を毎日果たすことになるなんて、思ってもみない優愛だった。


　そして、それから一ヶ月後。

（ホントに、そんな働き口見つかるわけないと思っていたんだけどなぁ〜）

　食事を載せるためのトレーを持ち、優愛はこの職場に勤める前のカイルアイネンとの会話を思い出していた。

　ここは食堂で、今は昼食時。ガヤガヤと賑やかな広い空間には、なんとも食欲をそそる匂いが漂《ただよ》っている。

　優愛はバイキング方式の料理コーナーに並びながら、ぼんやりとしていた。

（朝昼晩三食付きだし、住みこみだし、お給金はけっこうもらえるしで、仕事に文句はないものの――）

　心配していた〝外れスキル〟への偏見も、時々哀れみのこもった目で見られる以外は、大きな問題はない。

（いや、あの目が気にならないかって言われれば、そうじゃないんだけど）

　いちいち反応していたらきりがないので、放置している現状だ。

　ボーっと考え事をしていた優愛のトレーに、ふいにズシッとした重みがかかった。

驚いて顔を上げれば、そこには無表情な〝氷の騎士〟さまがいる。

トレーの上には、あっという間に、山盛りのパンとサラダ、温かなスープとカリカリに焼けたベーコン、スクランブルエッグなどが載せられていった。

「これで、足りるか？」

相変わらずの〝おかん〟ぶりを発揮したラルドが、首を傾《かし》げてそう聞いてくる。

同時に、騎士の肩にポン！　と音を立ててカイルアイネンが現れた。

『ユア～！　会いたかったぜぇ！　食事時にしか話せないなんて寂しすぎるよな！　早く空いている席について、じっくり話そうぜ。ああ、他に欲しい料理があったら、遠慮なくラルドに言えよ。ちなみに今日の俺のおすすめは、肉汁したたる厚切りステーキだ！』

お喋《しゃべ》りな剣は、相変わらずだ。剣はものを食べないはずなのに、おすすめというのは何を基準に選んでいるのだろう？

「コレ、多スギ！　食ベラレナイ！」

優愛は、さらにデザートのゼリーを載せようとしたラルドを慌《あわ》てて止めた。

ピクリとも表情の動かぬ騎士は「そうか？」と、小さく首を傾《かし》げる。

「ユアは少食すぎる。それでは大きくなれないぞ」

そう言った彼を、優愛はジロリと睨《にら》む。

彼女は二十歳。これ以上大きくなる予定はないのだ。

（そんなに食べたら、太るだけでしょう！）

ムッとしてパンを返そうとしたのだが、それはラルドに止められた。

「できるだけでいいから食べてくれ。余ったものは私が食べる。さあ、席に着こう」

そうラルドに促《うなが》されると、優愛は従う以外ない。

窓際の席に、二人で向き合って腰かけた。

窓の外には見事に整えられた庭園が広がり、荘厳《そうごん》で美しい白亜の建物が立ち並んでいる。中央に建つ尖塔《せんとう》の上に、この国ソージェイアの国旗が風に翻《ひるがえ》っていた。

(ヨーロッパのお城みたい――って、まあ、正真正銘お城なんだけど)

そんなことを思った優愛は、こっそりため息をつく。

そう。ここは、食堂は食堂でも、国の中心たる王城の食堂。

ラルドが見つけてくれた優愛の働き口とは、お城だった。現在、彼女は城の住み込みメイドとして働いているのだ。

(いくらラルドさんが身元保証人になったからって、素性がわからない私をお城で雇うとは思わなかったわ)

そんなことで警備上大丈夫なのか?

今後、この国に暮らすことになるだろう優愛は、少し心配になる。

(でもまあ、下働きのメイドなんて、本当に城の最下層をうろうろするだけで王宮の中心部に入ることなんてないから、かまわないのかもしれないわね)

実際に働いている優愛には、それがよくわかる。

「――何か困っていることはないか？」

考え事をしている優愛のトレーから一つ手に取りつつ、ラルドが聞いてきた。慣れた手つきでパンを二つに切ると、内側にバターを塗りスクランブルエッグと野菜を挟んで、手渡してくれる。

「私、自分、スル。ラルドさん！」

優愛は一応抗議しながらも、彼に作ってもらったサンドパンを受け取った。出来上がってしまったものを食べないわけにはいかない。

パクリと一口食べて、その美味《おい》しさを堪能《たんのう》した。野菜と卵の比率が絶妙だ。

「ああ。すまない。ついクセでな」

全然すまないとは思っていない口調で、ラルドが謝ってくる。手には、もう次のパンを持っていて、今度は何を挟もうかと物色しているらしい。きっとそのパンも、優愛の口に入るのだろう。

『アハハ！　無理無理。ラルドがお前に食べさせようとするのは、もう条件反射だからな』

ラルドの肩から優愛の肩へと飛び乗ったカイルアイネンが、苦笑しながらそう言った。

そんな条件反射など身につけてほしくなかったと、優愛は思う。

周囲にいる人々は、無表情で恐ろしい氷の騎士が一介のメイドに甲斐甲斐《かいがい》しく食事をさせる光景に、複雑な視線を向けている。

（……それでも、大声で取り乱さなくなっただけ慣れてきたのよね）

優愛が城に勤めた初日はもっとずっと大騒ぎだった。今と同じ光景をはじめて見た人々に、それはそれは驚かれたのだ。

自分の目がどうかなったのかと疑う者が三割。

幻覚が見えると、自分の正気を疑う者が三割。

天変地異が起こると、世を儚《はかな》む者が三割。

残りの一割は……ちょっと普通の人とは感性の違う人で、要注意人物なのだとカイルアイネンから教えてもらった。

ともかく、大変な騒ぎだったのは間違いない。

『なあ、ホントに困っていることはないか？　俺もラルドも騎士団の仕事があるんで、始終ユアを見ていられない。……嫌がらせとか、されていないか？』

心配そうにカイルアイネンが優愛の顔をのぞき込んでくる。

強《し》いてあげるなら、今のこの状況こそが困っていることの筆頭なのだが、まさかそう口に出すわけにもいかず、優愛は苦笑した。

「大丈ブ。ミンナ、親切。困ルナイ」

「……ならいい」

『本当か？　無理してないか？　遠慮なんてするなよ。俺とユアの仲じゃないか！』

短く頷《うなず》くラルドと、言葉を重ね何度も確認するカイルアイネン。二人の言葉は、足して二で割るとちょうどいいのだろう。

それでも、どちらも優愛を案じてくれているのはよくわかった。

（きっと、【聖霊の加護】のスキルの件があるから、なおさら心配性になっているのよね。……私は、もうそんなに気にしていないのに）

心配されて、くすぐったい気持ちになりながら、優愛はパンをかじる。

実際のところ、彼女の〝今〟の仕事環境は、それほど悪くなかった。

それに少なくとも、勤めはじめた頃に比べれば、ずいぶんマシだ。

（まあ、でも仕方ないわよね。言葉は片言で身元もはっきりしない。おまけに就職前にかけられた鑑定装置で、外れスキル【聖霊の加護】を持っているとバッチリばれたんだもの。そんな人間がメイドになったからって、一緒に働く人たちが最初から親切にしてくれるはずないわ）

見るからに怪しくて、しかも利するところが何もない人間を歓迎してくれるお人好しは、そうそう世の中にいないのだ。

（そんなのラルドさんくらいだわ）

最初は無視され、馬鹿にされたり陰口を叩《たた》かれたり必要な情報を伝えられなかったりと、いろいろ意地悪をされたものだが、一週間も経たないうちに改善された。

（初日の昼食で、ラルドさんが私の身元引受人だっていうことが、あっという間に知れ渡ったのが大きかったかもしれないわよね？　わざわざ氷の騎士さまにケンカを売りたいメイドなんていないわ）

ラルドは城の人々の多くにとって畏怖《いふ》の対象らしい。

（実際は、世話好きの〝おかん〟なんだけど）

その事実を知るのは、優愛を含め、ほんの一握りらしい。

それに、メイドをまとめるメイド頭が差別を徹底的に嫌う人だったことも待遇改善の一因だ。当初優愛に意地悪をしたメイドたちは、こってり彼女にしぼられたとか。

（それで直るあたり、この世界の人たちは日本より、ずっと素朴なのかもしれないわ）

「ホント、大丈ブ、デス」

優愛は笑って否定し、温かなスープを口に運ぶ。今度はベーコンを挟んだサンドパンをラルドから受け取り、パクリとかじった。

美味《おい》しい料理を好きなだけ食べられて、最初はともかく今はいい環境で働ける。これで文句など言ったら、罰《ばち》が当たるだろう。

（そう。ちょっと変わった〝人〟と〝モノ〟がいるくらい、別に困ったことじゃないわよね？）

いわゆる許容範囲というものだ。

優愛はラルドとカイルアイネンを順番に見つめた。

『そういえば、ユアは知っているか？　最近またスモロの動きが怪しいって、女王の〝王冠〟が話しているんだ』

お喋《しゃべ》りなカイルアイネンの話はできるだけ聞かないように、心の耳を塞《ふさ》ぐ。どう考えても一介のメイドが知っていていい話ではないのだ。

優愛は窓の外に視線を移した。青空の下、颯爽《さっそう》と翻《ひるがえ》る国旗を再び見る。

切り取って絵ハガキにしたいほど美しい景色を前に、ため息を禁じえない優愛だった。

世間一般的に、住みこみとは雇用された者が働く場所で寝泊まりすることを言う。城のメイドには基本二人部屋が与えられていて、もちろん優愛も例外ではなかった。

彼女の同室はチアリ・ベルという名の十八歳の女性だ。赤みがかった茶色の髪と緑の目、黒縁《くろぶち》の眼鏡が似合う、一見大人しそうな美人である。

奇特なことに、彼女は優愛を最初からいじめなかった人間でもあった。実家は大きな商家で、お城で働いているのは行儀見習いのためだという。

「――それは表向きの理由ですけどね。父は、私が貴族の目にとまり玉《たま》の輿《こし》に乗ることを望んでいるんです。貴族とのつながりは、商売をしていく上でプラスになりますから」

一日の仕事が終わり、寝る前の雑談でそう語ったチアリは、小さなため息をつく。

「玉《たま》ノ輿《こし》？」

「私だけではありません。お城で働く女性のほとんどは、玉《たま》の輿《こし》目当てですよ。だからメイドには若い女性しかいないでしょう？」

言われてみれば、確かにそうだ。メイドの年齢は十六歳から二十二歳くらい。二十歳《はたち》の優愛も決して若いほうではない。

「オ城、働ク、一生安泰、思ッタケド」

「安泰ですよ。玉《たま》の輿《こし》に乗れたらですけれど。……まあ、私はダメなら、家に帰って他の商家に嫁《とつ》ぐ道もあります。お城で働いた実績があれば、そこそこいい家に嫁《とつ》げますからね」

最近わかったことだが、この世界の女性の地位は、実はそれほど高くない。

決して蔑視《べっし》されているわけではないが、自立して働き続ける女性は少数で、ある程度の年齢になれば結婚して家庭に入るのが当たり前と思われている。

(女王が統治しているのに、王族だけが別格で、一般の人の考え方は一昔前みたいな感じなのね。まあ、中にはメイド頭さんみたいに、独身でバリバリ働いている女性もいるけれど……普通の女性にはハードルが高そうだわ)

メイド頭は、四十歳独身。凛《りん》とした雰囲気のものすごい美人で、没落した元伯爵令嬢なのだそうだ。彼女の波乱万丈の人生を、優愛はカイルアイネンから詳細に聞かされている。もちろん、自分から聞かせてほしいと頼んだわけではないし、自分が知っていることは本人には絶対内緒だ。

「商人の嫁も悪くはないんですけれど、貴族ほど時間に余裕がないのが個人的に困るんですよね。その点はユアさんが羨《うらや》ましいです！　氷の騎士さまのスティブ家は豊かな穀倉地帯を領地に持つ名家ですもの。氷の騎士さまご自身も将来は騎士団長確実ですし、きっとゆったりのんびり暮らせますわ。贅沢《ぜいたく》し放題ですよ！」

チアリから羨《うらや》ましそうな視線を向けられた優愛は、焦《あせ》って首を横に振った。

「違ウ！　私、ラルドさん、ソンナンジャナイ！」

「何を今さら照れているんですか？　毎回食堂で、あんな甘々っぷりをみんなに見せつけているくせに？」

そう言いながらチアリは、肘《ひじ》でツンツンと優愛を突く。

別に優愛は見せつけたくて食堂であんなことをしているわけではない！

「違ウ！　アレハ、ラルドさん、優シイカラ！」

懸命に否定するのだが、チアリはまったく信じてくれなかった。

「そんなに恥ずかしがらなくてもいいんですよ。あれを見た人は、氷の騎士さまも人間だったんだなぁって、ホッとしていますから。……それにしても、まさかあれほど独占欲丸出しになるなんて、まったく予想外でした。でも！　私的に最高の〝シチュ〟でしたわ！　私は、氷の騎士さまには絶対〝騎士団長〟さまだと思っていたのですけれど、不遇な〝異国のお姫さま〟も〝アリ〟だなって思いました！　〝ノーマルラブ〟も、たまにはいいですよね！」

鼻息荒く、チアリは語る。黒縁《くろぶち》眼鏡の奥の緑の目が、キラ～ン！　と、光った。

誰が〝異国のお姫さま〟だと、優愛はため息をつく。

実はチアリは、優愛とラルドが最初に食堂で食事をした際の〝残りの一割〟なのだ。つまり、ちょっと普通の人とは感性の違う要注意人物なのである。

ラルドが甲斐甲斐《かいがい》しく優愛の世話をやいている様子を、目に焼き付けんばかりにジーッと見ていたチアリ。

そう。とても真面目そうに見える彼女だが、実は王城で働く傍《かたわ》ら、女性に人気の恋愛小説を書く〝作家〟なのだ。しかも恋愛であればジャンルを問わないマルチ作家。〝氷の騎士〟も〝騎士団長〟も、間違いなく男性である。

（まさか、異世界にも腐女子がいるなんて思わなかったわ！）

優愛は、思わず天を仰《あお》ぐ。

そこに――

『あ～あ、すまないなユア。こうなるとチアリの妄想は止まらないのだ。残念だが諦めてくれ』

ユアとチアリしかいない二人部屋に、第三の声が響いた。

声が聞こえてくるのはチアリの机の上からで、そこには古い万年筆が一本置かれている。

そして万年筆の隣には、カイルアイネンの分身体と同じ三頭身のおじさまフィギュアがいた。

「ああ！　私、俄然《がぜん》、想像力がかきたてられてきましたわ！　お父さまから買っていただいたペンが、私を呼んでいます！」

『いや、まったく呼んでいないぞ』

第三の声は、いわずと知れた万年筆のものだ。チアリの父が娘のために異国で買った高級万年筆は、名剣カイルアイネン同様、長い時を経て意識を持った聖霊だった。

名は、ファンタイン。分身体は、白髪《しらが》まじりの髪をオールバックにした紳士風のおじさまで、これはこれで、大変可愛らしい！

もちろん、ファンタインの声が聞こえるのも見えるのも優愛だけだった。このファンタインがいてくれるおかげで、妄想――もとい、暴走するチアリの言葉が、全て理解できるのだ。

そのチアリは嬉々として机に向かい、ためらいなく万年筆に手を伸ばした。

『おっと』と言って手を避けたファンタインを気にすることなく、万年筆を握り、そのまま右手でクルクルと回しはじめる。

「まずはプロットをしっかり考えなければいけませんわよね。ヒロインはもちろんユアさん！　ヒーローは氷の騎士さまで、国を追われたユアさんは、神の導きで氷の騎士さまと出会うのです！」

優愛は思わずギクリとしてしまった。

チアリの妄想——いや、想像はかなり真実に近い。まったくの偶然なのだが、作家の想像力は侮《あなど》れなかった。

『くっ！　やめんか！　目が回る。ああ、数々の不朽の名作を書いてきたこの〝私〟が、こんな少女の未熟な作品を書かされるとは』

チアリの手の横で、ファンタインがフラフラと体を揺らし、悔しそうな声をあげた。

なんとかしてあげたい優愛なのだが、いかんせん方法がない。だいたい、こうなったチアリは止められないから諦めろと言ったのは、ファンタインその人（？）である。

『こらっ！　力を入れすぎだ！　もっと、そっと持たんか！　紙にインクが滲《にじ》むであろう。だいたいなんだ、そのいい加減なプロットは！　もっとしっかり構成せねば、後で泣くのはお前だぞ。私の前の前の持ち主は、それは有名な文豪だったのだ。彼のプロットは、緻密《ちみつ》にして大胆！　誰もが感心するものだったのに！』

カリカリカリと、己《おの》が世界にのめり込み、一心不乱に書き続けるチアリと、彼女の手の横で以前の持ち主の偉業をとくとくと語り続けるファンタイン。

（なんだか似た者同士なのかもしれないわ）

優愛にはそんな風に感じられる。

聖霊であるファンタインと話すことは彼女の使命だが、今はその必要はないだろう。

触らぬ神――いや、聖霊に祟《たた》りなし。

そう思った優愛は、ベッドに入るとさっさと眠ることにしたのだった。


よく眠った次の日は、仕事が捗《はかど》る。いつもより速いペースで仕事を進めた優愛は、本日午前のノルマである二部屋めの掃除を終えた。

（これなら余裕を持って食堂に行けるわよね。今日こそは、自分で食べられる分だけの料理を取って、できるだけラルドさんの手をわずらわせないようにしなくちゃ！）

そんな決意をして、モップとバケツを持ち部屋の外に出る。ちなみに、このモップとバケツは喋《しゃべ》らない。

（それが普通なんだけど、最近はなんとなく物足りなく思えたりして）

それだけ、優愛がこの世界に慣れてきたということだろうか？

そんな考え事をしながら部屋を出たのがいけなかったのかもしれない。廊下に出たとたん、ドン！　という衝撃を感じ、彼女は尻もちをついた。運悪く、向こうから歩いてきた人にぶつかってしまったようだ。

「キャッ！　ゴメン！　っと、スミマセン！　ケガ、大丈ブ？」

優愛は慌《あわ》てて謝った。座っている彼女の視界に映るのは、大きな軍靴《ぐんか》とズボンだ。

どうやら彼女がぶつかったのは、ラルドと同じ騎士らしい。

ラルド本人でないことは、靴の大きさからわかった。この靴の持ち主は、ラルドより足が大きいのだ。

視線を徐々に上げると、仰《の》け反《ぞ》りそうな角度になった先に、恐ろしく凶悪な顔がある。

そこにいたのは、筋骨隆々《きんこつりゅうりゅう》の体を立派な騎士服で包んだ、アメリカのプロレスラーも裸足《はだし》で逃げ出しそうな強面《こわもて》イケメンだ。

「あ、団長さま」

ぶつかった男は、ソージェイア騎士団を率《ひき》いる騎士団長だった。

彼の名は、セレスタン・トー・ルフォール。年齢は三十五歳と役職の割には若いのだが、ともかく恐ろしい迫力の持ち主だ。しかも、見かけを裏切らぬ実力者で、一騎当千。戦いでは負け知らずの猛将だと聞いている。

彼ならば、転んだのが優愛だけなのも頷《うなず》ける。

そんな歩く最終兵器みたいな騎士団長に、うっかりぶつかったのだ。

それを見た、ちょうどそこを通りかかった人々が、優愛に心配そうな視線を向けてくる。クマみたいな体格の騎士団長の前に小柄なメイドが倒れていれば、当然だ。

しかし――

(そんな必要ないのにね)

優愛はケロリとそう思った。

彼女はこの騎士団長のことを、よ～く知っているのだ。

（お城に上がった私が最初に紹介してもらったのが、騎士団長さまだったもの）

騎士団長はラルドの直接の上司だった。

（あ、でも違うわね。私が、よく知っているのは団長さまじゃなくて――）

優愛がそこまで考えたときだ。妙に色っぽいハスキーボイスが、彼女の頭に響く。

『まあぁ！　ユアちゃん大丈夫？　もうっ、セレスったら無駄に体が大きいんだもの。邪魔だったらないわよね。ホント、ごめんなさいねぇ』

低くかすれた声で、早口に語られる女言葉。同時にポン！　と音がして、その場に三頭身のフィギュアが現れた。金髪がまじった黒い髪と赤い目をした派手な容姿の分身体は、男と言われれば男に、女と言われれば女に見える姿をしている。

彼？　は、セレスタンが腰に佩《は》いている立派な剣の聖霊だ。銘は、ラディスラフ。黒地に金の蔦《つた》模様の象眼《ぞうがん》の入った派手な鞘《さや》と、柄頭《つかがしら》の真紅のルビーが目立つ豪華な剣である。

聖霊だということからもわかるように、ラディスラフも古い剣だった。作られたのは、カイルアイネンに遅れること十年ほど。その宝飾品みたいな外見とは裏腹に、カイルアイネンに勝るとも劣らない戦績を誇っている。

付いた二つ名は〝血塗《ちぬ》れの剣〟。

『ああ、もうっ！　お尻をペタンとついているユアちゃんが可愛すぎるもんだから、セレスがフリーズしているわ！　ホント、この大男ったら、可愛いものに弱いんだから！　ユアちゃん、悪いけど、セレスに声をかけて正気づかせてやってくれない？』

〝血塗《ちぬ》れの剣〟——ラディスラフは、くねくねと身を捩《よじ》ってそう頼んできた。

あまりにも二つ名とかけ離れたセリフと態度に、優愛は脱力する。尻もちをついて転んでいる姿の、いったいどこが可愛いのだろう？

しかし、フリーズしているセレスタンを正気づかせることには、優愛も賛成だ。

「団長さま！　スミマセン。私、立ツ。手、掴マル。イイ？」

少し大き目の声でそう言って、手を伸ばす。

固まっていたセレスタンは、ハッとして彼女の手を握った。そしてそのまま恐る恐るといった感じで立たせてくれる。

まるで壊れ物を扱うような慎重な動きで、少しでも力を入れれば優愛が壊れてしまうとでも思っているらしい。

「……手、小さい。……可愛すぎる」

小さく呟《つぶや》いた言葉が耳に入り、優愛は苦笑した。

見上げるほど大男の騎士団長は、実は可愛いもの大好きなオトメン。この体型なのに趣味は料理と裁縫。自分では買いに行けない甘いお菓子や可愛い小物を全て手作りしているという。

もちろん、それは誰も——ラルドさえ知らない秘密だった。優愛は、出会った初日にそれをセレスタンの剣であるラディスラフから聞かされたのだ。

同時に、優愛の小柄な日本人体型が、セレスタンの好みドンピシャであるということも。

『セレスったら、ユアちゃんに会った日の夜、自分の部屋で「俺の理想が服着て歩いている！　最新作の猫耳カチューシャつけてほしい！」って叫んで床を転げまわっていたのよ。まったく気持ち悪いったらないわよね』

その次に会ったときには、そんな話まで聞かされた。

正直に言えば、聞きたくなかった。優愛の笑顔が引きつってしまったのは、仕方ないことだろう。まだ猫耳カチューシャをすすめられたことはないが、万が一のときは全力でお断りしたいと思っている。

（本当に、聖霊のお喋《しゃべ》り好きもよし悪しよね）

とはいえ、セレスタンは決して幼児趣味というわけではない。もちろん、性同一性障害でもなかった。彼は、ただ単に可愛いものが好きなだけの男性なのだ。その証拠に、彼が今までつき合ってきた女性はみんなグラマーな大人の女性ばかりだと、ラディスラフが証言している。

『性的興奮と可愛いもの好きはつながらないみたいだし、そこは安心して大丈夫よ。まあ、この外見ですもの、可愛い女性には近づいてさえもらえないのだけれど』

だから心配するなと、ラディスラフは話す。

セレスタンにとって、優愛は久方ぶりに近くで見た可愛い存在。怯《おび》えられたり怖がられたりして避けられないように必死なのだという。

『必死すぎて、どう接していいかわからなくてフリーズするとか、笑えるわぁ～』

ホーホホホッ！　と、派手な剣の聖霊は高笑いを響かせた。

セレスタンの性癖よりも、ラディスラフの性別のほうが、大変気になる優愛である。

（そもそも剣に性別があるのかどうか、知らないけど）

ともかく、セレスタンは変に警戒しなくてもいいようだ。この点については、優愛の保護者のつもりになっているカイルアイネンも保証してくれているので、間違いないだろう。

だから優愛は、怯《おび》えることなく騎士団長に対峙していた。立ち上がらせてもらっても、まだかなり高い位置にあるセレスタンの顔を、臆せず見上げる。

「ケガはないか？」

「大丈ブ。アリガト、団長さま。ゴメン、サイ」

ペコリと謝ると、セレスタンは焦《あせ》ったように首を横に振った。

「謝らなくてもいい。私の不注意だ」

そう言いながら大きな体を屈《かが》め、優愛が落としたモップとバケツを拾ってくれる。そのまま彼女が向かおうとしていた道具置き場のほうへ歩き出した。どうやら運んでくれるつもりらしい。

「団長さま！　私、運ブ。大丈ブ！」

「かまわない。ちょうどそっちに用があったのだ。ユアちゃ――ユアは、これから昼食だろう？　これは、私が片づけておくから早く行くといい。ラルドが待っている」

ニコリともしない凶悪顔でセレスタンはそう話す。

それはたしかにその通りなのだが、自分の仕事を団長に押し付けるわけにはいかないと思う。

「ジャア、一緒、片ヅケル。ソノ後、一緒、ゴ飯。団長さま、イイ？」

首をコテンと傾《かし》げて優愛はそうたずねた。彼女のこのポーズにセレスタンが弱いのは、承知の上である。

優愛を見るセレスタンは、表面上はまったく変化なく仁王立《におうだ》ちをしていた。傍目《はため》にはその表情は恐ろしく、今にも優愛を取って食おうとしているみたいに見えるだろう。

しかし、よくよく観察すると、彼の耳は異様に赤い。

『……嬉しすぎて、悶絶《もんぜつ》しているわ』

ラディスラフが呆《あき》れてため息をつく。

セレスタンが優愛の申し出を断らなかったのは言うまでもない。

——この少し後、食堂で無表情な氷の騎士と凶悪な表情の騎士団長が小柄なメイドを挟んで昼食をとるという、世にも不思議な光景が見られた。

近寄るだけで気の弱い者なら失神すると噂《うわさ》される騎士団の双璧《そうへき》。その二人に囲まれて平然と食事をしている優愛に、城内の注目が集まったのはある意味当然の流れだ。

そして、この翌日、やり手なメイド頭に呼び出された優愛は、その場で騎士団専属メイドに抜擢《ばってき》されたのだった。


急な配置転換を命じられた優愛。

しかし騎士団専属と言われても、仕事の内容が変わるわけではない。ただ単に、掃除をする場所が騎士団のあるエリアになったり、洗濯の中身が騎士団の制服になったりと、要は仕事の対象が騎士団限定になっただけ。

「それでもスゴイ出世ですよ！　騎士さまたちは、私たちメイドの憧《あこが》れですもの。専属メイドになるのは、玉《たま》の輿《こし》を狙う者の夢なんです！　ユアさんったら、羨《うらや》ましすぎです！」

当然、部屋も変わらなかった。

一日が終わり、後は寝るだけという夜半すぎ。ベッドで横になる優愛に対し、机に座るチアリが熱く語りかけてくる。チアリの黒縁《くろぶち》眼鏡の奥の緑の目は、ランプの明かりを受けてキラキラと輝いていた。

『すまないな。チアリはユアを気に入っているから、君の出世を我が事のように喜んでいるのだ』

彼女の白い手の中で、万年筆がクルクル回っている。もちろんその手の側には聖霊がいて、気持ち悪そうに「ウップ」と吐き気をこらえていた。きっと、目が回っているに違いない。

それでも、なんだかんだと主人思いのファンタインは、チアリをフォローする。

しかし、チアリがここまで興奮している理由は、どう考えてもそれだけではない。

「……イツデモ変ワル、オーケー」

ハイテンションすぎる彼女を、優愛はジロリと睨《にら》みつけた。

けれどチアリは、ブンブンと首を横に振る。

「いえいえ、とんでもない！　私が騎士団になんて行ったら、氷の騎士さまと騎士団長さまのあれやこれやを妄想して、あっという間に鼻血を噴いて倒れる自信がありますもの！　私、まだ出血死したくありませんから！」

それは、断る理由としていかがなものだろう？

少しも悪びれないチアリの態度に、優愛は呆《あき》れてしまう。

さすがにフォローしきれなかったのか、ファンタインも黙り込んだ。

それでもチアリの勢いは、止まらない。

「それに他のメイド仲間たちだって、なんだかんだ言っても、いざ実際に氷の騎士さまや団長さまを目の前にすれば、恐怖に体が竦《すく》んでまともに動けないんですよ！　騎士団専属メイドは、ユアさんの天職だと思います！」

両拳《りょうこぶし》を握り締め、断言する彼女。

そんな天職ほしくないと思った優愛は、ガックリと肩を落とす。

もちろんチアリは優愛の落ち込む様子には、おかまいなしだ。

「これで、私の創作意欲もますます燃え上がるっていうもんです！」

ついには本音をぶちまけた。

「メイドとして働くヒロインと触れ合う機会が増えて、心配しながらも心から喜ぶ氷の騎士さま！　そんな二人を柱の陰から切なく見守る騎士団長！　もつれあう三角関係は、恋愛物語の王道です！」

『たしかに王道であろうな……騎士団長が見つめる相手が、ヒロインではなく氷の騎士だという点を除けば』

チアリの書く物語を否応《いやおう》なく一番近くで見ているファンタインが、疲れた表情で肩を落とす。

（ノーマルラブに目覚めたんじゃなかったの？）

優愛は思わず顔を引きつらせた。

「あ！　でもユアさん、メイドの中には、自分の能力のなさを棚に上げてユアさんを妬《ねた》む者もいますから、気をつけてくださいね。女の嫉妬《しっと》は怖いですよ」

ついでのように付け足された忠告に、優愛の顔はますます引きつる。そんなことを言われては騎士団で働くのが憂鬱《ゆううつ》になってしまう。

小さな部屋の中で、優愛とファンタインの大きなため息が重なった。


しかし、悲しいかな。優愛は生真面目《きまじめ》な日本人。働かざる者食うべからずの心意気を持つ彼女には、仕事をさぼるという選択肢がない。

今日も今日とて、優愛は騎士団のエリアでせっせとモップをかけていた。

「あ、いたいた！　ユアさ～ん！」

そんな彼女を見つけて駆け寄ってくる者がいる。

彼は、まだ城内での帯剣を許されていない若い騎士だ。名前はアーサー。騎士団長の従卒で、実家はかなり高位な貴族らしい。

「見つかってよかった。この書類を団長のところへ持って行くのに、つき合ってほしいんです」

息せき切って走ってきた少年は、大変爽《さわ》やかな笑顔でそう頼んできた。見れば片手に結構な束の書類を抱えている。

「〝マタ〟デスカ？」

優愛は眉間《みけん》に深いしわを寄せた。彼がこう頼んでくるのは今回で三回目だ。

「そんな嫌そうな顔しないでください！　お願いです、ユアさん。この書類、本当は昨日までが締め切りの提出物だったんです。それを第一騎士団の人がなかなか出してくれなくって……こんな書類、僕一人で持っていったら、団長が怒るに決まっています！」

アーサーは書類を抱えたまま器用に両手を合わせて、優愛を拝《おが》む。

「団長さま、怒ル。アーサーさま、違ウ」

セレスタンはいくら腹の立つ書類だからといって、それを運んできただけの従卒を怒る人間ではない。遅れた第一騎士団に怒っても、アーサーを怒るはずがない。

「そんなことはわかっています！　でも、ダメなんです。団長が怒っているのは自分じゃないってわかっていても……僕は怒っている団長の側にいるのが怖いんです。こんなことじゃいけないって思うんですけど、体が勝手にブルブル震え出して逃げたくなるんです。でもユアさんが一緒にいる間は、団長は絶対に怒らないでしょう？　だから、お願いです！」

なんとも情けない話だった。そんなことで騎士としてやっていけるのか、はなはだ疑問である。

（でも、考えてみたら、アーサーさまは中学生くらいなのよね？　そう思えば、無理もないことなのかしら？）

アーサーは先月十五歳になったばかり、日本ならば中学三年生である。

優愛は仕方なくアーサーの願いに頷《うなず》いた。

「ありがとう！　ユアさん！　お礼に今度王都で評判のお菓子を差し入れしますね！」

アーサーは飛び上がって喜んだ。

「ソレ、シナイデ、絶対！」

しかし、間髪《かんはつ》容れず優愛は彼の申し出を断る。

実はこのアーサー、若い侍女やメイドに滅茶苦茶モテるのだ。良家の御子息という優良物件な上に、人懐っこい性格が好印象らしい。優愛にとってはただの中学生という感覚なのだが、親しくなりたい！　と願う若い女性が引きも切らない状態だった。彼からお菓子なんてもらった日には、妬《ねた》まれたあげく、いじめを受けること確定である。

（ただでさえ私は〝外れスキル〟持ちのくせに騎士団専属メイドになっているって言われて、目をつけられているのに）

今は直接的ないじめはないものの、今後またいつそうなっても不思議ではない。

「ええっ!?　どうしてですか？」

とはいえ、正直にそう答えるわけにもいかなかった。

「団長さま、部屋行ク。私、仕事アル。オ礼イラナイ」

団長の部屋に行ったついでに花瓶の水でも換えれば、それは立派な仕事になる。仕事なのだからお礼はいらないのだと、優愛は主張した。

「ユアさんは本当に遠慮深い女性なんですね。そういうところが、僕は以前からとても――」

アーサーが感じ入ったように呟《つぶや》き、キラキラとした目で優愛を見つめてくる。最後に何やら早口でモゴモゴと口ごもったが、言葉に不慣れな優愛には聞き取れなかった。

「え？　何カ、言ッタ？　アーサーさま？」

この場にカイルアイネンかラディスラフでもいれば絶対に聞き漏らすことはないのだが、残念なことにいないのだから仕方ない。アーサーは聖霊付きのものを持っていないのだ。

「なっ！　なんでもありません！　早く行きましょう。ユアさん！」

なぜか赤くなったアーサーが急《せ》かしてくる。

仕方ないなと思いつつ同行する優愛だった。


しかし、その五分後。早くも優愛は自分の行いを後悔していた。

彼女の目の前では、アーサーがシッカリ、ガッツリ、セレスタンに怒られている。

騎士団長室の奥の執務机に座るセレスタンの前に、アーサーは直立不動で立っていた。

「自分の都合で、メイドの仕事を邪魔するなど！　お前は何を考えている⁉」

鬼の形相の騎士団長に怒鳴られて、可哀そうにアーサーは涙目だ。彼の単純な企《たくら》みは、とうの昔にセレスタンに見抜かれていたのである。

「一度や二度であれば不問にしようと思っていたが……三度ともなれば見逃すわけにはいかない。その場しのぎばかりで、お前は成長する気があるのか⁉」

大声で恫喝《どうかつ》されて、アーサーは体を震わせた。

「アノ――」

思わず声を上げた優愛の肩を、ちょうどこの部屋にきていたラルドが掴んで首を横に振る。

『アーサーの自業自得だ。庇《かば》う必要はないぞ』

ラルドの肩に現れたカイルアイネンもそう言った。

『そうよぉ。そんなことをしたら、アーサーちゃんのためにならないわぁ。ここは心を鬼にしなくっちゃ！』

セレスタンの肩に乗っているラディスラフにまでそう言われては、優愛も口を挟めない。

『本当は、セレスもユアちゃんの前でこんな風に怒りたくないのよ。でも、前回それが理由でアーサーを叱《しか》らなかったら、ラルドから「それじゃダメだ」って意見されたの。「ユアなら団長が正しい理由で怒ることに怯《おび》えたりしない」って言い切られて。あのときのラルド、カッコよかったわぁ。ユアちゃんのこと、とっても信頼しているのね』

セレスタンの複雑な心境を説明しながら、ラディスラフが小さく笑う。

『当然だろ！　俺とラルドは、ユアがこの世界に来たときからの長い付き合いなんだからな。城に来てから出会ったセレスや、やたらキラキラした派手なだけの剣なんかより、よっぽど深い信頼関係で結ばれているんだ！』

カイルアイネンはフフンと鼻高々に自慢した。

しかし、そんな言い方をすれば、ラディスラフが怒るのは当然で。

『ちょっと！　聞き捨てならないわね！　〝やたらキラキラした派手なだけの剣〟って、まさかあたしのことなの？　あたしは、たしかに戦歴はあんたより短いけれど、戦績は断然上なのよ。あたしは、その時代の国一番の英雄に下賜《かし》される名剣なんですもの！』

憤慨《ふんがい》してカイルアイネンに抗議した。金髪まじりの黒髪が怒りに逆立って舞っている。

『ハン！　要は節操なしに使い手を変えてきたってだけじゃないか？　その点、俺は武の名門スティブ家に先祖代々伝わる宝剣だからな。俺の主《あるじ》はスティブ家当主のみだ！』

『他家が欲しがらなかっただけでしょう？　つまり人気がないのよ。引く手数多《あまた》なあたしとは、格が違うわ』

『なんだと⁉』

『何よ⁉』

侃々諤々《かんかんがくがく》と言い争うカイルアイネンとラディスラフ。名剣二本の仲は、あまりよくないようだ。

（ラルドさんと団長さまは、仲良しなのに）

困った名剣たちに、優愛はため息をもらす。どうしようかと考えた彼女は、とりあえずお茶を淹《い》れることにした。今この場でメイドができることなんて、それくらいである。

（団長さまには、ミルクとお砂糖たっぷりで……あ、そうだわ！　この前チアリにもらったチョコレートティーを淹《い》れてみようかしら？　甘いもの好きな団長さまなら、きっと気に入ってくれるわよね？）

実家が大きな商家であるチアリは、時々変わったものを手に入れては優愛に譲ってくれる。代わりに団長やラルド、他の騎士たちの話を根掘り葉掘り聞かれるのは困るが、差《さ》し障《さわ》りのない範囲で答えていた。

（私から聞いた話を曲解して、自分の小説のネタにしているみたいだけど。まあ、それは不可抗力よね？）

とりあえず、もらったお茶に罪はない。

優愛はとびきり美味《おい》しくチョコレートティーを淹《い》れた。ティーカップは可愛い小花模様にして、小鳥の形のクッキーを添える。

それをいつも通りにセレスタンのもとに運ぶ。

「イッパイ、お話。団長さま、喉渇ク。お茶、ドウゾ」

そう言って執務机の上にそっと置くと、怒鳴っていたセレスタンの口がピタリと閉じた。高い鼻がクンと動いてお茶の香りを嗅《か》ぐ。その後で、セレスタンは眉間《みけん》にギュッと深いしわを寄せる。

元々怖い顔がより凶悪になり、その顔を見たアーサーが「ヒッ！」と息をのんだ。

しかし――

『いやぁ～ん！　セレスったら、顔がにやけないように必死に力を入れているわぁ～！　もうっ！可愛いんだからぁ!!』

ラディスラフのそんな解説が聞こえる優愛には、怖いと思えるはずがない。平然とした態度で、今度はラルドとアーサー用のお茶を別のテーブルに運ぶ。

ラルドは無糖でミルクもなし。アーサーは甘さ控えめでもミルクたっぷりだ。

みんなの一番好みのお茶を淹《い》れて、優愛はニッコリ笑う。

「お茶、飲ム。オイシイ。幸セ、ネ？」

その笑顔を見たセレスタンが眉間《みけん》のしわをますます深くした。きっと、厳《いか》めしい表情を崩さないために必死なのだろう。

ラルドは無表情のままだが、耳の先をほんのり赤くしている。優愛の目には喜んでいることが丸わかりだ。

アーサーは、うるうると潤《うる》んだ瞳で感謝の視線を優愛に向けていた。こちらは考えるまでもなく、感情がそっくりそのまま表情に出ている。

やがて、強面《こわもて》の騎士団長が大きなため息をついた。

「そうだな。このお茶の前でいつまでも怒っているのは、淹《い》れてくれたユアちゃ――ユアに対して失礼だ。アーサー、次はないぞ。従卒であっても、騎士として誇れる行動を心がけろ」

低い声で言い渡されたアーサーは「ハイ！」と元気よく返事した。

それに対し一つ頷《うなず》いたセレスタンは、ゆっくり味わうようにお茶を飲む。

「ああ、うまい。……せっかくユアが淹《い》れてくれたんだ。お前たちも飲むといい」

団長にすすめられ、肩を竦《すく》めたラルドは、テーブルの上から自分用のお茶を手に取った。一口飲んでほんの少し口角を上げる姿に、優愛は嬉しくなる。

ギスギスしていた団長室内の空気が、チョコレートティーの香りとともに溶けはじめた。

聖霊たちもそれぞれの主《あるじ》のカップに近づいて、香りを嗅《か》いだり口をつけたりして幸せそうにしている。

可愛いその姿に、優愛はほっこりした。

アーサーもようやく緊張が解けたのだろう、大きく息を吐く。いくぶんギクシャクとしながら団長の前から下がった。

そのまま自分に淹《い》れられたお茶を飲むのかと思えば、タタッと優愛のほうに駆け寄ってくる。

彼女の正面に立って深々と頭を下げた。

「僕のわがままでお仕事の邪魔をしてしまい、申し訳ありませんでした」

律儀に謝る姿は、清々《すがすが》しい。

（少し怖がりだけど、きちんとしたいい子なのよね）

そうでなければ、一介のメイドなどに頭を下げないだろう。

そう思った優愛は、笑って首を横に振った。

「私、頷《うなず》イタ。間違イシタ、一緒。アーサーさま、謝ル、イラナイ」

アーサーのお願いに頷《うなず》いた時点で、彼女も同罪である。謝る必要なんてないのだと伝えると、アーサーは頬を赤くした。

「本当にユアさんは優しい人ですね。遠慮深いし、働き者だし……僕の理想の女性です」

なんだかずいぶん褒《ほ》めてくれる。

くすぐったい思いで見返していれば、一度うつむいたアーサーがギュッと拳《こぶし》を握り締め、再び顔を上げた。

「僕は、今は従卒で、まだ帯剣を許されていません。でも、これから今まで以上に頑張って、絶対立派な騎士になってみせます！　だから、僕が騎士になれたらっ！　……その、僕の剣をユアさんに捧《ささ》げてもいいですか⁉」

ものすごく真剣な表情でそう聞いてくる。

とたん、セレスタンがお茶にむせて、ゴホゴホ！　と派手に咳《せ》き込《こ》む。

同時にガチャン！　と音がして、見ればラルドがお茶の入ったカップをテーブルの上に倒していた。

「キャッ！　ラルドさん、ヤケド、大丈ブ!?」

むせたセレスタンも心配だが、ラルドのやけどのほうが気にかかる。

優愛は慌《あわ》ててラルドに駆け寄った。確認しようとカップを持っていたほうの手に自分の手を伸ばす。

しかし、ラルドは優愛が彼の手を見る前に、反対に彼女の手を掴んできた。

「え？」

そのまま引っ張られて、彼の背後に体を移動させられる。

（へ？　なんで？）

目の前の大きな背中を優愛はポカンと見上げた。この体勢では、まるでラルドが他の二人から優愛を隠しているかのようだ。

『このクソガキ！　調子に乗ってんじゃねぇぞっ!!』

突如《とつじょ》ラルドの肩の上から、カイルアイネンが大声で怒鳴った。

『キャアッ！　アーサーちゃんったら、やるぅっ！　この年で〝プロポーズ〟なんて、若さゆえの暴走なのねっ！　でも、まあ、今回ばかりは無謀としか言いようがないけれど。命知らずって怖いわよねぇ？』

ラディスラフは呆《あき》れ半分、冷やかし半分で騒ぎ立てている。しかし、最後のほうのセリフに、ゾクリと寒気が走ったのは気のせいではないだろう。

「待って、待って、待って！　〝プロポーズ〟って、何？」

優愛は混乱して小声で剣たちに聞いた。

いったい全体、どこからプロポーズなんて言葉が出てくるのか？

『騎士が主《あるじ》以外の女性に剣を捧《ささ》げるのは、その女性へのプロポーズだ！　騎士の中じゃ常識なんだよ！　それをこのガキ、ラルドを差し置いて』

心底忌々《いまいま》しそうにカイルアイネンが説明する。

『ホント。天真爛漫《てんしんらんまん》なところがアーサーちゃんの長所だけれど、行きすぎたら可愛くもなんともないわぁ。……セレスのためにも、ちょっと消えてもらったほうがいいかしら？』

ラディスラフまで物騒なセリフを言った。

二本の剣の分身体から立ち昇る黒いオーラに――見えはしないが、優愛はブルリと体を震わせる。

(えっと？　この状況って、アーサーさまが私にプロポーズしたってことなのかしら？　いやいや彼って中学生でしょう？　なんておませな……って、呆《あき》れている場合じゃないわ！　早く断らなくっちゃ！　身元不明のメイドといいとこのお坊ちゃんが結婚なんて、あり得ないわよね!!)

だから、ラルドもセレスタンも焦《あせ》っているのだ。

そう思った優愛は、目の前の大きな背中から、ぴょこんと顔をのぞかせる。

「私、年下趣味ナイ。ゴメン、サイ」

アーサーに向けて、はっきりとそう告げた。

本当はもっと婉曲《えんきょく》な表現で穏便に断ったほうがいいのだろうが、残念ながら今の優愛にそこまでの言語能力はない。

するとアーサーは「そんなっ!!」と叫んで、ガックリと膝《ひざ》をついた。

「ぼ、僕は……初恋だったのに」

そう言ってうなだれ、体を震わせる。どうやら泣いているらしい。

(いやいや、普通、初恋で即プロポーズってないからね)

優愛は呆《あき》れてしまった。

セレスタンは厳《いか》つい顔に困ったみたいな表情を浮かべている。

脇からそっと見上げると、ラルドは無表情ながらもどこかホッとしているように見えた。

『……あ～、まあ、なんだ。初恋は叶わないって言うからな』

先ほどまでの物騒な気配をきれいに消して、カイルアイネンがそう話す。

『そうそう。アーサーちゃんドンマイよ！　あなたは若いんだもの。まだ未来があるわ！』

ラディスラフも明るくアーサーを慰《なぐさ》めた。チョコチョコとアーサーに近づいて、彼の頭をヨシヨシと撫《な》でている。まあ、聖霊の声が聞こえるのも姿が見えるのも優愛だけなので、その慰《なぐさ》めはアーサーには届かないのだが。

二人——いや、二本とも、さっきの殺気はなんだったのだろう？

首を傾《かし》げる優愛だが、ラルドを見て「あ！」と声を上げる。

「コンナコト、シテル、場合、ナイ！　ラルドさん、ヤケド！　大丈ブ？」

先ほどラルドがお茶のカップをひっくり返したことを思い出し、慌《あわ》てて彼の手を掴んでマジマジと赤くなっていないか確認した。

大きな手は微《かす》かに赤いが、やけどまではしていないように見える。

「ヨカッタ。痛イ、ナイ？　ラルドさん」

ホッと安堵《あんど》の息を吐き、優愛はラルドを見上げた。

ジッと優愛を見ていた彼は、目が合うと焦《あせ》ったように横を向く。

「私は大丈夫だ。それより、せっかく淹《い》れてくれたお茶をこぼしてしまった。すまないな」

謝られて、優愛は大きく首を横に振った。

「お茶、イツデモ淹《い》レラレル。ラルドさん、手ノホウ、ダイジ！」

ギュッと力を入れて大きな手を握り、そう告げる。

彼女のその言葉に、ラルドは目の下を赤くした。

「そ、そうか」

口元を隠そうと顔の下半分を掴まれていないほうの手で覆《おお》い、視線を泳がせる。

『オオ！　珍しい、ラルドがこんなにはっきり照れているのがわかるのは、子供のとき以来だぞ！』

そんなラルドを見たカイルアイネンが大袈裟《おおげさ》に驚いた。

きっと本当のことなのだろう。セレスタンもアーサーも、目を丸くしてラルドを見つめている。

『う～ん。悔しいけれど、照れているラルドがとっても可愛いから、今日はラルドの勝ちでいいわぁ。でも、でも！　セレスだって負けないんだから！　ユアちゃん、今度、ぜひセレスとデートしてあげてね！』

いつの間に、ラルドとセレスタンは勝負していたのだろう？

そしてそこから、どうしてセレスタンとのデートにつながるのか？

ラディスラフのセリフの意味がわからず、優愛は首を傾《かし》げる。

「え？　まさか、スティブ隊長がライバルだなんて。でも、僕だってもっと大人になれば」

一方、ラルドを凝視していたアーサーは、そんな言葉を呟《つぶや》いた。

いったいなんのライバルなのか？　優愛にはわからない。

「ユアは、年下がだめだと言ったんだ。大人になってもお前が年上になれることはないからな」

セレスタンがアーサーに当たり前のことを指摘する。

一度止まったアーサーの涙が、再びこぼれだした。

「そ、そんなぁ〜！」

少年の悲痛な叫びが騎士団長室にこだまする。

何がなんだかさっぱりわからないうちに、優愛のこの日の仕事は終わったのだった。


そんなことがあった一週間後。

今日も今日とて優愛は、騎士団エリアの掃除をしていた。

あの日以降、アーサーには会っていない。カイルアイネンやラディスラフ情報によれば、普通に従卒の仕事はしているそうなので、優愛は避けられているのだろう。

（やっぱり『年下お断り』発言が気に障《さわ》ったのかしら？　いいところのお坊ちゃんがメイドにそんなこと言われたら、顔も見たくないってなっちゃうわよね？　今度はもっとやんわりと断れるように、早くこの国の言葉を覚えなくっちゃ！）

あんなことがそう度々《たびたび》あるとは思えないものの、彼女は固く決意する。

努力を重ねた結果、優愛の現段階の言語能力は、聞き取りはほぼ完璧と言っていいレベルに上達している。話すほうも時々カタコトがまじるものの、前よりずっとスムーズだ。

（やっぱり異国語の発音は難しいのよね。頭ではわかっているのに声に出すとたどたどしくなるとか、前途多難だわ）

考えながら廊下にモップをかけていると、横を誰かが通りかかる。

騎士団エリアを通る人にメイドより身分の低い者などほぼいないから、当然のこととして優愛はそそくさと脇に寄り頭を深く下げた。露骨《ろこつ》に相手の顔を見るのは不敬にあたるため、視線は下に向けたまま。それでも、相手が若い男性らしいということは、チラリと見たシルエットでわかった。

ジッと通り過ぎるのを待っているのに、目の前の足は止まったまま動かない。

（うわぁ～！　高そうな靴）

下を向いている優愛の視界に入るのは、相手の靴だけだ。ピカピカに磨かれた本革にエレガントなデザインの靴は、いかにも高級そう。足にピッタリフィットしている感じは、オーダーメイドなのだろう。

（よく本当のお金持ちを見分けるなら靴を見ろって言われるけど、この靴の持ち主は、本当に本物のお金持ちだわ！）

優愛は確信した。

問題は、そんなお金持ち間違いない人がどうして自分の目の前で立ち止まっているのか、なのだが。

（私、何かした？）

さっぱり心当たりがない。

「顔を上げなさい」

優愛が疑問に思っているうちに、相手から声がかかった。非常に魅力的な低音ボイスで、優愛の背中はゾクゾクする。

もっともそれは残念なことに、嫌な予感……悪寒《おかん》を感じてのざわつきなのだけど。お金持ちの興味なんて、優愛は惹《ひ》きたくないのである。

（どうしよう？　顔を上げたくない）

もちろんそんなわけにはいかなかった。優愛は渋々顔を上げる。

とたん、視界に飛び込んできた超絶美形の姿に、口をポカンとあけた。

波打つ豪華な金髪に、神秘的に輝く紫の目。完璧なシンメトリーを描く顔は、まるで神が創った芸術品みたいだ。その芸術品の横には、目の色と同じアメジストのピアスが光っている。スラリと伸びた背に、ほどよい筋肉がついた体を包むのは見事な刺繍《ししゅう》のジュストコールだ。

（お、王子さまだわ）

そう思ってしまうのも仕方ない。まるでおとぎ話から抜け出てきたような、ザ・王子さま！　としか表現できない青年がそこにいた。

「私はレジェール・ニケ・ソージェイアだ。君がユアかな？」

勿体《もったい》なくも、王子さまは御自ら名乗り、優しい笑みを浮かべて優愛に話しかけてくる。

「ハ！　ハイッ!!」

上ずった声で答えを返しながらも、優愛は（ん？）と思った。

（レジェール・ニケ・ソージェイア？　……ソージェイアって、この国の名前よね？　え？　ってことは、この人、本物の王子さまなのっ!?）

家名と国名が同じ者など、王族以外にいない。

優愛は慌《あわ》てて上げた顔をまた下げた。

「顔を上げなさいと、私は言ったよね？」

「ハ、ハイ！　でも」

王子さまを前に顔を上げ続けられるメイドは、そうそういないだろう。

「〝でも〟は、なしだよ。私は君に会いにきたんだ。私の可愛い従弟《いとこ》が心を寄せる女性を見にきたのだよ」

その言葉に、優愛はまた（ん？）となった。王子さまの従弟《いとこ》なんかに心を寄せられた覚えはない。

怪訝《けげん》に思って恐る恐る顔を上げると、王子さまはフワリと微笑《ほほえ》んだ。

「ああ、ようやく可愛い顔が見えた」

満足そうに見つめられ、優愛の頬は熱くなる。

（かっ！　可愛いって⁉）

さすがは王子さま。女性への褒《ほ》め言葉が息をするかのごとくなめらかだ。

「私の従弟《いとこ》は、アーサー・ヒノ・ドラッド。騎士団長の従卒だよ。アーサーは、私の父の妹の長男なんだ」

続けられた王子の言葉に、優愛はまたまたポカンと口をあける。

いいところのお坊ちゃんだと思っていたアーサーは、本当にいいところのお坊ちゃんだったようだ。

（王子さまの従弟《いとこ》だったなんて！　道理でメイド仲間から人気があるはずだわ）

そんなホンマモンのお坊ちゃんが、従卒なんてしていないでほしい！

心からそう思った優愛は、悪くないはずだ。

（それに騎士団長さまもラルドさんも、アーサーさまの扱いが雑すぎるわ！　もっと蝶《ちょう》よ花よと大切に扱っていてくだされば、私だって、もう少しアーサーさまに気を遣ったかもしれないのに）

断るという結果は同じだが、こんな王子さまがたずねてくるなんて事態にはならなかったかもしれない。

（あと、カイルさんとラディさん！　いつもあんなにお喋《しゃべ》りなのにっ！　どうしてアーサーさまのことを教えてくれなかったのよ⁉）

優愛は、自分の情報源である聖霊に対して、心の中で盛大に文句を言った。

いつも嫌がる優愛に、国家機密級の話をポンポン聞かせるくらいなら、アーサーの出自を教えておいてくれても罰《ばち》は当たらなかったろうに。

心の中で毒づく優愛に対し、本物の王子さま――レジェールは、ことさら優しく微笑《ほほえ》みかける。

「ここ最近のアーサーは、会えばいつも君の話題ばかりでね。優しくて、遠慮深くて、可愛らしい理想の女性なのだと、それはそれは嬉しそうに話してくれていたんだよ。それが数日前からピタリと君の話題をやめて塞《ふさ》ぎこみ、時には涙をこらえている。いったい何があったのかな？　従弟《いとこ》が心配なんだ。教えてくれないかい？」

柳眉《りゅうび》を下げ、心の底から心配そうにレジェールはそう言った。

聖母もかくやと思われる慈愛深い表情に、優愛は（うっ！）と詰《つ》まる。

（従弟《いとこ》を心配して、わざわざこんなメイドのところまで話を聞きにくるなんて、この人はとても優しい人なんだわ。たしかカイルさんの話では、隣国スモロの王女をこっぴどくフッた王子さまもいたはずだけど、きっとこの人じゃないわよね）

この国の王子は三人。スモロの王女をフッたのは王太子のはずだ。

彼は違うだろうと思っていた優愛の耳に、呆《あき》れたような女性の声が聞こえてくる。

『あ～あ、またこの〝人タラシ王太子〟の犠牲者が出るのかしら？　こんな純朴そうな娘が、アーサーちゃんを手玉に取ろうとしているわけないのに。ったく、自分が腹黒だと他の人間も悪く勘繰るんだから。困った奴よね』

「え？」

思わず優愛は聞き返してしまった。

「どうしたの？」

優しい笑みはそのままに、王子さまが不思議そうに問いかけてくる。

優愛は彼の顔――ではなく、耳についているピアスをガン見した。先ほど女性の声が聞こえたのと同時に、そのピアスがキラリと光った気がしたのだ。

「ひょっとして？　今話したのは、ピアスさんですか？」

王子さまに聞こえないように口の中で小さく囁《ささや》く。そう、カイルアイネンたちに話しかけるみたいに。

すると、すぐにピアスがまた光る。

『あら？　あなた、もしかしたら私の〝声〟が聞こえているの？』

その声が聞こえた次の瞬間、王子さまの肩に美人の三頭身のフィギュアが現れた。髪も目も神秘的な紫の彼女が、ピアスの聖霊なのは間違いないだろう。

『そういえば、カイルアイネンとラディスラフが、私たちの〝声〟が聞こえる【聖霊の加護】を持った人間がいるって大騒ぎしていたけれど。それって、あなたなの？』

聞かれた優愛は、ゴクリと唾をのんだ。ピアスの聖霊を見ながら小さく頷《うなず》く。

『まあ！　やっぱりそうなのね。会えて嬉しいわ。私は見た通り、王家の宝のピアスよ。名前はジュリア。百五十年前の三代目国王が、王妃のために国一番の宝石彫刻師に作らせた最高傑作なの。

以来、王妃から世継ぎの王太子へ、王太子からその妃に、そしてまたその子に、って感じで伝えられてきたのよ』

それはさぞかし高価な宝石なのだろう。見ればピアスはキラキラと光り輝いている。

しかし、ということは目の前の王子さまは、世継ぎの王子――すなわち隣国の王女をこっぴどくフッたという、あの噂《うわさ》の王太子さまだということだ。

優愛は恐る恐るピアスから王太子の顔に視線を移す。

(うっ！　やっぱり美形だわ！　でも、さっきジュリアさん、王子さまのことを『タラシ』とか『腹黒』って言っていたような？)

聞き間違いでなければ、そう言っていた。

優愛の背中に、嫌な汗が一筋流れおちる。熱くなっていた顔が、急速に冷めていった。

その変化を見た王太子が不思議そうな顔をする。

「君、どうかしたの？　気分でも悪いのかい？」

心配そうにたずねてくる表情は、本当に優しそうだ。

うっとりしかかった優愛だが――

『ああ！　ダメダメ、その顔に騙《だま》されちゃいけないわよ！　レジェールは、外面《そとづら》は最高だけど内面は腹黒な最低王子なんだから！　小さいときから優秀で、なんでも自分の思い通りにできたのがいけなかったのよね。俺さまナルシストで、優秀すぎて退屈だから策略ばかり巡らせているの。今日だって、アーサーちゃんが心配っていうより、アーサーちゃんを誑《たぶら》かした女狐《めぎつね》の正体を暴《あば》いてやろうって気満々で来ているのよ。隙を見せちゃいけないわ』

ジュリアの忠告を聞いた優愛は、ブルブルと震えあがった。そんな、腹黒、俺さま、ナルシストのお相手なんて、無理である！

「君？　まさか、本当に具合が悪いの？」

様子のおかしい優愛を、レジェールは本気で心配しだしたようだった。

優愛は焦《あせ》って首を横に振る。

「イイエッ！　少シモ、マッタク、全然大丈ブ、デス!!」

大声で返事をする。かなり流暢《りゅうちょう》に話せるようになっていたのに、急にカタコトだらけになってしまった。

その声がうるさかったのか、レジェールは柳眉《りゅうび》をひそめる。

「とてもそうは見えないけれど？　誰かを呼ぼうか？　それとも私が医務室まで付き添おうか？」

ブンブンブン！　と、落ちるのではないかと思うくらい、優愛は首を横に振った。

「私、大丈ブ、デス！　……あ、その、……私……ソウッ！　仕事！　仕事アル、カラ——失礼シマス!!　……っと、アーサーさまノコトハ、騎士団長さま、聞イテクダサイ!!」

叫ぶなりモップを引っ掴み、その場をダッシュで駆け去る。

まだ話途中だった王太子に対して失礼かもしれないと思ったが、今はともかく逃げろと、頭の中で警鐘が鳴っているのだ。

そっと振り返ってみると、呆気《あっけ》に取られたようにポカンと口を開けている王太子が見えた。

彼の肩の上では、ピアスの聖霊ジュリアがヒラヒラと手を振っている。
(あんなマヌケ面も美形だなんて！　やっぱり関わっちゃいけないわ！)
自分でもよくわからない決意をして、優愛は逃げ去った。
このときの判断を深く後悔することになるとは、思ってもみない優愛だった。

第三章　王宮は怖いところでした

氷の騎士と呼ばれながら、その実態は〝おかん〟な、ラルド。

強面《こわもて》騎士団長なのに、実は〝オトメン〟な、セレスタン。

美しく優しく聡明で外面《そとづら》完璧王子ながら、〝腹黒〟〝俺さま〟〝ナルシスト〟と三拍子揃ったレジェール。

内と外がまったく違う三人に、現在優愛は囲まれていた。

（いったいどうして、こんなことになっているの⁉）

ここは騎士団長室。

いつも通り団長室の掃除をしようと入室した彼女は、中にいた三人の姿を見るなり回れ右で逃げようとした。それを、有無を言わさず引き止められ、↑今ココ状態である。

ゆったりした四人がけの応接セットの入り口から一番遠い上座にレジェールが座り、その隣にセレスタン。セレスタンの前にラルドで、ラルドの隣に優愛が座っている。

つまり、優愛の目の前には王太子さまがお座りになっているのだ。

ありえない席順に震えが止まらないが、他ならぬレジェール自身がこう座れと命令してきたのだから逆らえない。

『おいおい！　てめぇ、ユアに何かしてみろ！　このカイルアイネンさまが黙っちゃいねぇぞ！』

『不本意だけど、カイルに賛成よぉ。ユアちゃんをいじめたら、あたしだって大暴れしちゃうんだから！』

『あなたたち剣って、相変わらず単細胞ね。力の弱った私たちが、自分の主《あるじ》やその仲間に何かできるわけがないでしょう？　大丈夫よ。いくら腹黒レジェだって、騎士団長や氷の騎士さまを敵に回したりしないはずだから。……たぶん、ね』

三体の聖霊は、それぞれの主《あるじ》の膝《ひざ》に乗っている。

つまり、三人が三人とも可愛い三頭身フィギュアを膝《ひざ》に抱っこしているという光景で、これはこれでとても眼福だったりする。

しかし、カイルアイネン、ラディスラフと続き、いまいち安心できないジュリアの言葉に、優愛は楽しめるどころではなかった。

わけのわからない事態に絶賛混乱中なのだが、困惑しているのはこの部屋の主《あるじ》であるセレスタンも同じようだ。相変わらずの凶悪顔をしかめながら、彼はレジェールに話しかける。

「王太子殿下、ユアにいったいなんのご用でしょう？　アーサーの件ならば、先日きちんとご報告したはずですが」

余程の剛の者でも怯《ひる》むというセレスタンのしかめっ面を向けられたレジェールは、しかし気にした風もなく優雅に微笑《ほほえ》んだ。

「ああ。その件はもういいんだ。アーサーは可哀そうだったが、こればかりは本人同士の気持ちがなくてはどうにもできないことだからね」

彼の言葉に、優愛の隣でラルドがホッと息をつく。おかんな騎士隊長は彼女の立場をずいぶん心配してくれていたのだ。

だが、そのホッとした気分も束の間、レジェールはとんでもないことを言い出した。

「それとは関係なく、実は先日ユアさんと話をして、私自身が彼女をとても気に入ってね。それで、彼女を私付きのメイドにできないかと思ってメイド頭にお願いしたんだよ。ところが、すげなく断られてしまったんだ。なんとかならないかと、直接本人を口説《くど》きに来たのさ」

優愛とセレスタン、そして無表情が標準装備のラルドでさえもポカンとする。

それくらいレジェールの言葉は思いもよらないものだった。

(えっと？　待って。先日の話って、あの、私が全力で逃げ出した、あのときの？)

あれのどこに優愛が気に入られる要素があったのだろう？

不思議に思ってジュリアを見ると、王太子のピアスの聖霊は大きなため息をつく。

『ユアさんの逃げっぷりがよすぎて、レジェの興味を惹《ひ》いたのよ。こいつって、この顔でしょう？　ものすごく女性にもてるのに、あなたは見惚《みと》れるわけでもなく怖がって逃げ出した。それだけでも、〝俺さま〟で〝ナルシスト〟のレジェのプライドに障《さわ》った上、あのときのあなたの怯《おび》えっぷりがこいつの〝腹黒〟部分まで刺激したの。「怯《おび》えた顔がものすごく可愛かった。捕まえて泣かせてみたい」なんだそうよ』

優愛は思いっきりドン引いた!!

〝俺さま〟〝ナルシスト〟〝腹黒〟な王太子は、とんでもない男だったのだ。

一方、王太子の話を聞いたセレスタンは絶賛混乱中である。

「は？　え？　え？」

言葉が作れず疑問詞ばかりを口にする騎士団長に、レジェールは困ったように微笑《ほほえ》む。

「そんなに驚くことかな？　ユアさんは、無表情で普通の女性では会話も成り立たないと言われるラルドと当たり前のように話をするし、恐ろしい風貌《ふうぼう》で気の弱い者なら見ただけで気絶すると言われるセレスタンとも平気で接している。アーサーも、誰にでも愛想がいいように見えるけれど、あれで人一倍理想が高くて、今までどんな令嬢と会わせても自分から相手を誘うことなんて少しもしなかった子なんだよ。難攻不落と言われる君たちと短期間であっという間に親しくなった女性に、私が興味を覚えるのは不思議でもなんでもないことだろう？」

さも当然というようにレジェールは、あらかじめ考えていたらしい表向きの理由をスラスラと並べ立てた。

もちろんここで黙っていられないのが、カイルアイネンたちだ。

『このクソ王太子！　俺とラルドからユアを引き離すつもりか⁉』

『あら？　王太子さまったら、ものすごい身の程知らずなのねぇ。いいわぁ、いっぺん嫌って言うほど痛い目を見せてあげるから』

『ああ、嫌だわ。私の主《あるじ》ったら、ホント安定のクズなのね。本音も酷《ひど》いけど、建前も最悪だわ。みんなが気に入っているから自分も欲しいなんて、二十九歳にもなってお子さまなのかしら？』

カイルアイネンやラディスラフばかりか、自分のピアスであるジュリアからも冷たく罵《ののし》られる王太子に、優愛は頭を抱える。

どうしようと思っていると、隣から底冷えのする冷気が漂《ただよ》ってきた。

驚いてそちらを見れば、先ほどの呆気《あっけ》に取られた表情から普段の無表情に戻っているラルドの横顔が目に入る。

その彫像みたいな顔を見たとたん、優愛は息をのんだ！

「ひぇっ⁉　ひょっとして……ラルドさん、ものすごく怒っていませんか？」

小声でカイルアイネンたちに聞いてみる。なんとなくだが、わかるのだ。

『当たり前だろう！　ずっと大切にしてきたユアを取られそうになっているんだ。ラルドが怒らないわけがない！』

カイルアイネンは力強く肯定した。

『ラルドだけじゃないわよぉ。セレスだって、ユアちゃんはようやく出会えた自分に怯《おび》えない可愛い存在なんだもの。それを引き離そうだなんて、許せるはずがないわ！』

たしかにいつも恐ろしいセレスタンの顔がなお恐ろしくなっている。

「えぇっ！　あの、ちょっと、皆さん、落ち着――」

『これが落ち着いていられるか！　ラルド、俺を抜け‼　身の程知らずの王太子に目にもの見せてやるんだ‼』

『あたしの斬る分も残しておいてよ！　セレス、思う存分あたしを使いなさい‼』

二本の剣は、やる気満々で自分たちの主《あるじ》を煽《あお》った。

「イヤァ～！　やめて!!」

思わず優愛は大声で、二本の剣を止める。騎士隊長と騎士団長が自国の王太子に剣を向けるなんて、あってはならない事態だ。

それも、原因が自分だなんてとんでもない！

しかし、剣の声が聞こえるのは優愛のみ。突如《とつじょ》大声で叫び出した彼女に、ラルドたちは驚いた。

「どうした？　ユア？」

無表情を崩したラルドが焦《あせ》った様子で優愛の顔をのぞきこんでくる。

「ユアちゃ――ユア！　そうか、そんなに騎士団から離れるのが嫌なのか。大丈夫だ。いくら殿下の望みでも、君を異動させたりしないからな」

同じく心配そうなセレスタンは、力強く約束してくれた。

「いや、いくらなんでも、その嫌がりようは酷《ひど》いんじゃないかな？」

一方、レジェールは、さすがに傷ついたらしく柳眉《りゅうび》をひそめる。

『嘘なんてついて驚かせようとするんだもの。自業自得だわ』

ジュリアが呆《あき》れかえって、主《あるじ》を批判した。

「え？　……嘘？」

優愛は思わず聞き返してしまう。もちろん聞き返した相手はジュリアなのだが。

「おや？　よくわかったね」

それを自分への質問と受け取ったレジェールがしれっとそう返した。

「私が君に興味を持ったのは本当だ。ただし、その興味を満たすためだけにセレスタンやラルドを敵に回す気は、さらさらないからね。君を私付きのメイドにしたいっていうのは嘘さ。二人にとって君がどれだけ大切な存在なのか確かめようとしただけだよ」

少しも悪びれることなく、彼は美しい笑みを向けてくる。

「殿下」

セレスタンが恨めしそうに王太子を睨《にら》んだ。

一方ラルドは、ホッと大きな息を吐く。腕を伸ばして優愛の肩を引き寄せると、そっと頭を撫《な》でてきた。

いつも自分を守ってくれる大きな手に触れられて、優愛の体から力が抜ける。自然甘える形になって、彼女はラルドに体をもたせかけた。そのままちょっとボーッとしてしまう。

「おやおや」

「くっ……羨《うらや》ましい！」

そこに聞こえてきたのは、レジェールの笑いを含んだ声とセレスタンの呻《うめ》くような呟《つぶや》きだ。

「あ！　私……すみません！　王太子さまの前で、こんな！」

ハッとして優愛は謝った。王太子の前で気を抜いて姿勢を崩すなんて、とんでもなく無礼なことではないだろうか？

焦《あせ》ってラルドから離れようとしたのだが、肩に回った彼の手は彼女を離そうとしなかった。

「もう少し、このままで」

「へ？　あ、でも」

「ユアは驚いたのだろう？　落ち着くまでこうしているといい」

相変わらず優しい〝おかん〟ラルドである。

『そうだ！　そうだ！　いいからずっとそうしていろよ。そのほうがラルドも嬉しいんだからな！』

ラルドの膝《ひざ》の上から優愛の膝《ひざ》に移動したカイルアイネンが、ピョンピョンと飛び跳ねてそう言う。

『ユアちゃん！　その〝甘えた〟、今度はぜひセレスにやってあげてね！』

そして優愛の右肩に移動してきたラディスラフは、なんだかとんでもないことを頼んできた。

『ああ、いいわね、この初々《ういうい》しさ。レジェールには絶対望めないものだわ！　ねえ、ねえ、ユアさん、あなたレジェから私の宿っているピアスをもらってあげてくれない？　そうすれば私の主人は、この腹黒王子から可愛い女の子にチェンジになるもの！』

ジュリアからの提案に、優愛は目をパチパチとさせる。

王家の宝のピアスを、一介のメイド風情《ふぜい》が受け取れるはずがない！

(たしか、王妃から世継ぎの王太子へ、王太子からその〝妃〟に、そしてまたその子へと伝えられるっていう話だったわよね？)

王太子からピアスを受け取れるのは彼の〝妃〟だけ。つまりジュリアは、優愛にレジェールの妻になれと言っているも同然だ。

『てめぇ！　どさくさに紛《まぎ》れて何言ってやがる!?　ユアの家族は、俺とラルドがいれば十分なんだよ!!』

たちまちカイルアイネンがジュリアにくってかかった。

『ホント、宝飾品って見かけに反比例して性格が悪いわよね？　腹黒レジェールにお似合いだわ。まったく。ユアちゃんみたいに可愛い娘、セレスが逃がすはずないでしょう？』

優愛の右肩を定位置にしてしまったラディスラフも冷たくジュリアを睨《にら》みつける。

『あら？　カイルは、セレスタンもあなたも不要だって言っているみたいだけど？』

ジュリアは、ラディスラフに睨《にら》まれてもへっちゃらのようだ。

彼女に反論されたラディスラフは、ツンと顎《あご》をそらした。

『ラルドが騎士である限り、彼とセレスとの縁が切れることはないもの。心配ないわ。セレスはユアちゃんを妻として求めているわけではないから、ラルドもセレスが近づくのを許容してくれているしね。それに何より、カイルとあたしは嫌になるような〝腐れ縁〟なのよ！　同じ戦場を何度も何度もくぐり抜けてきたわ。望むと望まざるとにかかわらず、あたしたちは常に一緒なの！　ものすごく！　不本意！　だけど!!』

一言一言に力をこめて怒鳴る。同時に、至宝と呼ばれる剣の聖霊は、本当に嫌そうに顔をしかめた。

『俺だって、お前みたいな派手な剣と一緒なんて、お断りなんだよ！』

カイルアイネンはユアの膝《ひざ》の上からラディスラフに向けてあっかんべえをする。

『そう言われれば、あなたたちはソージェイアの〝双剣〟と呼ばれていたわね』

『その名で呼ぶな！』

ジュリアに『双剣』と言われたカイルアイネンとラディスラフは、息をぴったり揃えて怒鳴った。

なんだかんだ言いつつ、仲良しなのではないだろうか？

そんな聖霊たちの大騒ぎに気を取られているうちに、いつの間にか王太子と二人の騎士の話し合いが進んでいたようだ。

「――というわけで、大丈夫かな、ユアさん？」

突然レジェールから問いかけられて、ユアは現実に引き戻される。

何が「というわけ」なのだろう？

「え？　ハイ？」

「はい」とは言っても、決して肯定の返事ではない。聞き返す意図での「はい？」である。

言葉のアクセントからそれはわかるはずなのに、王太子殿下はニッコリ笑って「よかった」と頷《うなず》いた。

「では、〝母〟には私から伝えておくよ。大丈夫。〝お茶会〟自体は三十分もいてくれれば十分だからね。小さなものだし、あまり気負わず気軽に出席してほしいな」

言われた言葉に、優愛は目を白黒させる。

「え？　お茶会？　母……って？」

王太子の母とは、当然この国の女王のことだ。たしか、名前はリビェナ女王。本来国王となるはずの兄を呪い、女王の座を奪いとった女傑《じょけつ》だという話ではなかっただろうか？

「え？　え？　女王さま？　お茶会？　どうして？」

「女王陛下が、王太子殿下の興味を惹《ひ》いた女性に会ってみたいと、おっしゃったのだそうだ」

混乱する優愛に、セレスタンが申し訳なさそうに教えてくれた。王太子ならまだしも、女王の意向では断れなかったのだとも。

「大丈夫。何も無理強《じ》いはしないからね。君はただ座ってお茶を飲んでくれていたらいいんだよ」

ニッコリ笑うレジェールの美しすぎる笑顔は、はっきり言って信頼できない！

「ム……無理です」

プルプルと首を横に振る優愛を、肩に手を回していたラルドが強く抱き寄せてくれた。

「大丈夫だ。俺も一緒に出席するから」

「ラルドさんも？」

さすがに優愛も驚く。氷の騎士と呼ばれるラルドは、夜会はもちろんお茶会などにもほとんど出たことがないと聞いていた。出席しなくていいのかとたずねたら「苦手だから」と教えてもらったこともある。

「私も行くぞ。陛下のご命令は断れないが、その代わりに私とラルドも出席させてもらうことにしたのだ」

まさか、セレスタンまで茶会に出るとは思わなかった。強面《こわもて》セレスタンが社交の場に出ない理由は周囲を「怖がらせるため」というものだったはず。

「本当に二人ともユアさんを大事にしているんだね。その気持ちの十分の一でも私に向けてほしいものだが」

苦笑まじりにレジェールがこぼす。

セレスタンとラルドは、たちまち嫌そうに顔をしかめた。

この国の王太子と騎士の関係は、いったいどうなっているのだろう？

しかし、今はそんなことを気にしている場合ではない。

「お茶会に出席なんて無理です！　私はメイドですよ。礼儀作法とか何も知らないんです！」

首をブンブンと横に振り、優愛は必死に訴える。

「座ってお茶を飲んでくれればそれでいいと、言っただろう」

レジェールはそう言うが、そんなはずがない。古今東西《ここんとうざい》、お茶にはマナーがつきもので、日本の抹茶《まっちゃ》だって、ヨーロッパの紅茶だって、中国茶にだって、飲み方に決まりがある。

（普通のお茶を淹《い》れるだけでも、やれ茶托《ちゃたく》と茶碗は別々に運ぶだの、相手の右側から出せだの、いろいろ決まり事があるのよね？）

女子大生だった優愛には、あまりお茶の出し方は関係なかったのだが、就職した先輩から愚痴《ぐち》をたっぷり聞かされたことがあった。

（王宮の、それも女王陛下のお茶会に、マナー不要なんてあり得ないわ！）

せめて優愛が、お茶会の給仕ができるくらいのベテランならよかったのだろうが、下っ端メイドの彼女は、セレスタンの部屋の来客にお茶を出すくらいが精一杯。それだって、意外に物知りなラディスラフに教えてもらってようやくといったレベルなのだ。

『大丈夫よ。お茶会のマナーくらい、私が余裕で教えてあげるわ』

王太子のピアスであるジュリアが申し出てくれたのだが、そんな付け焼き刃で女王陛下のお茶会を乗り切れるとは思えなかった。

それに、何より――

「お茶会にはドレスコードがありますよね？　私、ドレスなんて持っていないです！」

まさか女王のお茶会にメイドの制服で出席するわけにはいかない。

ソージェイアは女王の国だけあって、女性の衣装がとても華やかなのだ。黒髪黒目で、純和風顔の優愛にはとても似合うとは思えないド派手なドレスを、貴族女性は着こなしている。

『あら、ユアさん、その言い訳は通じないと思うわよ』

優愛の言葉を聞いたジュリアが、困ったように笑う。

ピアスの言葉が聞こえたはずはないのだが――

「ドレスはもちろん私が用意するよ。早速仕立屋を王宮に呼ぼう」

とてもいい笑顔で、レジェールがそう言った。

「いえ、殿下、ユアちゃ――ユアのドレスなら、既《すで》に私が似合いそうな可愛いドレスを何着か見《み》繕《つくろ》っております。ご心配はいりません」

その王太子の申し出を、ピシッと姿勢を正したセレスタンが退《しりぞ》ける。非常に凛々《りり》しい姿だが、言っている内容は、問題ありまくりだ。

（え？　なんで団長さまが、私のドレスを？）

『ごめんなさいねぇ、ユアちゃん。セレスの可愛いもの好きが止まらなかったのよ』

頭に「?」マークを飛ばす優愛に、ラディスラフが謝ってくる。可愛い優愛に、可愛いドレスを！　そう思ったセレスタンが優愛の意向を聞かずに勝手にドレスを作っていたのだそうだ。

「殿下も、団長も、そんなご心配は不要です。ユアは私の保護下にありますから、彼女のドレスは私が用意します」

そこにラルドが低い声で発言した。言葉と同時に、絶対零度の冷たい目でセレスタンとレジェールを睨《にら》みつける。

「そう。それは残念だな」

レジェールは案外あっさりと引き下がった。ここでごねて、せっかくオーケーしてもらえたお茶会への出席を取り消されたらたまらないとでも思ったのだろう。

「いや、私のほうのドレスは既《すで》に出来上がって――」

一方、食い下がろうとしたセレスタンだが、ラルドの手がカイルアイネンにかかったのを見て言葉を途切らせる。

『やれ！　やれ！　やっちまえ！　団長だろうが誰だろうが、俺たちからユアを奪おうとする奴に遠慮なんかいらないぞ！』

カイルアイネンが無責任にラルドを煽《あお》った。

『そうねぇ。今回はセレスも暴走していると思うから、私は実力を発揮しないでいてあげるわ。セレスの負けでかまわないわよ』

ラディスラフは殊勝《しゅしょう》にもそう言って、降参とでもいう風に両手を上げる。

「いやいや、そんなわけにはいかないでしょう？　なんで戦おうなんて雰囲気になっているんですか⁉」

優愛は焦《あせ》って立ち上がった。思わず日本語で叫ぶ。

当然、ラルドたちには通じず、驚いた三人が心配そうに見てくる。

「えっと、ケンカ、ダメ！　絶対‼」

立ち上がったまま腰に手を当てた優愛は、三人の男を見下ろし厳命した。不敬にあたるかもしれないが、そんなことを言っている場合ではない。

ラルドがそっと剣から手を離す。

「も、もちろんだよ。ユアちゃ――ユア。私たちはケンカなど決してしないからね！」

セレスタンは手を前に突き出すと慌《あわ》てて横に振った。

「本当ですか？」

優愛の問いかけに、コクコクと首を縦《たて》に振る氷の騎士と強面《こわもて》騎士団長。

レジェールがプッと吹き出す。

「ああ。やっぱり、君はとてもいいね。お茶会が楽しみだよ」

美しい王太子は、楽しそうにそう言って笑う。

少しも楽しみではない優愛だった。

◇◇◇

ラルド・ロベリーグ・スティブは、つまらない男だった。

少なくとも彼自身の自己評価では、そうとしか言い表しようがない。武の名門スティブ家の次男として生まれ、しかしそんな自覚も気構えもなく兄のスペアとしての立場に甘え、好き勝手に生きてきた。優秀な兄の急逝《きゅうせい》で突如《とつじょ》スティブ家の後継に祭り上げられたときも、我が身の不運を嘆《なげ》くばかりで、叱咤《しった》激励する家族の言葉に耳を塞《ふさ》ぎ、自分の気持ちなど誰にも理解されないのだとすねて周囲に壁を作り、己《おのれ》の殻《から》に閉じこもる。

そして、誰に何を言われても無反応無表情を貫《つらぬ》いたのだ。

年齢を重ね、心身共に鍛練《たんれん》を積んだ今ならば当時の自分の情けなさがわかるのだが、長年積み上げた壁は高く殻《から》は分厚くなっていて、既《すで》に自分では壊せないほどになっていた。

結果ラルドは〝氷の騎士〟などという、はなはだ不本意なあだ名で呼ばれるようになる。人々からは距離を取られ、遠巻きにされるばかり。

彼とはじめて相対した者は、セレスタン騎士団長や王太子など一部の例外を除き、ほとんどが怯《おび》え、まともに視線を合わせようとさえしなかった。

中でも若い女性は、態度が酷《ひど》い。

自分ではわからぬものの顔立ちがかなり整っているらしい彼の周囲の女性たちは、うっとりと見《み》惚《と》れて秋波《しゅうは》を送ってくるくせに、いざ向き合えば恐怖に震え逃げ出すのだ。

「綺麗すぎて、人間離れしていて怖い」などと言われても、「では、どうすればいいんだ！」と怒鳴りつけたくなる。

　まあ、面倒だからやらないが。

　そんなことがずっと続いて、ラルドはすっかり人間不信――いや、女性不信になっていた。

　元々悪いのは表情を作れぬ自分だが、相手に合わせて無理に笑おうなんて思えない。わかってくれる上司や部下もいるから仕事に支障はないし、もうずっとこのままでいいかとそう思いかけたとき、偶然ユアに出会ったのだ。

　野原の真ん中で行き倒れていた少女。

　助けても、きっと目覚めて自分を見れば恐怖に震えるのだろうと半ば諦め、それでも見捨てていくわけにもいかずに、助けてしまった。

　ところが予想に反し、目覚めた少女は彼に驚きはしたものの、それほど怯《おび》えた様子を見せなかったのだ。ジッと黙って見つめられ、ラルドのほうがじれて声をかけても返事をしない。

　このときのラルドは、よもや言葉が通じていないとは思いもしなかった。

「なぜ答えない!?　いったい何者だ？　こんなところで何をしていた!?」

　強い口調で問《と》い詰《つ》めると、さすがに少女も怯《おび》えて小さく体を震わせる。

　しかしそれは一瞬のことで、すぐに彼女はキョロキョロと辺りを見回した。ようやく話しはじめたのは、聞き取れない異国の言葉だ。

「お前はソージェイア人じゃないのか⁉　いったいどこの国の人間だ？」

その後、少女はラルドに怯《おび》えることもなく、異国語で何度も話しかけてきた。そのうち、驚いた
り首を横に振ったりする素振りを見せて、ついには大声で叫び出す。

「大丈夫か⁉　気をしっかり持て！」

錯乱《さくらん》したのかと思ったラルドは思わず少女の肩を掴み顔を近づけて、己《おのれ》の失敗を悟《さと》った。少女は今度こそはっきりとした恐怖を表情に出し、体を強《こわ》ばらせたのだ。

（ああ、またやってしまった。怖がられるとわかっていたのに）

出会ってから今までの態度が心底怯《おび》えた風ではなかったため、ついつい気を抜いてしまった。これでまた怯《おび》えられ、ただでさえ言葉が通じないのに話すどころではなくなるだろうと、心の中で落胆する。

ところが――どんな奇跡が起こったのか、その後少女は彼を見つめおずおずと微笑《ほほえ》みを浮かべた。しっかり視線を合わせて何かを話しかけられ、ラルドは硬直する。

情けなくも、少女に笑いかけられて動揺した。

久方ぶりの出来事に、顔が熱くなっていく。

言葉が通じないからわからないだろうかと思いながらも同行を申し出れば、少女は大きく首を縦《たて》に振った。その仕草にも胸の奥が温かくなる。

こんな風に若い女性と見つめ合うのは、どれくらいぶりだろうか？

名乗ると、少女も自分の名を教えてくれた。

「ユア？」

呼べば怯《おび》えず頷《うなず》いてくれるユアの姿に、喜びがこみ上げる。

ラルドは自分の心の中で、何かがゆっくりと動きはじめるのを感じたのだった。


そして、一緒に旅をはじめたユアは、彼の想像以上にか弱い存在だった。

この国では当たり前の移動手段である馬にも乗れず、仕方なしに一緒に乗れば、一時間も経たないうちに疲れて落ちそうになる。慌《あわ》てて馬を止め、体を抱き下ろし横たわらせた。

その際、あまりに軽い体に驚き、急いで食事をさせる。固い乾パンや干し肉をちぎってスープに浸《ひた》して渡すと、遠慮しながらも美味《おい》しそうに食べてくれた。

その姿はまるで生まれたての雛《ひな》のようで、今まで自分にあるとは思ってもいなかった庇護欲《ひごよく》が、ムクムクと湧き上がってくる。もっと美味《おい》しいものをお腹《なか》いっぱい食べさせたいと、心から思った。

(食べ物だけじゃないな。服だって、今着ている変わった形の服が似合わないわけではないが、もっと可愛らしいドレスや装飾品で着飾らせてやりたい)

後に言葉が話せるようになったユアは、ラルドを優しく慈愛に溢《あふ》れた世話好きな男と称するようになるが、彼女に出会うまでの彼がそこまで世話好きだったかと言われれば、決してそうではなかった。

酷薄《こくはく》ではなかったし、どちらかと言えば優しいほうだったかもしれないが、それはそのほうが対外的に面倒がないせいだ。

（少なくとも、ユアみたいに甘やかしてやりたいと思った相手はいなかった）

その気持ちは、ユアが外れスキルである【聖霊の加護】を持っていると判明し、その場にいた男たちから嘲笑《あざわら》われた際に、もっと強くなる。

（外れスキルだからなんだと言うんだ!? どんなスキルを持っていようと、ユアがユアであることに変わりはない！ そんなことで人を貶《おとし》めるなど!!）

あまりに腹が立ったため、少し脅《おどか》してしまった。彼が怒ると、必要以上に周囲が萎縮《いしゅく》するのでいつもは自重するのに、あのときはそんな気持ちにまったくならなかったのだ。今も後悔する気持ちは一つもない。

その後、笑われて傷ついたであろうユアを慰《なぐさ》めたくて、衝動的に服や靴を買い与えていた。純粋に彼女のために行ったことだったのだが、着替えたユアの姿にラルドは心を躍らせる。

ユアの着た服が青だったのも、気分が高揚《こうよう》した原因の一つだ。決して彼が意図したものではなかったが、とてもイイと思う。

――妻や恋人に自分の目や髪の色の服やものを贈るのが今の流行だと聞いたのは、今回の旅に出る直前。そのときはまったくと言っていいほど関心のなかったその噂《うわさ》が、今はとても気にかかる。

ついにはユアには知らせず、銀細工の中にサファイアが輝く髪飾りも買った。店主のマロウがニヤニヤしながらこちらを見ていたが、その視線も気にならない。

本当はすぐにでも渡したかったのだが、買ってもらった服や靴に恐縮しているユアの態度を見て髪飾りは荷物の中にしまい、代わりに服と同じ布で作られたバレッタを贈った。これなら高くはないしいいだろうと思ったのに、それでも抗議してくる彼女を宥《なだ》めることになる。

本当にユアは控えめで慎《つつ》ましい性格をしていた。そこもいいと思う。いつか必ずサファイアの髪飾りを贈ろうと、心密《ひそ》かに決意したのだ。

そしてその晩、予期せぬアクシデントで同じベッドに眠ることになったのだが、正直、ラルドは眠れなかった。

決してユアに不埒《ふらち》な思いを抱いたわけではない。出会って一日めの十代半ば（と、このときのラルドは思っていた）の少女に欲情することなどない。

ただ、心がほっこりと温かく、自分のその心情に戸惑《とまど》っていたのだ。

ユアという名前だけで、身元も何もわからない言葉の通じぬ少女を「守ってやりたい」という強い思いが湧き上がってくる。「ずっと一緒にいたい」とも。

これが、単純に自分を恐れず笑いかけてくれたからだけなのか、それとも他に理由があるのかわからない。

「どう思う。カイルアイネン？」

ベッドの中央に置かれた自分の相棒とも呼ぶべき剣に語りかけた。

当然答えなどあるはずもないのだが、ちょうどそのとき、柄頭《つかがしら》のラピスラズリが窓から差し込む月光にキラリと光る。

なぜかカイルアイネンが自分の心を肯定してくれたような気がして、ようやく眠ったラルドだった。

そして、旅も終わりに近づいたとき、今思い返しても自分で自分が許せない事件が起こる。

直前に寄った町でラルドは、ユアが逮捕された人身売買組織から逃げ出した被害者ではないかという情報を得た。そこから一日も早く彼女を王都に連れていき、正式に自分の保護下に置きたいと焦《あせ》るあまりに、危険な山道を通ることにしたのだ。

結果、滑落《かつらく》事故でユアを見失う。

伸ばした自分の手をすり抜けて崖《がけ》に落ちていった彼女の姿に、どれだけラルドが恐怖したか、きっとユアは知らないだろう。まるで魂《たましい》の半分を無理やり引きちぎられたみたいだった。

幸いにして無事発見し保護できたのだが、あの事故のことは今思い出しても心臓が締めつけられる。

出会ってからほんの数日。なのに既《すで》に自分にとってユアは、絶対に失えない大切な存在なのだと自覚した。

(……そう。あのとき、俺はきちんとそう自覚していたのに)

ラルドは先ほどの王太子レジェールの言葉を思い出し、無表情でギュッと拳《こぶし》を握る。

『私自身が彼女をとても気に入ってしまってね』

『私付きのメイドにできないかと思って』

『直接本人を口説《くど》きに来たのさ』

ジリジリとした危機感が体の内からラルドを焦《こ》がす。

嘘だと言いつつも、王太子は最後までユアに興味を持っていた。

このままではユアを失いかねないと、ラルドは思う。あの王太子が決して油断のできない厄介《やっかい》な人物だとわかっているからだ。

（誰にも渡すものか。ユアは、私のものだ！）

〝氷の騎士〟ラルド・ロベリーグ・スティブは、決意する。

絶対、ユアを手放さないと。

そのためには、手段など選んでいられなかった。

◇◇◇

時間の経過というものは主観に合わせて変化する。

熱いストーブの上に手を置いた一分は一時間に感じられ、キレイな女の子と座る一時間は一分に感じられると言ったのはアインシュタインだ。現在、優愛はその言葉をまざまざと実感している。

今日はお茶会当日。今は、そのための着替えの最中だった。

（やっぱりアインシュタインは天才よね。私にとって今日一日は、きっと十年くらいに感じられるんじゃないかしら？）

鏡の前に立たされて、ビスチェを着せつけられ、ロングガードルにフレアパンツを穿《は》かされ、ようやくドレスに袖を通して――ここまで三十分。

（もう二時間くらい経った気がするわ）

しかし実際は、まだたったの三十分だ。お茶会に出席するための仕度の時間は、二時間が予定されている。その四分の一の時間で、クタクタだった。

この後はドレスを完璧に着付け、髪を結い、お化粧をしてから、アクセサリーの類《たぐ》いを身につけることになっている。

（終わる頃には疲れ果てて立っていられないんじゃないかしら？）

優愛は目の前の鏡に映る自分の姿を情けなく見つめた。

彼女が現在進行形で着せてもらっているのは、明るく澄んだ空みたいな天色《あまいろ》のロングドレスだ。キュッと絞ったウエストと裾《すそ》に向かってふわりと広がるスカートがエレガントで、オフショルダーの胸元に可愛い銀色のリボンがついている。この上に紺碧《こんぺき》のショールを羽織《はお》れば、押しも押されもせぬ完璧な貴族令嬢の出来上がりという寸法らしい。

（ドレスだけは立派でも、中身が私って時点で本物のご令嬢には遠く及ばないのに）

優愛はチラリと視線を流し、ドレッシングテーブルの上に並べられているアクセサリーの数々を見た。全てサファイアと銀で統一されたアクセサリーは、総額いくらになるのか考えるのも恐ろしい品々だ。

（それでも新しく買ったのはイヤリングだけで、あとは全部ラルドさんの家の有り物だってところが、救いだけど）

ラルドには、オーダーメイドでドレスを作ってもらったことだけでも心苦しいのに、この上アクセサリーまで新しいものを買ってもらったりしたら、申し訳なさでいたたまれなくなる。

そして、もう一つ。このアクセサリーがどれも喋《しゃべ》らないということにも、優愛は安心していた。

つまりピアスのジュリアみたいな国宝級のものではないということだ。

（ラルドさんのお家《うち》は武家の名門だって話だったけど。そうよね、歴史のある家だからって、そこにある物がみんな聖霊付きなんてことはないわよね）

ごくごく当たり前のことなのに、ホッとしてしまう。

はじめてこのアクセサリーを見たときにカイルアイネンにもそう言ったら、剣の聖霊は顔を引きつらせて苦笑いした。そんな笑われる話をしたつもりはなかったのだが、どうして笑われたのかさっぱりわからない。

何はともあれ、今は耐えるのみの優愛だ。

そして、支度をはじめて二時間後。彼女の目の前の鏡には、文句のつけようのない美しい貴族令嬢が映っていた。

（え？　これ、本当に私？）

思わずまじまじと見てしまう。

鏡の中の令嬢は、美しい青いドレスを着ていた。胸元には大きなサファイアのついた銀鎖のネックレスが輝いている。複雑に編み込んで結い上げられた黒髪には、やはりサファイアのついた銀細工の髪飾りが揺れていて、イヤリングも指輪も全てサファイアと銀。

（すごくキレイなんだけど。なんていうか全体的に私、青っぽいわよね？　青くなければ銀色で）

大変美しい色合いなのだが、徹底しすぎなのではないかと感じた。

優愛はファッションに詳しくないのでよくわからないものの、ここまで統一するのがコーディネートというものなのだろうか？

（まるでファッションショーのモデルさんみたい？）

ショーで発表された服を実際に着る人の数は、いったいどの程度だろう？

少なくとも優愛の周囲にはいなかった。

しかも、この色彩の組み合わせはどこかで見たことがある。

「これほどあからさまだと、いっそ清々《すがすが》しいわね」

そのとき、優愛の支度を中心になって行っていたメイド頭が、呆《あき》れたように呟《つぶや》いた。

「はい！　情熱的でとっても素敵です！」

興奮して早口で喋《しゃべ》るのは、チアリだ。

「あの無表情の下に、こんなに激しい想いを隠しておられたなんて！　人は見かけによらないものですね。ああ、私、今この場に紙とペンがないことが、ものすごく悔しいです！」

そう言って悔しがる。

彼女自身が今言ったように、彼女はこの場にペンを持ってきていなかった。当然、聖霊であるファンタインもいない。

（残念だわ。ファンタインさんは聖霊の中では一番常識的だから、彼がいれば私の格好がおかしくないか確認できるのに）

優愛の支度は、チアリの他に二人のメイドも手伝っている。メイド頭とメイド三人で着付けてくれたドレスが〝おかしい〟なんてあるはずないと思うものの、いつも冷静なメイド頭を除く全員が興奮に頬を赤くしているのが気にかかる。

いったい全体、どうしてみんなこんなに赤くなっているのだろう？

(まあ、チアリはこれが平常運転って感じはするけれど？)

その答えは、すぐに知れた。

今日のお茶会でエスコートをしてくれるラルドが、優愛を迎えにきたのである。

「ユア！　綺麗だ」

つかつかと入ってきて優愛を見たとたん、彼は嬉しそうに〝笑って〟そう言った。

それを見たメイド三人が色めき立つ！

「――――っ！」

「氷の騎士さまが微笑《ほほえ》まれるなんて！」

「レアよ！　激レア!!　ああ、誰か私に紙とペンを!!」

最後のセリフは、言わずと知れたチアリだ。

騒然とする中で、銀の髪と青い目の騎士は優愛に手を伸ばし、頬にそっと触れた。

「ユア、衣装もアクセサリーもとてもよく似合っている。これまで隊員たちの戯《ざ》れ言《ごと》をまともに聞いたことはなかったが……確かに、これは想像以上に〝イイ〟な」

優愛を見つめるラルドの瞳には、今まで見たことのない熱がこもっている。

「ラ、ラルド……さん？」

「ああ、ユア」

うっとりと、氷の騎士は呟《つぶや》いた。

「え？　え？　カイルさん、ラルドさんはいったいどうしたんですか？」

ラルドの肩にはカイルアイネンが乗っていて、頭を抱えている。

優愛は他には聞こえないくらいの小声で、剣の聖霊にたずねた。

『すまない、ユア。俺もまさかラルドがここまで暴走するとは思わなかったんだ。真面目な奴ほど箍《たが》が外れると怖いってのは、このことだったんだな』

カイルアイネンの言葉は優愛の不安を煽《あお》るだけ。

「カイルさん？　暴走って、どういうことですか？」

重ねて聞けば、小さな聖霊はいつもとは正反対に重々しく口を開いた。

『実は、ユアの着ているドレスもアクセサリーも、全部ラルドが自分で買ったものなんだ』

「え？」

優愛は慌《あわ》てて自分の着ているドレスを見る。

美しい青のドレスは手触り抜群の柔らかな生地で、どこからどう見ても高級品なのは間違いない。アクセサリーについている宝石も大きく素晴らしいものばかり。銀細工も見事というほかない逸品《いっぴん》だった。

つまり、どれもこれも大変お値段の高そうなものばかりなのだ。

（え？　え？　全部買ったって⁉　……嘘よね？　いったい、いくらかかったの⁉）

優愛は心の中で悲鳴を上げた。

「そんな！　今回、ドレスは作ってくださると言っていましたけれど……でも、アクセサリーはお家《うち》にあるものだって話だったじゃないですか？」

今度は小声の早口でカイルアイネンに問いただす。

『いや、もちろん、全部を今回のお茶会が決まってから買ったってわけじゃない。その、少し前から……っていうか、ユアと出会って割とすぐの頃から、ラルドは銀細工に青い宝石のついたアクセサリーを、ユアのために買い集めていたんだ。だから、家に前からあったっていうのはまったくの嘘じゃない』

優愛はパクパクと口を開け閉めさせた。

家にあったと言われたら、前々からあるものでそれにお金はかかっていないと思うのが普通だろう。それなのに、今、身につけている高価なアクセサリーは、タイミングこそ違えど、全部ラルドが自分のために買ってくれたものだった。そういうのを詭弁《きべん》と言うのではないか？

カイルアイネンは視線をそらして言葉を続けた。

『その、今、騎士団で流行《はや》っているんだよ。――恋人や妻に、自分の目や髪の色のドレスやアクセサリーを贈って身につけてもらうのが。好きな相手を自分の色に〝染める〟んだと、騎士団の奴らがそう言っていた』

その話を聞いたとたん、優愛の脳裏に日本の花嫁の白無垢《しろむく》姿が思い浮かぶ。白無垢《しろむく》には「あなたの色に染めてください」という意味があるのだとか。

（いやっ、この場合は正反対だけど！）

唐突にそれを思い出してしまった彼女は、自分の顔に徐々に熱が集まってくるのを感じた。

「す、好きな相手とかっ！」

動揺して、どもってしまう。

「ユア？　どうした、顔が赤いぞ？　熱でもあるのではないか？」

先ほどより態度のおかしい優愛に、ラルドが心配そうに顔を近づけてくる。

（ひぇっ！　ち、近いっ!!）

焦《あせ》った優愛はギュッと目を瞑《つむ》った。

コツンと音がして、額《ひたい》に軽く何かが当たる。

「キャァアアッ！」

「額《ひたい》が！　額《ひたい》と！　額《ひたい》が!!　くっついて！」

「ペン！　紙！　ペン！　誰か、持ってきて!!」

メイドたちの悲鳴とチアリの叫び声がなんだか遠くに聞こえる。

距離が遠いのではなくて、優愛の気が遠くなりかけているせいだ。

「よかった。熱はないな。ユア、目を開けてくれ。そんな風にされているとキスしたくなる」

そんな中、ラルドの声だけが鮮明に聞こえた。

「ぴぇっ!!」

（キ、キス⁉）

優愛は大急ぎで目を開ける！

超至近距離に、苦笑しているラルドの顔があった。

彼女は思わずゴクンと息をのむ。

そんな彼女の様子に、ラルドが優しく微笑《ほほえ》む。いつもの無表情はどこに捨ててきたのかと思うくらい、今の彼は表情が豊かだ。つまり、とんでもなくイケメンなのである。

「カ、カイルさん！　ラルドさんはどうしてしまったのですか？」

こんなラルドはいつもの彼ではない！　絶対、何かあったとしか思えない！　優愛はそう確信する。

（悪い物でも食べたとか？）

そんな心配までしてしまった。

ところが、カイルアイネンは深～いため息をつく。

『ラルドの変化は、この前の、あのクソ王太子のせいだよ』

そう言った。

「え？　王太子さまですか？」

優愛は不思議に思って聞き返す。

なんで今のラルドの変化と先日の王太子が関係あるのだろう？

するとカイルアイネンは大きく頷《うなず》いた。

『ああ。あいつがユアに気のある素振りなんてするから、ラルドは焦《あせ》っているんだ。王太子は、性格はあんなだが顔だけはいいだろう？　おかげで女性によくモテる。ユアも王太子に惹《ひ》かれてしまうんじゃないかって、ラルドは心配しているんだよ。ユアが自分から去ってしまうかもと想像して、それに我慢できない自分に気がついたんだ』

それは、我が子が不良に惹《ひ》かれて心配する親みたいな心境なのだろうか？

ラルドの〝おかん〟気質が暴走しているようだ。

『今だから言うが、ラルドはセレスタンがユアを特別に気に入ったときも本当は不安がっていた。ただセレスタンのユアに向ける感情は、まるっきり男女の色恋沙汰《ざた》じゃないからな。それで少しは安心していたのに、王太子は違うだろう？　あの腹黒が他人にあれほど興味を向けるのは、ものすごく珍しいんだ。だから、本気で焦《あせ》っている。「今までみたいじゃダメだ」と猛反省して、そしてこうなった』

いろいろツッコみたい優愛である。

（王太子殿下の興味は、私じゃなくて、私をかまったときのラルドさんや騎士団長さんの反応のほうにあったとしか思えなかったんだけど？）

少なくとも優愛にはそう見えた。

なのにラルドは焦《あせ》って不安になったあげく、優愛の全てを自分の色に染めたというのか？　高価なアクセサリーやドレスを買ってまで。

（そんな必要どこにもないのに？）

理由がわかったとたん、優愛は呆《あき》れた。同時に、ラルドの具合が悪くなったわけではないことにホッとする。

一瞬よかったと思ったのだが、落ち着いて考えてみれば安心してばかりいられないことにも気がついた。

(えっと、待って! さっきカイルさんは騎士団で流行《はや》っているって言っていたわよね?)

騎士団に所属している者は数多い。彼らの中で流行《はや》っているということは、イコール王城内で流行しているということだ。

そんな中、ラルドの青い目と銀の髪そのものの色彩をこれでもかと纏《まと》った優愛は、城内の人々の目にどう映るか?

(ひょっとして……この格好って、私はラルドさんの〝恋人〟ですって大声で宣言しているも同然なんじゃない⁉)

おそらく誰が見てもそう思うだろう。だからこそ、メイド三人はあんなに色めき立ち、メイド頭は呆《あき》れたのだ。

そう。メイド頭は間違いなく呆《あき》れていた。

「カイルさん、その流行って、こんなに隅から隅まで相手の色で統一するものなのですか?」

恐る恐る聞いた優愛から、カイルアイネンはそっと視線を外す。

「カイルさん!」

『普通は、アクセサリーの一つとか衣装の一部とか、ワンポイントに色を纏《まと》うのだと聞いている』

「ワンポイント――」

優愛は呆然《ぼうぜん》と呟《つぶや》いた。ドレスも青と銀、アクセサリーも青と銀の優愛の姿は、どう見てもワンポイントとは言えない。

(ど、どうしたらいいの?)

悩む彼女の手を、そっとラルドが握ってきた。

「こんなに綺麗なユアを他の者に見せるのは癪《しゃく》だけど……そろそろ時間だ。さあ行こう」

優しく微笑《ほほえ》まれエスコートされる。

またまたメイド仲間から「キャア!」という悲鳴のような叫び声が聞こえた。

(だから! いったい誰? こんなラルドさん、ラルドさんじゃない!!)

混乱しながら優愛はラルドに手を引かれていく。

『すまない! ユア!!』

カイルアイネンの謝罪の声がむなしく響いた。


そしてやってきたお茶会会場。

そこは城の奥庭で、今を盛りと咲き誇る花々の中に丸いテーブルが置かれていた。白いレースのテーブルクロスの上には、既《すで》に白磁のティーセットが並んでいる。ティーセットの奥には三段のケーキスタンドまで置いてあり、下からサンドイッチ、ケーキ、焼き菓子が載っていた。

花も飾られた豪華なテーブルに、先に来ていたセレスタンが座っている。

セレスタンの前のテーブルの上にはラディスラフもいて、優愛とラルドに気づいた彼らは声をかけようと振り返った。

そのとたん、同じ仕草でパカンと口をあける。

「ユアちゃん」

『ユア！　何よ、その格好!!』

ちゃん付けで呼んでいることを隠すことも忘れて呆然《ぼうぜん》とするセレスタンと、プリプリと怒り出すラディスラフ。

『いくらなんでも、独占欲丸出しすぎよ！　これから女王に会うのに、不快に思われたらどうするの!?』

ピシッ！　とこちらを指さして、ラディスラフが怒鳴った。

「不快って……私、そんなに酷《ひど》い格好なんですね」

ガァ〜ン！　とショックを受けた優愛は青ざめ、聖霊にしか聞こえないくらいの小さな声で嘆《なげ》く。

するとラディスラフが焦《あせ》る。

『ああ！　違うわ、ユアちゃん！　ユアちゃんはとっても綺麗よ！　ドレスもアクセサリーも、ものすごく似合っているわ！　そこはやっぱり悔しいけれどさすがラルドよね、ユアちゃんにピッタリ似合うものを選んでいるもの。ユアちゃんの格好はおかしくない！　ただ、今日のお茶会でだけは、その格好の意味があからさますぎて〝ダメ〟なのよ！』

いろいろ褒《ほ》めてもらったが結局〝ダメ〟なのだと、優愛はがっくり落ち込む。

『違う、違うのよ！　本当に!!　ダメなのはユアちゃんじゃなくて、女王のほうなのよ！』

ラディスラフが必死で怒鳴ったそのとき、会場に新たな人物が現れた。

「ほぅ？」

「ハハッ！　すごいね。いや、さすがに驚いた」

聞こえてきたのは、落ち着いた女性の声と楽しそうな男性の声だ。

呆然《ぼうぜん》と優愛を見ていたセレスタンがパッと立ち上がる。そして右手を左胸に当て、深く頭を下げた。

これはいわゆる騎士の礼というもので、優愛をエスコートしていたラルドもすぐさま同じ仕草をする。

優愛も慌《あわ》ててカーテシーと呼ばれる貴族女性の礼をした。昨日メイド頭からみっちり教えられたもので、両手でスカートの腰の部分を掴み、腰を曲げて頭を下げる最敬礼だ。

騎士団長と隊長が即座に礼をしなければならない相手が誰なのかなど、見なくてもわかる。

「堅苦しい挨拶《あいさつ》は不要だ。これは私的なお茶会なのだからな。楽にせよ」

ゆったりとそう話す女性は、言わずと知れたこの国の女王陛下だった。

優愛はそっと視線だけを女王に向ける。

女王は、王太子と同じ金の髪と緑の目をした美しい女性だった。年齢はたしか四十五歳のはずだが、どう見ても三十代にしか見えない。落ち着いた雰囲気の中にも、抗《あらが》いがたいオーラを放つ彼女は、正真正銘の為政者《いせいしゃ》だ。

楽にしろと言われてもできるはずもなく、優愛は頭を下げ続けるしかない。

息子である王太子にエスコートされてまっすぐテーブルに向かって歩いてきた女王は、王太子が引いてくれた椅子に優雅に腰かける。

その後、王太子が女王の隣に座り、セレスタンがその反対側の隣に座った。

丸テーブルは五人がけで、優愛の手を引いたラルドは、セレスタンの隣に移動する。そこで、優愛のために椅子を引いてくれた。

しかし、優愛は座るのをためらう。

（そんな！　いきなり女王陛下と同席なの⁉）

豪華に見えた五人がけの丸テーブルだが、思っていたほどには大きくない。優愛の斜め前が女王で、その距離が想像以上に近いと感じる。

（無理無理無理無理よ！　こんな近く‼）

優愛だって、お茶会というからには、女王と一緒のテーブルに着いてお茶を飲むことを想像していなかったわけではない。しかし、彼女の想像の中のテーブルはもっとずっと大きく、女王にこんなに近づく予定ではなかったのだ。

（王宮なんて、どこもかしこも無駄に大きくて広いのに！　どうしてこのテーブルだけ、こんなに小さいの⁉）

私的なお茶会用のテーブルだからに違いない。

優愛は無駄とわかりつつも立ちつくし、ジッとテーブルを睨《にら》んだ。

「大丈夫だ。ユア、俺がいる」

そんな彼女の手をギュッと握り、ラルドが着席を促《うなが》してくる。これ以上ためらっていれば、不敬に当たるかもしれない。

そう思った優愛は、震えそうになるのを堪《こら》え、静かに椅子に腰かけた。

それを見届けたラルドは、王太子の視線を遮《さえぎ》るようにして優愛の隣にサッと腰かける。その際、威嚇《いかく》するみたいな視線で王太子を睨《にら》みつけた。

とたん、ブハッ！　と王太子が噴き出す。

「ラルドが！　あの氷の騎士が、女性のために私を牽制《けんせい》するなんて！　面白すぎる！　ねえ母上、私が言った通りだったでしょう？」

王太子が笑いながら女王に話しかけると、彼女の眉間《みけん》には一本深いしわが寄った。

「ああ。まさかこれほどとは思わなかったな」

それを聞いた優愛は、ビクッと体を揺らす。自分のせいでラルドが呆《あき》れられたのだと思うと、泣きたくなる。

『ユア、大丈夫だ！　王太子は面白がっているが、女王は羨《うらや》ましがっているだけだからな！』

そう言ってきたのは、カイルアイネンだ。ラルドの剣の聖霊は、優愛の膝《ひざ》の上で彼女の注意を引こうと右袖口を引っ張っている。

そして反対の左袖口を、ラディスラフが引っ張った。

『その通りよ。さっきも言ったでしょう。ダメなのは女王のほうだって、女王はね――』

『あなたたち、それ以上の話をするなら、グウェナエルの了解を得なさいよ』

ラディスラフの言葉を遮《さえぎ》るようにして現れたのは、王太子のピアスの聖霊ジュリアだ。

忽然《こつぜん》と現れた三頭身の美女は、優愛の目の前のテーブルの上から剣の聖霊たちを見下ろす。

『あいつは宝物庫の中だ。この場にいない奴に許可も何も取れないだろう!?』

カイルアイネンが怒鳴り返したとたん、ジュリアの横の空間がポン！　と音を立てた。

『誰か私を呼んだかな？』

どこか気取った風の物言いで現れたのは、金の髪、金の目をした身長十センチくらいの三頭身のイケオジだ。彼が何かの聖霊なのは間違いない。

『グウェナエル！』

『そんな！　本体もないのに、どうしてあなたがここにいるのよ!?』

カイルアイネンとラディスラフは、信じられないという様子でグウェナエルと呼んだ聖霊を見つめる。

『ハハハ、私をお前たちみたいな無骨な剣と一緒にしてもらっては困るな。私はこの国一番の宝である王冠なのだぞ。多少本体と離れようが、王冠の持ち主がいる場所に姿を現すことなど造作もないことさ』

グウェナエルは胸を反《そ》らして偉そうにそう言った。あんまり反《そ》らすので、三頭身の重そうな頭から後ろにひっくり返りそうなほどだ。

『それって、ものすごく力を使って疲れるやつでしょう？』

『うわぁ〜。こいつ、そこまでして、優愛に会いたかったんだな』

ラディスラフとカイルアイネンが顔を見合わせ、頷《うなず》き合った。

『うるさい！　今、王城の仲間たちの間では、我らと話せる女性の噂《うわさ》で持ちきりなのだ！　それなのに、滅多に使用されない王冠である私は、ほとんどの時間を厳重なクリスタルのケースに閉じ込められていて自由に出歩くことができない！　おかげで私は噂《うわさ》の〝ユア〟に会えなかったんだぞ！　このチャンスに多少無理してでも会いたいと思うのは当然だろう！』

グウェナエルが切れ気味に叫べば、ジュリアは頭を抱えた。

『ちょっと、グウェナエル。王冠の威厳はどこにやったのよ？　私たち王家の宝物の評判を落とさないでよね』

『うるさい！　お前なんかさっさとユアに出会ってしかも二回も話をしたんだと、さんざん私に自慢したくせに』

グウェナエルはジュリアに対してベーッと舌を出す。まるでわがままな子供みたいな仕草に、優愛は呆気《あっけ》にとられる。

「……あの、グウェナエルさん？」

聖霊たちの賑やかなやり取りを見て少し落ち着いた優愛は、恐る恐るグウェナエルに声をかけた。

『おお！　本当に我らと話しができるのだな。そうでなければ、ただの人間が私の名前を知りようがないからな。何かな？　お嬢さん。物知りな王冠である私に、なんでも聞いてかまわないよ』

グウェナエルは機嫌よさそうに笑う。

その笑顔に力づけられた優愛は、思い切って口を開く。

「どうして私のこの格好が、女王陛下にとって〝ダメ〟なのですか？」

先ほど、ラディスラフはそう言っていた。

その理由を話そうとしたときに、ジュリアからグウェナエルに許可を取れと言われたのだ。きっと、グウェナエルが女王の王冠の聖霊だからそう言ったのだろう。だとすれば直接グウェナエルに聞いたほうが早い。

(不敬だって怒り出すかもしれないけれど。聞かずにはいられないわよね！)

『ダメだって？』

グウェナエルは不思議そうに優愛に聞き返す。

彼女をジッと見つめて、隣のラルドに視線を移し、「はぁ～ん」と納得したように頷《うなず》いた。

『たしかにそれだけ〝ラブラブアピール〟を今のアデライドにするのは、〝ダメ〟だろうな』

アデライド・レミ・ソージェイア――恐れ多くも、女王陛下のフルネームである。

女王を気軽にファーストネームで呼び捨てにしたグウェナエルは、そのまま言葉を続けた。

『アデライドは、今、人生最大の危機にみまわれているのだ。倦怠期《けんたいき》という名の夫婦の危機にね』

「…………はい？」

優愛の目は点になる。

いや、実際に点になったりはしないのだが、それほど今のグウェナエルの言葉が予想外だったのだ。

「倦怠期《けんたいき》？」

『ああ。人間の夫婦の間には、よくある危機なのだろう？　しかしアデライドは女王で、彼女の夫はこの国の魔法長官だ。彼らは倦怠期《けんたいき》だからといって、そんなことを欠片《かけら》も外に漏らすわけにはいかない。ストレスがたまりにたまって、いろいろ深刻化して大変なのだ。そんなときに、そこまでのバカップルぶりを見せつけられてはな。いくらアデライドが賢王だとしても「爆死しろ！」くらいの気持ちには、なるかもしれない』

優愛はブルリと体を震わせた。それは、なんとしてもお断りしたい！

「――ユア、ユアさん！　聞こえているかい？」

ちょうどそのタイミングで名前を呼ばれる。

彼女はハッとして顔を上げた。

見れば、全員が優愛に注目している。

いつの間にやらお茶が各自に出されていて、目の前には湯気《ゆげ》を立てるティーカップと、お皿に載せられた三つのプチケーキがあった。

いつまで経ってもお茶に口をつけない彼女を、ラルドとセレスタンは心配そうに、女王は少し不機嫌そうに、そして王太子は面白そうに見ている。

「え？　あ……ハイ？」

「君は緊張して動けないでいるのかと思えば、口の中でブツブツと何かを呟《つぶや》いて百面相をしているし、私たちの話を少しも聞いていなかったよね？　この状況で、他のことを考えられるなんて、あ

る意味大物だね」

王太子が堪《こら》えきれないようにクスクスと笑う。

優愛はたちまち頬が熱くなった。聞いていたのはあなたたちの持つ剣やアクセサリーの聖霊のお喋《しゃべ》りですとは、とても言えない。

「ユア、大丈夫だ。今まで話していたのは、騎士団の私的な報告であって、ユアが話に加わるような内容ではなかったからな。突然こんな場に呼ばれた君が平常心でいられるほうがおかしいのだ。気にする必要はない」

優しく庇《かば》ってくれるのはセレスタンだ。熊をもひねり殺せそうな騎士団長は、凶悪な顔を心配そうに近づけて優愛を慰《なぐさ》める。

「団長さま、ありがとうございます」

彼の思いやりが嬉しい優愛は、しっかり目を見てお礼の言葉を伝えた。

セレスタンの頬がたちまち赤くなる。

『セレスったら、お礼を言ってくれるユアちゃんが可愛すぎて、悶絶《もんぜつ》しているわ！』

騎士団長の状態をラディスラフが的確に説明してくれた。

「ほぉ～？　そこまで近づいたセレスタンに怯《おび》えぬ女性は、はじめて見るな」

眉間《みけん》からしわを消した女王が驚いた風に唸《うな》る。

「ユアは優しいですから。でも、その優しさを誤解されては困ります」

すかさずラルドが声を出す。長い腕を伸ばして優愛の肩に手を置くと、セレスタンから引き離し自分のほうに引き寄せた。

消えた女王の眉間《みけん》のしわが、あっという間に復活する。

「誤解などせぬから、ラルド、そなたも行動を少し慎《つつし》め」

ジロリと睨《にら》まれて、ラルドは渋々優愛の肩から手を離した。しかし、今度はその手を優愛の手に重ね、上から握ってくる。

「ラ、ラルドさん」

「〝少し〟慎《つつし》んだから大丈夫だ」

彼はそう言って優愛に笑いかけた。

肩から手に移したら、少し慎《つつし》んだと言うのだろうか？

絶対違うだろうと、優愛は思う。

女王の眉間《みけん》のしわが二本に増え、こめかみがピクピクと脈打った。

王太子はニヤニヤと楽しそうに笑うばかり。

（こ、このままだと、私とラルドさんは不敬罪で捕まるんじゃないの？）

そうでなくても、女王の機嫌を損ねて無事でいられるとは思えない。

どうすればいいのかと悩んでいると、女王が胸元から扇《おうぎ》を取り出し、パンとテーブルを叩《たた》いた。

「レジェール、セレスタン、ラルド、しばらく席を外せ。私はこの娘と一対一で話してみたい」

皆が注目する中、なんとそんな命令をする。

驚く優愛だが、同時にこれはチャンスだとも思った。

（二人でお話して、なんとかラルドさんへの怒りを納めてもらわなきゃ！）

「陛下！　それは――」

「ハイ！　光栄です！」

女王のセリフに気色《けしき》ばむラルドを制して、優愛は声を上げる。

驚いた風に振り向くラルドに対し、安心させるように笑いかけた。

「女王陛下と話すなんて、滅多にないことです。私は大丈夫ですから」

大丈夫だと言っているのに、なぜか彼は表情を曇らせる。

「無理をする必要はないんだぞ」

「無理はしていません。お話をしたいだけです。お願いします、ラルドさん」

重ねてのお願いに、ラルドは黙りこんだ。

「安心しろ。その娘を害しはしない。ただ話を聞くだけだ。それでも心配なら、姿の見えるところにいればよいだろう。声さえ聞かなければ、庭園内にいることを許そう」

女王の譲歩に、彼は渋々頷《うなず》いた。

「さあ、了解したならば、さっさと行け」

しっしと追い払う仕草をされ、男たちは仕方なく立ち上がる。

「母上、私もですか？」

未練がましく王太子が聞いたが、扇《おうぎ》一振りで断られた。肩を落とした王太子に続き、ラルドとセレスタンが心配そうに何度も振り返りながら離れていく。

そんな三人の様子に、女王は呆《あき》れたみたいなため息をついた。

『ユア！　無理をするんじゃないぞ！　いじめられたらすぐにラルドと俺を呼べ！』

『ユアちゃん、気をつけてね！　セレスもいるから！　もちろんあたしもね！』

『ちょっとあなたたち、女王に対して失礼じゃない？　彼女はレジェほど腹黒じゃないわよ』

賑やかな聖霊たちも優愛に声をかけつつ、それぞれの主《あるじ》についていく。

『やれやれ、たかが少し話し合うだけで、取って食うわけでもあるまいに。オーバーな奴らだな』

そう言って肩を竦《すく》めるのは、一人残ったグウェナエルだ。

イケオジな王冠の聖霊は、食べられるわけでもないだろうにケーキに興味津々《きょうみしんしん》で、周囲をクルクル回りながら眺めている。

優愛の心境は、蛇《へび》に睨《にら》まれた蛙《かえる》のよう。ゴクンと唾をのみこみ、怯《おび》えながらもまっすぐ女王に視線を向けた。

「ユアといったか。そんなに警戒しなくてもいい。ただ私は、お前の人となりを確認したかっただけだ」

女王はそう言って静かに微笑《ほほえ》む。

「お前は異国から人身売買組織に誘拐されてこの国に来たという。言葉も通じず自分がどこから拐《かどわ》かされたのかもわからないそうだな。それは、たしかに可哀そうな身の上ではあるが、常であればそんな素性のわからぬ相手に、ラルドもセレスタンも、そして我が子の王太子も、ここまで親身になることはないのだ。いったいどうしたのだと気になるのは仕方ないであろう？」

その言葉に、優愛は慌《あわ》てて首を横に振った。

「ラルドさんは優しい人です！　私を助けて世話してくれました。本当にとても優しい人なんです！」

氷の騎士などと呼ばれているが、ラルドの実態はただの〝おかん〟だ。きっと助けた相手が誰であっても親身に世話していたに違いない。

「騎士団長さまも、いい人です。怖くなんてありません。皆さんが知らないだけだと思います」

優愛はセレスタンのことも必死に訴えた。

「あっ、でも、申し訳ありません。王太子さまについてはよくわかりません」

王太子がなぜ自分を気に入ったのか、優愛にはわからない。だからそこは正直に申告した。

女王は目を丸くして優愛を見ていたが、やがて「そうか」と呟《つぶや》く。

「お前は人の本質を見抜くことができるのだな」

そんなことを言い出した。

優愛は慌《あわ》てて首を横に振る。

本質を見抜くなんて、そんなことができるはずはない。彼女がラルドやセレスタンの本質に気づけたのは、聖霊たちから話を聞けるおかげだ。

「謙遜《けんそん》しなくていい。ひょっとしたら、それはお前の持っているスキル【聖霊の加護】の力かもしれない。なんの効力もない外れスキルなどと言われているが、王国の歴史書には、かつて【聖霊の加護】を持っていた者が知りうるはずのないものを知り、大いに活躍したとの記述があるのだ」

女王の言葉を聞いた優愛は、思わず顔を引きつらせた。

どうやら聖霊たちは、遥《はる》か昔からお喋《しゃべ》り好きであったらしい。

「人は、偏見なしに本当の自分を見てくれる者に気を許すものだ。そう考えれば、ラルドたちのお前への好意も当たり前なのだろうな」

女王は一人で納得する。その後、寂しそうに目を伏せた。

「お前みたいな目があれば、私にもあいつの真意がわかるのだろうか」

ポツンと呟《つぶや》く。

寄《よ》る辺《べ》ない子供のような姿に、ふと優愛は先ほどのグウェナエルの話を思い出した。女王は夫である魔法長官と倦怠期《けんたいき》になっているという話だ。

(倦怠期《けんたいき》って――彼氏や旦那さんとの関係に慣れすぎて、刺激がないっていうか、つまんなくなる時期のことよね?)

つまらなくなるどころか、相手の嫌なところばかりが目について、イラッとしたり不満を覚えたりすることもあるという。

優愛の姉が、結婚して半年くらいの頃にそうなったので、よく覚えている。

(普通はつきあって三ケ月くらい。長くても三、四年目くらいになるものじゃなかったかしら?)

女王と魔法長官の間には、二十九歳の王太子がいる。つまり少なくとも三十年以上は、恋人や夫婦としてつきあっているはずで、かなり遅い倦怠期《けんたいき》なのではないだろうか。

(ひょっとして倦怠期《けんたいき》っていうより、熟年離婚の危機なんじゃない?)

女王夫妻が熟年離婚など、国を揺るがす大事件だ。事《こと》の重大さに思い至り、優愛は視線を彷徨《さまよ》わせる。

するとケーキの向こう側からジッとこちらを見つめていたグウェナエルと目が合う。

「グウェナエルさん、女王陛下は魔法長官が嫌いになったわけではありませんよね？」

小さな声で聞いてみた。

『ああ。もちろんだ。二人は政略結婚とは思えないほど仲のよい夫婦だからな。ただ二人ともかなり忙しい。特に最近はスモロの動きがきな臭くてな。その情報収集やら何やらですれ違ってばかりだ。なのに、アデライドは「寂しい」の一言も言えない意地っ張り。今までもこんなことは日常茶《さ》飯事《はんじ》だったんだが、積もりに積もって、ついに爆発寸前というところなのだよ』

いやいや、爆発されたら一大事だ。

（なんとか倦怠期《けんたいき》を乗り越えてもらわなくっちゃ！　えっと、お姉ちゃんはどうしていたんだったかしら？）

なんだかいろいろネットで調べて、試していた記憶がある。

（わざと少し距離を置いてみたり、かと思えば、一緒にボルダリングをはじめてみたり。そうそう、手紙も書いていたんじゃなかったかしら）

手紙なら、普段言葉にできないこともきちんと考えて伝えることができる。しかも形に残るので、また何かあったときに読み直すことができるのだ！

（お義兄《にい》さんの書いた手紙は、お姉ちゃんの宝物になっていたわよね）

時々手紙を読み返しては、幸せそうにしていた姉の姿を思い出す。

優愛はゴクンと息をのみ、顔を上げた。

「他人の真意はわかりません。わかるはずがないと、私は思います。だからこそ〝努力〟が必要なのだとも」

突然、優愛にそう言われた女王は、きょとんとした。

「……努力？」

意表を突かれたその顔がなんだか可愛く見えて、優愛は勇気を出す。

「女王陛下。もしも陛下が真意を知りたい方がおられるのなら、その人に手紙を書かれてはいかがでしょう？」

「手紙？」

女王は不思議そうに首を傾《かし》げた。

「はい。手紙にご自分の気持ちを素直に書いて渡すのです。陛下のお心がきっと伝わることでしょう。それにお返事が来たならば、それを読めばお相手の気持ちもわかります」

優愛の説明を聞いた女王は「フム」と呟《つぶや》く。

「そうか、手紙か。あいつは最近ずっと塔にこもりきりで、たまに顔を合わせても、憎まれ口ばかり言ってしまう。いけないと思いつつも止められないでいたが……そうだな。手紙なら素直な言葉が綴《つづ》れるかもしれないな」

優愛はコクコクと頷《うなず》いた。

どうやらうまくいきそうだとホッとしたが、続く女王の言葉に体を強《こわ》ばらせる。

「しかし、一人ではなんとも気恥ずかしいな。そうだ！　お前も一緒に手紙を書いてくれないか？」

「え？　私もですか？」

「ああ、もちろんお前は自分の手紙を書けばいい。それだけのドレスやアクセサリーをもらったのだ。ラルドに礼の手紙を出すのだろう？」

優愛は焦《あせ》った。

「私は字をまだ上手《うま》く書けないのです」

上手《うま》くないというより、書けないと言ったほうがいいかもしれない。名前くらいは書けるけど、文章なんてとても無理だ。

「ならば、なおさら練習しなくてはな。文字は私が教えよう。お前は心を素直に表すコツを私に教えてくれ」

そう言った女王は嬉しそうに笑った。

『ユア、感謝するぞ！　こんなに楽しそうなアデライドを見るのは久方ぶりだ』

グウェナエルも大喜び。

（女王陛下と字の練習？　それもラルドさんへの手紙を書くなんて！　恥ずかしすぎるでしょう！）

優愛は心の中で悲鳴をあげた。こんなことなら、倦怠期《けんたいき》をなんとかしようなんて思わなければよかったと、しみじみ後悔する。

「早速時間の調整をしよう。楽しみだなユア」

嬉しそうに笑う女王に対し、引きつった笑みしか返せない優愛だった。

その後、ご機嫌になった女王のおかげでお茶会は無事に終わった。

優愛がラルドに手紙を書くと知ったセレスタンとレジェールが「私もユアからの手紙が欲しい！」と言い出して、少し――いや、だいぶ大騒ぎになったのだが、まあそれはいい。

「書けるようになりましたら〝イッカ〟書きます」

〝イッカ〟なんて日は、ずっとやってこない。優愛はそう思っている。

ちなみにラルドは大喜びしてくれた。満面の笑みで「絶対返事を書くから、その返事が欲しい！」と言われてしまう。

(それって、エンドレスの文通になるケースよね？)

優愛は「イッカ」と答えた。

その後、女王が張り切って仕事の調整を行ったため、翌日には優愛に呼び出しがかかる。

女王は仕事が忙しくて夫とすれ違っているという話ではなかったのだろうか？

そんな疑問を抱く優愛のもとに女王の使者としてやってきたのは、黒い長髪に灰色の目をしたローブ姿の四十歳くらいの男だった。

なんと彼は、魔法長官その人なのだという。そう、つまりは、女王の夫だ。

あり得ないお迎えに、優愛は絶句した。

(この人も、仕事が忙しすぎるって話ではなかったの!?)

呆然《ぼうぜん》としているとあれよあれよという間に連れ出され、一緒に廊下を歩くことになる。

王城の廊下は、当然ながら幅が広くとても長い。床は木製でピカピカに磨き上げられ、塵《ちり》一つ落ちていないし、ところどころに飾ってある絵画や調度品にも埃《ほこり》は皆無《かいむ》だ。

(お掃除、大変そう)

優愛はメイド目線で同僚の仕事に思いをはせた。そうでもしていないと、男から向けられる疑り深く冷たい視線で、非常に居心地が悪いのだ。

(女王陛下を騙《だま》してこびを売る悪女とか、思われていそうよね?)

その証拠に、優愛は魔法長官から直接名乗ってもらっていない。彼はあくまで女王の一使用人として彼女に接している。

彼の正体を教えてくれたのは、彼の持っていた〝魔法の杖《つえ》〟だ。

魔法長官と一緒に現れた、三頭身の白い髪、白い髭《ひげ》の老人が聖霊なのは一目瞭然《いちもくりょうぜん》だった。

『はじめまして、我らと話せる希有《けう》なスキル【聖霊の加護】をお持ちのお嬢さん。わしは、樹齢一万年の大樹より作られし杖《つえ》で、名をアーバーという。この男は、わしの持ち主である魔法長官のオディロンだ。此度《こたび》は我が主《あるじ》が迷惑をかけて、すまなんだな』

オディロンの肩に乗ったアーバーは、そう言って深々と頭を下げる。

いくら身長十センチの三頭身とはいえ、仙人みたいなご老人に謝られて優愛は恐縮した。

「え? あ、いえ、迷惑なんて思っていませんから!」

オディロンに聞こえないよう、口の中でボソボソと呟《つぶや》いた彼女の返事を聞いたアーバーは、嬉しそうに相好《そうごう》を崩した。

『グウェナエルから聞いていた通り、ユアさんは優しい人間なのだな。夫婦間の問題など、迷惑なこと、この上ないだろうに』

夫婦げんかは犬も食わない——日本のことわざであるが、きっとこの世界でも似たような認識なのだろう。

アーバーは申し訳なさそうな顔になった。

『なのにオディロンのこの態度。まったくもって、面目ない。言い訳になってしまうが、オディロンは決してアデライドのことをないがしろにしておるわけではないのだよ。今回は、スモロの問題を一刻でも早く解決して妻の心労を取り払おうと奮起しすぎた結果、すれ違ってしまっただけなのだ。だからこそ、今日も一分刻みのスケジュールの中で、身元不明のメイドがアデライドと一緒にすごすと聞いて、心配のあまり自ら出向いてきた。そんな時間があるのならば、アデライドともっとしっかり話し合えばいいものを——あまりの不器用さに、わしはもう見ておられんのだよ』

白い髭《ひげ》を撫《な》でながら顔をしかめるアーバーは、本当に心からオディロンとアデライドを心配しているように見える。

「大丈夫です。女王さまとは一緒に手紙を書くだけですから。それがきっかけで仲直りしてくだされば、私はそれでいいです」

優愛の言葉を聞いたアーバーは、いたく感激した。お礼だと言って、女王の部屋までの通路で自分の仲間、つまりは聖霊を紹介してくれる。

『その絵画は、高名な画家が描いた渾身《こんしん》の一枚でな、聖霊の名はチュールという。その窓から見える樹木は、わしのもととなった大樹の子孫だ。名はプルジュ。あそこの角の鎧《よろい》はアミュ。気はいいんだが少々慌《あわ》てものだ』

　さすが王城、女王の居所に近づけば近づくほど聖霊の仲間たちは増えていく。

　こんなにいるのかと驚き、紹介されたガラスのシャンデリアから手を振る聖霊を見上げて歩いていた優愛は、いつの間にか前を歩いていたオディロンの背中にポスンとぶつかってしまう。

「あ、ごめ――っと、すみません！」

　慌《あわ》てて頭を下げた。

　オディロンはギロリと睨《にら》みつつ優愛を振り返る。

「キョロキョロと辺りを見回しているかと思えば、今度はボケッと上を見上げてぶつかるなど、とんでもなく無作法で変わった娘だな」

　心底呆《あき》れた声でそう言った。

　それもこれも、あなたの杖《つえ》の聖霊のせいなんです、とは言いたくても言えない優愛である。

「まったく、陛下もなんでこんな小娘が気に入られたのか」

　頭を抱えた彼が大きなため息をつく。

　そんな彼の様子を見ていた優愛はふと、気がついた。

　額《ひたい》を押さえたオディロンの手の下の顔色はずいぶん悪い。それだけではなく、目の下には濃いくまができていて、体全体から疲労感が漂《ただよ》っている。

（この人、ボロボロなんだわ。考えてみれば、忙しすぎて奥さんをないがしろにして熟年離婚の危機を迎えているんだもの。可哀そうな人なのよね。そういう男の人って、みんなこんな感じなのかしら？）

あまりに疲れ切って見えるオディロンの様子に、優愛は同情を禁じ得ない。

「陛下はあなたさまの真意がわからないと言っておられました」

なんとなく伝えたくなって、女王の言葉を伝える。

するとピタリと足を止めたオディロンが目を見開いた。

「私の？　お前は私が誰かわかっているのか？」

そう言えば名乗ってもらっていなかった。しかし、彼は女王の夫であり魔法長官なのだから、王宮のメイドである優愛が知っていても不思議ではないだろう。

そう思って、コクリと頷《うなず》く。

「ハイ。魔法長官さまですよね？」

ところが優愛の予想とは違い、オディロンはものすごく驚いた。

「私は、認識阻害の魔法を使っていたのだぞ。それなのにどうしてわかったのだ？　お前は異国人だから、魔法がかかりにくいのか？」

よもやそんな魔法があるとは思わなかった。

聖霊がそこかしこにいるこの世界だが、優愛は今まで魔法を見たことがない。なんでも魔法を使える人はごくごく少数で、普通に暮らしている分にはまったく関わり合いがないものなのだそうだ。

最初、彼女はスキルも魔法の一種なのだと思っていた。【聖霊の加護】なんていかにも魔法っぽいし、ラルドの持っている【剛力】や【神速】なども魔法の効果である気がしていたからだ。しかし、実際はまったくの別物なのだそうだ。

いわく、スキルは神から授《さず》けられるもの。各人の適性で生まれつき持っていたり、努力と鍛錬《たんれん》で身につけるものであったりと、種類も獲得方法も多様だが、誰もが神から何かしらは受け取れる特殊能力なのだという。

翻《ひるがえ》って、魔法は特定の個人しか使えない限定された力。使える人は決まっていて、才能のない者はどんなに努力しようと決して使えることはない。

(使える人がごく少数なら、一般に発展しようがないものね)

王城には魔法使いの組織があり、魔法長官なんていう役職もある。他の場所よりよほど魔法に近いのだが、それでも存在そのものを忘れてしまうくらいに魔法は珍しいものだった。

魔法への知識が少ないせいで魔法長官の正体を見破ってしまった優愛は、やらかしてしまったのかと心配になる。ところが、疲れ切っているオディロンはそれ以上深く追及することなく「まあいい」と呟《つぶや》く。

「私のことを知っているのなら手間が省《はぶ》ける。お前には、ここできちんと言っておこう。――ラルドやセレスタンを手なずけたからといって、いい気になるなよ。陛下におかしなことをしたら、この私がただでおかないからな！　そう思え」

優愛に向かってビシッと杖《つえ》を突きつけた。

大変迫力のある姿なのだが、優愛には、その杖《つえ》の先端で白髪《しらが》白髭の三頭身の老人がピョンピョン飛び跳ねオディロンに文句を言っているのが見える。

『コラ！　オディロン、貴様！　親切なユアさんに対し、なんたる態度をとっておるんじゃ!!　わしの目の黒いうちは、ユアさんを害するような魔法は一切使わせんぞ！　調子に乗るんじゃない!!』

目を三角にしてオディロンを怒鳴りつけるアーバー。どうやら認識阻害の魔法が効かなかったのは、この聖霊のせいらしい。

（まあ、魔法が効いていても、聖霊から正体を聞ける私には関係ないんだけど）

この状況で、優愛がオディロンの脅《おど》しを恐れるはずもなかった。

「魔法長官さまは、優しい方なのですね」

ニコニコ笑ってそう言えば、オディロンは目を見開く。

「本当に変わった娘だな」

眉をひそめると、それ以上言う気が失せたのだろう、案内を再開してくれた。

ローブ姿の男の後ろ姿を、優愛はあらためて見つめる。肩を落として歩く男は、やはりとても疲れているみたいだ。

（疲労回復には甘いものがよかったのよね？　取りすぎはだめだけど、お手紙と一緒に甘いものも渡したらどうかと女王陛下に言ってみようかしら？）

密《ひそ》かにそう思う。

王配であり魔法長官でもあるオディロンは、実質この国トップの地位を持つ男性だ。

しかし優愛の目には、熟年離婚の危機に瀕《ひん》した草臥《くたび》れた男にしか見えなかった。


この後、優愛は緊張しながらも、なんとか女王と手紙を書き上げた。

「――ユア、大成功だ！　オディロンはすごく喜んでくれた。何度も読み返し、しまいには涙まで浮かべて情熱的に抱きしめてくれて……」

その夜、逐一《ちくいち》報告しようとする女王を、彼女はなんとか押しとどめる。

夫婦げんかは犬も食わないが、夫婦の惚気《のろけ》話なんかもっと聞きたくない。お腹《なか》一杯、ごちそうさま！　の気分である。

愛する妻から渡された、心のこもった手紙と添えられたドライフルーツに大感激したオディロンは、今後は仕事に邁進《まいしん》しつつも夫婦の時間を大切にすると宣言したという。また、それだけではなく、手紙が優愛の発案だと教えられ、初対面のときの自分の態度を直接謝ってくれた。

夫婦仲がよくなり落ち着けば、彼はアーバーの言った通り大変優秀でよくできた人物だったのだ。

こうして、女王陛下と魔法長官の倦怠期《けんたいき》は無事乗り越えられた。

巻き込まれた優愛は、ホッと胸を撫《な》で下《お》ろす。

その後、優愛を気に入った女王夫妻が、彼女を女王付の侍女にしたいと言い出して一騒動あったのだが、まあその詳細は語らないでおこう。

「私は騎士団のメイドです。ラルドさんや騎士団長さまと、ずっと一緒にいたいのです」

優愛の真摯《しんし》な訴えを、最終的に女王はわかってくれた。

「でも、これからも時々は一緒に手紙を書こう。お前だって、文字を書く練習をしなければならないだろう？」

それどころか、女王の誘いを断ったという理由で罰せられてもおかしくないはずの優愛に、そんな提案までしてくれる。

もちろん優愛は快《こころよ》く引き受けた。このため彼女は、以後、騎士団のメイドをやりつつ、数日おきに女王と手紙を書くという日々を送ることになる。

なかなかに忙しい暮らしなのだが、反面やりがいもあり、充実した毎日を過ごすこととなった。

第四章　諦めないことが肝心です

そんなある日。

いつも通り騎士団エリアの掃除をしていた優愛の前に、突如《とつじょ》可愛い少年が現れる。

「ユアさん！　僕にリベンジさせてください！」

突然大声をはり上げた少年は、優愛のよく知っている相手だ。

「アーサーさま？」

彼は騎士団長の従卒であり、以前ふった人物だった。それ以降久しぶりの再会で、正直驚いてしまう。

アーサーにはずっと避けられていたのだが、何か心境の変化があったのだろうか？

「リベンジ？」

掃除の手を止めた優愛は、彼の言葉をオウム返しにたずねる。

するとアーサーはギュッと拳《こぶし》を握りしめ、大きく頷《うなず》いた。ゴクリと唾をのみ込むと、意を決したように口を開く。

「はい！　僕はあの日ユアさんに『年下は趣味じゃない』と言われ、ふられてしまいました。でもどうしても諦められなくって、どうして年下はダメなんだろうって、ずっと考えていたんです。そして、ようやくわかりました！　きっとユアさんは、自分より大人で包容力のある頼れる男性が好みなんですよね⁉」

キラキラと強い意思を宿した目でアーサーは優愛を見つめてくる。

確信を込めてたずねられ、優愛は困った。だって彼女は、別にそんな確固とした好みがあったわけではない。ただ単に、アーサーからの申し出を断りたくて「年下は趣味じゃない」と言っただけ。

（年下だからっていうより、アーサーさまが十五歳だっていうほうが大きかったのよね。中学三年生に手を出す女子大生とか、もろ犯罪だもの）

少なくとも日本ではそうである。

しかし、ここは異世界。アーサーが堂々と告白してくるところをみると、相手が十五歳だからというのは、断る理由として成立しないのだろう。

けれど優愛的には、それはどうしても譲れないところだった。年下であっても、アーサーが二十歳《はたち》くらいになってくれたのなら大丈夫なのだが、ここでそう告げるのは、別の意味で厄介《やっかい》なことになりそうな予感がする。

（二十歳《はたち》になったらつきあってくださいとか約束させられたら大変だし、もう納得してくれるんなら、それでいいんじゃないかしら？）

「あの、それほど深く考えたことはないのですが、でも言われてみたらそうなのかもしれません」

なので、微妙に言葉を濁して返事をした。

大人で包容力のある頼れる男性は、少なくとも嫌いではない。

「やっぱり！　だったら、僕がそういう男性になれれば問題ないですよね⁉」

アーサーはますます目を輝かせて詰《つ》め寄《よ》ってきた。

優愛はタジタジと後退《あとずさ》る。

「そ、そういう男性ですか？」

失礼だとは思ったが、見た目可愛い少年のアーサーを胡乱《うろん》げに見つめ返した。

残念だが、彼はとてもそんな風になれるとは思えない容貌《ようぼう》だ。

いや、別に男らしさが見た目で計れるとは思ってはいないが。

「だからリベンジです！　次の休日に僕とデートしてください‼　僕、最高に大人な完璧エスコートをしてみせますから！　ユアさんに頼れる男なんだって証明したいんです。そうすれば、少しは僕とのことも考えられるようになってくれるはずでしょう？　お願いですから僕にチャンスをください！」

顔の前で両手を合わせ、アーサーが頭を下げる。

絶対無理だろうと思うのだが、正直にそう告げるのはいくら優愛でもためらわれた。

「あ、その、次のお休みは――」

何か適当に用を作って断ってしまおうと考える。三回くらい続けて都合が悪いことにすれば、きっと察して諦めてくれるはず。

しかし、優愛が言い訳する前にアーサーが話し出した。

「明後日《あさって》です！　実は、その日にユアさんが休めるように、団長とメイド頭にはあらかじめお願いしてあるんです。お二人ともユアさんが同意してくれるのなら許可すると言ってくれました！」

なんとも用意周到である。これで、たまたまその日に他の用事があるという言い訳は使えなくなった。

（っていうか、騎士団長さまもアーサーさまの決意を知っていたんだったら、教えてくれればよかったのに！）

言われてみれば、今朝会ったセレスタンは、なんだか挙動不審だった。

いつもお喋《しゃべ》りなラディスラフも妙に無口で、珍しいなと感じていたのだ。

あれは隠し事をしているが故《ゆえ》の態度だったのか。

ムッとして黙りこんでいると、アーサーが必死な顔を向けてくる。

「お願いです。ユアさん！　一度でいいんです。僕に最後のチャンスをください！」

愛らしい大きな目で縋《すが》りつくように見つめられ、優愛は天を仰《あお》いだ。きっとこの一生懸命さにセレスタンもラディスラフも、そして厳格なメイド頭も陥落《かんらく》したのだろう。

優愛だって、ここまで言われて断る冷酷さは持ち合わせていなかった。

「一度だけですよ」

大きな大きなため息をつき、そう答える。

「ヤッター！　ありがとう、ユアさん!!」

アーサーは、喜色満面その場で飛び上がった。ピョンピョンと跳ねながらクルクル回る姿に笑いがこみ上げる。

（まるで、難関高校に受かった中学生みたい）

そこまで喜ばれては、仕方ない。

優愛はアーサーとデートをする覚悟を決めたのだった。


そして、問題の二日後。

アーサーから指定された待ち合わせ場所は、大きな噴水がある王都の公園だった。家族連れや友だち同士、大勢の人々が思い思いに公園内で楽しんでいる。

その中でも噴水近くはデートの待ち合わせ場所として有名らしく、周囲には仲睦《なかむつ》まじいカップルがたくさんいた。ベンチに寄り添って座っていたり、立ちながら互いの腰に腕を回していたりと、優愛は目のやり場に困る。

幸せオーラを出す人々を直視しないように気をつけながら噴水前に到着した彼女は、そこで待っていた人を見て、ポカンと口をあけた。

「え？　どうして王太子さまがここにいらっしゃるんですか？」

「……やはり。こんなことだと思った」

優愛の隣から地を這《は》うような不機嫌な声が聞こえてくる。

「ユアさん！　よかった。来てくださったんですね！」

満面の笑みで駆け寄ってくるアーサーの隣に、美しく笑うレジェールの姿があった。

ちなみに優愛の脇で冷気をまき散らしているのは、言わずと知れたラルドである。

今日は優愛とアーサーのデートのはずなのに、この顔ぶれはどういうことだろう？

（まあ、ラルドさんは無理やり私についてきたんだけど）

あの後、いったいどこから聞きつけてきたものか、優愛がアーサーとデートをすると知っていたラルドが「自分も一緒に行く」と言い出したのだ。

本当はデートそのものを断固として潰《つぶ》したかったのだそうだが、魔法長官直々《じきじき》にお呼び出しがかかり「アーサーに一度だけでもチャンスを与えてやってほしい」と頼まれ、渋々許可したのだそうだ。

もちろんこれは、カイルアイネンから聞いた話。

そういえば、アーサーは王太子の父方の従弟《いとこ》だった。

王太子の父は、言わずと知れた魔法長官オディロンだ。

オディロンはああ見えて子煩悩《こぼんのう》で子供好き。最初の子であるレジェールが優秀すぎて、あまり世話できなかったことを残念に思っているらしく、反動で第二王子、第三王子を甘やかし、女王に注意されているのだとか。

（こっちは全部、アーバーさん情報だけど。魔法長官さまったら、我が子を可愛がるだけじゃなく、甥《おい》っ子《こ》もずいぶん可愛がっているのね）

オディロンはアーサーの願いを聞いて、ラルドが優愛とのデートに反対しないよう手を回したのだと思われた。

（デートに付き添いなんて、聞いたことがないんだけど？）

優愛は首を傾《かし》げたのだが、そんな彼女に対して、高位貴族のデートには付添人が付くのが普通なのだと、ラルドが説明してくれたのだ。

アーサーの脇の王太子を見る限り、ラルドの言い分は正しいみたいである。

（付添人って、要は保護者同伴でデートするのよね？　それってホントにデートなの？）

しかもその付添人が、一国の王太子だとか、あり得ない。

よくよく見ると、アーサーとレジェールの背後には、私服でも一目で一般人とは違うとわかる男たちがいる。彼らが王太子の護衛であるのは、教えてもらうまでもない。

『ごめんなさいね。ユアさん。レジェールったら、アーサーちゃんが嫌がるのに何がなんでも絶対今日の付添人をするって言い張って、ついてきちゃったのよ』

ポン！　と目の前に現れて謝ってくれるのは、王太子のピアスの聖霊であるジュリアだ。

『ハン！　そんなことだろうと思ったぜ。どうせ、このデート自体も、性悪王太子がアーサーを唆《そそのか》したんだろう？　自分がユアと正々堂々と会うためにな。まったく、ユアはラルドのものだって言っているのに、諦めの悪い腹黒だぜ』

対抗するようにポン！　と現れたのは、もちろんカイルアイネンだ。

女王陛下とのお茶会で、優愛がラルドの色のドレスとアクセサリーを身に纏《まと》ったことは、その後すぐに王宮のトップニュースとなった。しかも、ラルドの優愛に対する態度が、今まで以上に甲斐《かい》甲斐《がい》しく甘々になったため、いまや彼女とラルドは、押しも押されもしない恋人同士なのだと思われている。

（実際は告白されたわけでもなんでもないんだけど）

ラルドにまるで恋人みたいに接してもらっている優愛だが、彼から直接愛を告げられたことはない。

（キ、キスしたくなるとかは、言われたことがあるけれど）

あれだって、そのキスが恋人に対するキスだとは限らない。おかんなラルドのことだから、妹や最悪、娘に対する親愛のキスという可能性もあると、優愛は思う。

（それにしては、あのときのラルドさんは色っぽすぎたんだけど）

思い出すだけで頬が熱くなってくる。

カイルアイネンなどからはイヤというほどラルドの愛情を語られているものの、本人からはっきりと告白されてもいないのに安易に信じられなかった。

（それでも噂《うわさ》があるのはたしかよね。なのにアーサーさまがデートを申し込んでくるなんて不思議だと思っていたけれど……そうか。王太子さまのせいだったのね）

人の嫌がることを喜々として行うという王太子であれば、納得の行動である。

『ホントにそうなのよね。ああ、自分の主《あるじ》が最低最悪な性格の人間だっていうのは、本当に辛《つら》いわぁ～。ユアさん、今からでも考え直してレジェールと結婚してくれないかしら？　そして早く私をもらい受けて、ね！』

最低最悪な人間と結婚してほしいと真剣に頼んでくるジュリアに、ユアは顔を引きつらせた。それに自分のピアスの聖霊に、ここまで言われる王太子というのも、いかがなものか？

『そんなこと天地がひっくり返ってもあるはずないからな！　ユアを嫁さんにするのはラルドに決まっているんだ！　異論は、絶対認めない!!』

認めないも何も、カイルアイネンにラルドの嫁を決める権利はないはずだ。いわんや優愛の嫁《とつ》ぎ先《さき》の決定権もない。

侃々諤々《かんかんがくがく》と言い争う聖霊に気を取られていると、いつの間にか周りを三人の男性に取り囲まれていた。

「やはりそちらはラルドが来たか。どうだい、アーサー、私がついてきて正解だっただろう？」

「えっと、それは、たしかにそうなんですけれど……でも、やっぱり僕は自分の力でユアさんに見直してほしいので、あまり手助けはしないでくださいね！」

楽しそうなレジェールに対し、アーサーは健気《けなげ》に宣言する。

「ああ、もちろんだよ。今日の私はあくまで君の付き添いだ。ラルドがユアさんの付き添いであるように。そうだよね、ラルド？」

レジェールの問いかけに、ラルドは絶対零度の視線を返した。

「どなたかが手を回して、そうするように仕向けましたから」

灼熱《しゃくねつ》のマグマでも凍りつきそうな視線を、腹黒王太子はあっさりと受け流す。

「ふえっ！」

流れ弾を被弾したのだろう、レジェールの横に立っていたアーサーのほうが、情けない悲鳴をあげた。

「うっ、ううん！　ここで怯《ひる》んだらダメなんだ！　僕は、一生ユアさんに近づけなくなる。負けるもんかっ！」

けれど彼は拳《こぶし》を握りしめ、ラルドを真っ直ぐ見返した。もちろんラルドには欠片《かけら》も響いていないが。

するとレジェールが心底楽しそうに笑う。

「ほらアーサー、最初はどこに行くのだったかな？　じっくり練った最高のデートプランを実行するんだろう？」

クスクス笑う王太子に促《うなが》され、アーサーがギクシャクと動き出した。彼の動きは、こんなに緊張していて大丈夫なのだろうかと不安になるくらい固い。

そのとき、アーサーのすぐ脇を歓声をあげた子供が通りすぎた。子供の後からは、母親と思われる女性が追いかけてくる。

「こら！」と、叱《しか》りながら母親は子供を抱きしめ、その子はキャッキャッと大きく笑う。

仲睦《なかむつ》まじく楽しそうな親子連れを見たアーサーは、フッと体から力を抜いた。緊張がほぐれたらしく、照れたように優愛を振り返り、微笑《ほほえ》みかけてくる。

「行きましょう、ユアさん。僕たちも一緒に楽しみましょう」

せっかく来たのだから、楽しむことには大賛成だ。そう思った優愛は「ハイ」と頷《うなず》く。

その後、アーサーは自然な動きで彼女をエスコートした。

二人の後ろには、ラルドと王太子が並んでついてきて、そのまた後ろには王太子の護衛が距離をあけてついてくる。

アーサーは、きっと本当に一生懸命準備したのだろう、公園内を完璧に案内してくれた。公園の面積からはじまって、施設が作られた経緯やそれに伴《ともな》う歴史。園内の施設やお薦めの楽しみ方、見《み》処《どころ》、食《く》い処《どころ》の説明まで。彼の説明は完璧だ。

(すごいけど……でも、これじゃデートじゃなくて観光案内みたいな?)

優愛の感想は間違っていないのだろう。ラルドも王太子も、なんだかとても残念な目でアーサーを見ている。それどころか、後ろをついてきている護衛の目には、はっきりと同情の色が浮かんでいた。

『アーサーちゃんの一生懸命さは買うんだけど』

王太子の肩の上に座るジュリアが、呆《あき》れ顔で肩を竦《すく》める。

『いやいや、こいつなかなかやるじゃないか。ここまで調べるなんて、きっとものすごく大変だったぞ。だからって、ユアは譲れないが、うん、見直してやってもいいな』

反対にカイルアイネンは感心しきりだ。アーサーとカイルアイネンの思考は、ひょっとして似ているのかもしれない?

公園内の石碑の説明をし終えたアーサーは、次は併設されている植物園に向かった。大きな窓ガラスが特徴的な白い建物の内外で、今を盛りと美しい花々が咲き誇っている。

「あの白い小花は北方の大地を春に埋め尽くす花で、こちらの赤い花は南方で一年中咲き誇る花なんだそうです。あの黄色い大きな花は――」

アーサーはここでも完璧な講釈を披露してくれた。

「みんな綺麗な花ですね」

花の話には興味があったため、優愛は感心しながら頷《うなず》く。もっとも、さすがに説明ばかりでちょっと疲れてきた。

それに、いくらカイルアイネンやジュリアがついているといっても、今の優愛の語学力では専門的な説明は正直難しい。なんとか聞き取るだけで精一杯で、笑顔がだんだん引きつってきた。

そうとは知らないアーサーは、彼女の言葉を聞いて嬉しそうに頬を染める。

「ユアさんは、どんな花が好きですか？」

そんな質問をしてきた。

優愛は困って考えこむ。花ならどんなものもそれぞれに美しくて好きなのだが、特にというものはなかった。

それでも、期待にキラキラと目を輝かせ聞いてくるアーサーを前に「どれでもいい」とは答えづらい。

（う～ん？　春ならサクラ、夏は朝顔、秋は菊で、冬は椿《つばき》あたりが好きなんだけど……この世界の花は似ているようでいて、ちょっとずつ違うのよね？）

なんとかアーサーの満足のいく答えを返そうと、有名どころの花々を思い浮かべながらキョロキョロと周囲を見回した。

自分が知っているのに似た花を探していれば、視界の中に小さな青い花がとびこんでくる。地面を這《は》うように咲く花は、日本のスミレによく似ていた。

(色は紫っていうより青だけど。そういえば、スミレも種類がたくさんあって、中には青い花もあったわよね?)

懐かしくなった優愛は青い花にそっと近づく。しゃがみこんでジッとそれを見つめた。

「……その花が好きなんですか?」

背後からアーサーの声が聞こえてくる。なんだか元気がないように聞こえるのは、気のせいだろうか?

「可愛いです。それにとっても綺麗な青色で――」

そこまで言って、ハッとした。

青は、ラルドの色である。

「あ、あの、その」

焦《あせ》って振り向くと、肩を落としたアーサーと目が合った。

「えっと。大丈夫ですよ。本当に可愛らしい花ですからね。ユアさんにピッタリだと思います」

ハハハと笑いながらも、彼の声からは明るさが消えている。

デートの最中に、相手が別の男性の色の花に興味を示したのだ。この世界的には落ち込むことなのかもしれない。

(でも! だって、日本人はみんな黒髪黒目で、自分の色なんて感覚がないんだもの!)

どうフォローしようかと焦《あせ》る優愛に、レジェールが声をかけてきた。

「ユアさん、同じ花だけど、こちらの色はどうかな？」

自由気ままな王太子は、気づけば勝手に別のところに行っている。そして、優愛に向かってヒラヒラと手招きした。

彼の視線の先には、先ほどのスミレに似た花の色違いと思われる花が咲いている。色は黄色で、アーサーの目の色である琥珀《こはく》に近い気がした！

「あ、大好きです！　とても綺麗な色ですね！」

ナイスフォローだと、優愛は思う。コクコクと首を縦《たて》に振りながら力強く同意した。

するとレジェールは、嬉しそうに笑う。

「そうですか、〝私〟の髪の色を気に入ってくれているんですね。とっても嬉しいですよ」

そんなことを言ってきた。

「え？　……殿下の髪の色ですか？」

優愛は驚いて目をパチパチとさせる。

レジェールの髪は見事な金髪だ。たしかに黄色のスミレに似ていると言えないわけではないのだが……いや、やっぱり似ていないだろう。

「違いますよ！　私は、この黄色はアーサーさまの目の色だと思ったんです」

「ええ？　アーサーの目の色は、こんなに綺麗な黄金ではないでしょう？」

「な！　レジェールさま、酷《ひど》いです！　この花は黄色で、レジェールさまの金髪とはまったく、全然違う色じゃないですか!!」

「え～？　そうかなぁ。アーサーは目が悪いのではないかい？」

花の色をめぐって、アーサーとレジェールが言い争いをはじめてしまう。

「そんなはずがないでしょう！　だいたいレジェールさまは昔から僕に意地悪なんですよ！　僕が四歳のときだって――」

従兄弟同士のレジェールとアーサーには今までの積もる因縁《いんねん》があるようだ。花の色を巡る言い争いは、だんだん別の方向にエスカレートしていく。

優愛はその様子に呆《あき》れかえった。

デートの最中に、相手を放ってケンカをはじめるなんてダメだろう。

（やっぱりアーサーさまは、まだまだお子さまなのね）

ここは怒ってもいいところかもしれないが、それではアーサーとたいして変わらない幼さだ。

そう思った彼女は、なんとかアーサーと王太子を止めるべく彼らの間に入ろうとした。

ところがそのタイミングで、クイッと手を引かれる。

「――っ！」

バランスを崩し、倒れかかったところをポスンと誰かに抱き止められた。

驚いて確認すると、手を引いたのはラルドだ。彼女の体をビクともせずに受け止めた騎士は、背をかがめ彼女の顔をのぞきこんでくる。

そのまま唇に人差し指を一本立てて「シー」と囁《ささや》いた。それは「静かに」という合図で、日本でもこの世界でも共通のものだ。

（ラルドさん？　どうしたんですか？）

口パクで質問した優愛に小さく頷《うなず》いた彼は、そのまま彼女の手を引っ張り出口に向かう。

どうやらラルドは、アーサーとレジェールを置き去りにしてこの場を離れようとしているみたいだ。ひょっとしたら、言い争う二人に愛想を尽かしたのかもしれない。

（いいのかしら？　でも、ラルドさんがすることだし）

ラルドはこの世界で生きていく上での優愛の指針。先日のお茶会のときは少し——いやかなりおかしかったが、それ以外で彼の言葉に従って悪い結果になったことは一度もない。

優愛はラルドに同意することにする。

（ちょっとの間くらい、放っておいてもいいのかも？）

先ほどまでの疲れるデートを思い出し、そう判断した。

彼女に見向きもせずにまだ言い争いを続けているアーサーと王太子には、いい薬になるかもしれない。

彼女はラルドに手を引かれるまま、足音を消して歩き出した。

それを見た王太子の護衛たちが焦《あせ》って止めようとしてくるが、ラルドに一睨《ひとにら》みされすごすごと引く。

（さすが王都の騎士団第五隊長。氷の騎士の実力発揮ってことなのかしら？　それとも、ひょっとして護衛の人たちも王太子さまとアーサーに呆《あき》れているとか？）

そうとしか思えないほどの、あっさりとした引き際だ。

どうやらその推測は正しいらしく、こっそり離れていく優愛と視線の合った護衛の一人が申し訳なさそうに頭を下げる。

『ユアちゃん、またねぇ～』

ジュリアもニコニコ笑いながら王太子の肩の上で手を振っていた。

しかも！　なんと王太子まで、こっそりこっちを向いて片目を瞑《つむ》ったのだ。

(ひょっとして、王太子さまはわざとアーサーさまと言い争いをはじめたの？)

優愛がアーサーの説明だらけのデートに疲れているのに気づいていたのだろうか？

狐《きつね》につままれたような心地で、優愛は植物園の外に出た。

背後で大きな扉が閉まったとたん、ラルドが大きく息を吐く。

「まったく、アーサーにも困ったものだ。疲れただろうユア、大丈夫か？」

そう優愛を気づかってくれた。

「大丈夫です。それほどは疲れていませんから。でも、それよりアーサーさまは、あのままでいいのですか？」

心配して確認すると、ラルドは大きな手で彼女の頭をポンポンと撫《な》でる。

「ユアは優しいな。でも大丈夫だから心配いらない。実は今日のデートを了承する際に、途中でユアが少しでも飽きたり疲れたりした様子を見せたら問答無用で中断していいという条件をつけさせていたんだ。それでも、はじめてのデートなのだから少しは大目に見てほしいと、オディロンさまには頼まれていたんだが――あそこで殿下の挑発に乗ってユアを放り出すなんて、言語道断《ごんごどうだん》だ。置き去りにされたって、アーサーは文句を言えないだろう」

ラルドは厳しくアーサーを非難する。

『そうそう。ユアが気にすることはないんだぜ。こういう中断は、貴族同士のデートにはよくあることさ。だから双方とも付添人を頼んでいるだろう？　付添人は、デートの間の素行や作法を厳しくチェックするのが役目だからな。そしてこれはダメだ思ったら、デートを終了させるんだ』

優愛は目を見開いた。

「終了？」

『ああ、そうさ。貴族は政略結婚が多いからな。本人同士がギリギリまで我慢したあげく、互いの家の間に決定的な軋轢《あつれき》を生じさせないための予防手段だ。修復不可能なほど嫌いあったらその後が大変だろう？　傷が浅いうちにいったん離れて、付添人のアドバイスをもらって検討し、再チャレンジするなり別の相手を見つけるなりするのさ。ホント、人間ってめんどくさいよな』

カイルアイネンは肩を竦《すく》めて両手のひらを上に向ける。

それはなんとも変わった習慣だ。しかし、ある意味合理的なのかもしれない。

とはいえ、これは政略結婚等のお見合い的なデート限定。互いに想いを通じ合わせた恋人同士のデートでは行われないという。

「本当は、もっと早くダメ出ししたかったのだが」

ラルドだけの判断では、それはできなかった。優愛とアーサーの知らぬ間にラルドと王太子が相談して、ようやくゴーサインが出たのだそうだ。

ラルドは優愛を不快にさせてしまったと謝った。

「そんな！　不快だなんてことはありません。それはたしかに疲れましたけど、でも楽しいこともありました！　この公園はいいところですね」

優愛は慌《あわ》てて彼を止めた。アーサーの好意や努力を全否定するような真似はしたくないし、できない。

彼女の言葉を聞いたラルドは、そうかと頷《うなず》く。

「いいところか……ならば、もう少し公園を歩いてみるか？」

『そうだな、行こうぜユア、公園はもっともっと広いんだ。まだ三分の一くらいしか見ていないはずだぜ』

もちろん優愛は頷《うなず》いた。

ラルドに手を引かれて歩き出す。

見渡す公園は緑豊かで、広い芝生《しばふ》広場のあちこちに四阿《あずまや》が建てられている。石畳の散歩道が整備されていて、高い木々が影を作るその小道を、優愛はラルドと並んで歩いた。

『ああ、いい天気だなぁ。こういうのんびりもたまにはいいよな。何よりユアと一緒に歩くってところが最高だ』

いつものようにお喋《しゃべ》りするのはカイルアイネンだ。ラルドの肩に乗っている聖霊は、自分では一歩も歩いていないのに、一緒に歩けて嬉しいと満面の笑みを向けてくる。

ラルドもまたいつも通りだった。言葉少なに優愛と歩調を合わせて歩き、視線が合えば微《かす》かに口角を上げる。

暖かな日差しの中、二人の脇を穏やかな風が通り過ぎていった。公園内を流れる小川のせせらぎと小鳥の声が耳をくすぐる。

「なんだか、旅をしていたときみたい」

ふと、この世界に来てから王都に着くまでの旅を思い出した優愛は、ポツンと日本語で呟《つぶや》いた。

あのときはラルドと馬に乗り、カイルアイネンのお喋《しゃべ》りを聞きながら旅していた。やはりラルドの口数は多くなかったのを覚えている。

『へぇ～、偶然だなぁ。俺もたった今、それを思い出していたぜ。楽しかったよな！　また行こうぜ』

カイルアイネンがへへへと機嫌よさそうに笑う。

この世界に来たばかりだった優愛は、正直そこまで旅を楽しんでいたわけではなかった。しかし思い返して見ると、心はほっこり温かい。

「ユア、どうかしたのか？」

日本語で呟《つぶや》いた彼女の言葉が聞き取れなかったラルドが立ち止まり、顔をのぞきこんできた。

「一緒に旅していたときのことを思い出しました」

優愛がそう言えば、ラルドは「ああ」と頷《うなず》く。

「懐かしいな」

一言そう言って、空を見上げた。青い空を、同じくらい青い目が見上げている。

優愛も一緒に空を見上げた。高く高く澄んだ空だ。

「――また一緒に行こう」

聞こえてきたラルドの声に、首を縦《たて》に振る。

「はい」

短い肯定の返事に、ラルドの口角がまた上がり、カイルアイネンが『やったぜ！　絶対だぞ！』

と歓声をあげた。

第五章　外れスキルで大活躍？

その日も優愛は女王の部屋に向かっていた。もちろん一緒に手紙を書くためである。はじめて手紙を書いた日より、三日とあげず女王の部屋に通っているのだ。

（ラルドさんとの手紙のやり取りだけでも手一杯なのに、最近は団長さまも王太子殿下も、アーサーさままで、何がなんでも手紙が欲しいって無茶言うんですもの）

初デートに失敗したアーサーだったが、年若い従卒は案外粘《ねば》り強かった。優愛に自分の失敗をしっかり謝り、リベンジのリベンジをしたいと申し込んできたのだ。

「もちろん、すぐになんて図々しいことは言いません！　僕にも、この前の反省と次のデートへの準備が必要ですから。ただ、これっきりにだけはしないでほしいんです！　お願いします！」

自分より年下の少年から誠心誠意謝られてお願いをされては、どうにも断りにくい。結局、優愛は彼のお願いを受け入れた。

（だからって、手紙まで欲しがるのはそれこそ図々しいと思うんだけど）

もちろん手紙に関しては、了承していない。アーサーもそこは弁《わきま》えているようで、できればでかまわないと言っていた。

本当はセレスタンやレジェールからの願いも断りたかったのだが、セレスタンの剣であるラディスラフやレジェールのピアスであるジュリアからも頼まれてしまい、断り切れない。

(聖霊の皆さんには、今までものすごくお世話になっているんだもの)

決して、三頭身の可愛い姿にメロメロになって絆《ほだ》されているわけではない……と思いたい。

結果、優愛が返事を書かなければならない手紙は、たまるばかり。せめて彼女が返事をしないうちに手紙を送ってくるのはやめてほしいと訴えているのだが、なかなか聞き入れてもらえていないのが、ここ最近なのである。

(チアリは贅沢《ぜいたく》な悩みだっていうけれど、実際書く身になってほしいわよね)

内心でため息をこぼし、優愛は先を急ぐ。

そんな彼女に、どこからともなく声がかかった。

『ユア殿！　ユア殿！　おお、ようやく来てくださった！』

大仰《おおぎょう》な物言いをするのは、廊下の隅に置いてある鎧《よろい》の聖霊であるアミュだ。魔法長官の杖《つえ》の聖霊アーバーから紹介されて以降、三頭身の体に小さな鎧《よろい》を着ているアミュとは度々《たびたび》話す仲になっていた。

アーバー曰《いわ》く、気はいいが少々慌《あわ》てもののアミュは、話し方こそ時代がかっているものの、とても気安い聖霊だ。

(もう、ずっと昔から顔見知りみたいな馴れ馴れしさなのよね。でも、頭のてっぺんから足の先まで鎧《よろい》で覆《おお》われていて実際に顔を見たことはないんだけど……まさか、鎧《よろい》だけで中身がないなんてことはないわよね？)

それではまるでリビングアーマーか、もしくは某有名漫画の弟くんみたいだ。ヘルメットを取ったら中身は空洞でした、なんて落ちは御免こうむりたい。

「アミュさん、どうしました？」

慌《あわ》てているアミュに、優愛は落ち着いて聞き返した。

アミュはピョンピョンと鎧《よろい》の肩の上で飛び跳ねている。

『ユア殿、大変なのだ！　実は、私には城の地下室に鎧《よろい》仲間がいるのだが、今朝方その仲間から、「ものすごい秘密の陰謀を聞いてしまった」と連絡があったのだ！』

剣は剣。鎧《よろい》は鎧《よろい》と、宿るものが同じ聖霊同士は、多少離れていても意思疎通が可能らしい。この城には、聖霊がついている鎧《よろい》はアミュともう一体いて、その仲間は城の倉庫を兼ねた地下室に置かれているのだとか。

アミュの言葉を聞いた優愛は顔色を悪くした。

その陰謀の話は絶対聞きたくない！

聖霊たちが知る秘密はかなり危険なものばかり。おかげで優愛は、知っていることがバレたら首の一つや二つ簡単に飛んでしまいそうな秘密を現在いくつも抱えている。

女王の即位時の陰謀から高位貴族のスキャンダルまで。うっかり口にした日には、翌日の朝日が拝《おが》めなくなること確実な話が目白押しなのだ。

(絶対、これ以上増やしたくないわ！)

なのに、止める間もなくアミュが話しはじめた。

『それは昨晩のことだったそうだ。普段は誰も訪れない地下室に男が二人入ってきて、内緒話をはじめたのだと。しかもその話は、この国へ戦争をしかけるという物騒なものだったそうだ！』

危惧《きぐ》した通りのとんでもない話に、優愛は頭を抱えこむ。

一介のメイドにそんな話をされても、対応に困るばかりなのだということを、どうして聖霊はわかってくれないのだろう。

（ラルドさんや騎士団長さんに話すにしたって、なんでそんな話を私が知っているんだって疑問に思われるに決まっているもの！）

絶対、信じてもらえるはずがない！

いや、最近以前にも増して優愛に優しくなったラルドならば、無条件で信じてくれるかもしれないが……彼一人でどうにかなる問題とはとても思えなかった。

（この国が戦争をしかけられるなんて、大変なことだもの！）

どうすればいいのかと悩む優愛を置き去りに、アミュは話を続ける。

『準備は着々と進められているそうだ。この情報はどこにも漏れていず、このままいけば明後日《あさって》には決行できると』

「明後日《あさって》!?」

優愛は思わず叫んでしまった。慌《あわ》ててキョロキョロと周りを見てみるが、幸いにも人の気配はない。

「そんな急に！　どうしたらいいんですか？」

『それがわからないから、私も仲間も困っておるのだ！　ああ、ほんの一昔——そう百年くらい前までなら、我ら聖霊も力を持ち、この程度の陰謀など簡単にひねり潰《つぶ》せたものを。今の我らには、情報を伝え合うことくらいしかできない！　頼みはユア殿だけなのだ！　ユア殿お願いだ！　この国を守ってくだされ!!』

深々と頭を下げる三頭身の鎧《よろい》。

その可愛らしくもシュールな姿に、優愛は困り果てた。

「その話をしていたのが誰かは、わからないんですか？」

『仲間はもう五十年も地下室に置かれたままだからな。ほとんど人間を知らないのだ。見分けがつくのは、時折物品を出し入れする倉庫番の文官と、年に数度清掃に来る下働きだけだそうだ』

それはなんだか可哀そうな話だ。聖霊はとっても話し好きなのに、ずいぶん寂しかったのではないだろうか？

『まあ、あいつは聖霊の中でも変わり者だからな。人見知りで初対面の相手には緊張して話せない性格なのだ。地下室に移されたときも大喜びで運ばれていった』

……聖霊にも、いろいろ性格があるようだ。

（話が苦手な聖霊とか、想像がつかないけれど）

それはともかく、これではまったくの八方塞《ふさ》がりだ。本気でどうしようかと悩んでいると、アミュが『そういえば』とまた話し出した。

『内緒話をしていた人間について、あいつは「片方は、滅多にお目にかかれないほど美しい男だった」と言っていたな』

それを聞いた優愛は、愕然《がくぜん》として目を見開く。

この城で美しい人間、しかも男として真っ先に思い浮かぶのは、王太子殿下だ。

（え？　でも、王太子殿下が他国の兵にこの国を攻めさせるなんて、あり得ないでしょう⁉）

何せ王太子なのだから、黙っていたっていずれは王座が転がり込んでくる立場だ。

そんなバカなと思いながらも、思考がグルグルグルと回る。

その場で倒れてしまわないように、必死で立ちつくす優愛だった。


「――王太子殿下は、あの美しい紫色のピアスを外したりすることはないのですか？」

優愛の質問に、書いていた手紙から顔を上げた女王は目を見開いた。

ここは、女王の私室。

あれからどうにかこうにか気持ちを落ち着かせた優愛は、なんとかこの部屋に約束の時間までにたどり着き、一緒に手紙を書いている。

とはいえ、今の彼女の精神状態でまともな手紙など書けるはずもなく、気がつけば知らぬ間に「陰謀」だの「戦争」だの「裏切り」だのと不穏な言葉を、便箋《びんせん》の端に書いていた。それを慌《あわ》てて消したりまた書いたりを、先刻から繰り返している。

どうにも集中できなくなった優愛は、女王に気になっていることを聞いてみたのだ。

ちなみに、この場には女王の王冠の聖霊グウェナエルはいない。女王さえいればそこに現れることができるグウェナエルだが、やはりそれにはかなりの力を使うようで、そう度々《たびたび》はできないみたいだ。結果、彼がいるのは三回に一回くらいで、今日はいない回に当たっている。

「おお！　ユアはレジェールのピアスに興味があるのか？　ひょっとして、息子からもらってほしいとか言われたのか？」

キラキラと目を輝かせ、女王は食いつき気味に聞いてくる。

いつも王太子がしている紫色のアメジストのピアスは、王位を継ぐ者からその伴侶へと渡される、いわくつきの宝物だ。それを自分がもらうなんて、あり得るはずがない。

優愛は焦《あせ》って首をブンブンと横に振った。

「そんなことはありません！　ただ、ずっと同じピアスをしておられるので興味を持っただけです」

世にも美しい容姿を持つ王太子レジェール。だからといって、いくらなんでも王太子が自分の国を攻め滅ぼそうとしているはずなどないのだが、アミュの言葉が気になり、一応確かめようと思ったのだ。

（王太子さまがピアスをしている限り、そこにはジュリアさんも一緒にいるはずなんだもの。いくら人見知りの鎧《よろい》の聖霊でも、同じ聖霊仲間がいるかどうかくらいはわかるわよね？　わからなかったのなら、その美しい男っていうのは王太子殿下じゃないはずだわ）

ただし、レジェールがジュリアの宿ったピアスを外していたのなら、その仮定は意味をなさなくなる。だから確かめたかったのだ。

「なんだ、残念だな」

女王は本当に残念そうに肩を落とす。

「ああ、ピアスだが、あのアメジストのピアスは王太子の象徴のようなものだからな。身分を隠したいときなどは外しているようだぞ」

その返事に、優愛はガ～ン！ とショックを受けた。それでは、アミュの仲間の言う『美しい男』がレジェールではないと、言い切れなくなってしまう。

（でもでも！ 王太子殿下がそんなことするはず――）

ない！ と強く言い切れないのが、辛《つら》いところだ。

何せレジェールは、自分のピアスの聖霊であるジュリアからも『腹黒』だの『最低王太子』だの『俺さま』『ナルシスト』等々《などなど》、言われたい放題な人物。レジェールの思考回路は、優愛の想像力では及ばず、彼について何かを断言できる自信はない。

（ジュリアさんに聞いても『やりかねない』とか言われそうよね？）

不安で一杯になりながらも、優愛は心の中で強く首を横に振った。

（違うわ。たしかに性格はいろいろ面倒くさそうだったけど、王太子殿下に暗いところは見えなかったもの。絶対そんなことをする人じゃないと思う。……それに、そうよ。王宮は広いし、たくさん人がいるじゃない。美しい男の人なんて、他にも一杯いそうよね？）

そう思った優愛は、今まで出会った中で顔の整った人を思い出そうとする。

（そうね、アーサーさまは美しいというより可愛いって感じだわ。でも整った顔をしているし、美しいって言えないことはないのかもしれないわよね？　それに騎士団長さまも、怖い雰囲気さえ抑えられれば、かなりイケメンのほうだし。あとはそうよ、ラルドさん！　無表情の頃も美形だって思ったし、最近は表情が柔らかくなってものすごく評判が上がったのよね!!）

ラルドを思い出した優愛は、思わず頬をゆるめる。優しくて親切で世話好きで、しかも優愛限定で甘く微笑《ほほえ》みかけてくれるようになったラルドは、言うことなしのイケメンだ。

（体も心も美しいなんて、ああいう人をスパダリっていうんじゃないのかしら？）

ニマニマと考えていた彼女だが、自分がどうして美しい人を探していたのかを思い出し、慌《あわ》てて首をブンブンと横に振る。

（もう、私ったら何を考えているのよ！　アーサーさまも騎士団長さまも、それにもちろんラルドさんだって、国を滅ぼすような陰謀を企《たくら》む人じゃないじゃない！　私が探すのは悪い人なんだから！　いくら美形でもそんな相手として思い浮かべることは失礼だわ!!）

優愛は自分で自分の頬を叩《たた》く。

そのとたん「アハハ！」と大きな笑い声が上がった。

今、この部屋には優愛と女王しかいない。つまり、笑ったのは当然女王陛下で、彼女は先ほど以上にキラキラと目を輝かせて優愛を見ていた。

「ああ、悪い。しかし、百面相をしているかと思えば、突然首を横に振ったり、自分で頬を叩《たた》いたり。ユアはまことに面白い人間だな」

クックッと女王はまだ笑っている。

優愛は恥ずかしさに、頬を熱くしてうつむいた。とんだ失態をやらかしてしまったと後悔する。

相当におかしかったのだろう。女王はハンカチで涙を拭《ぬぐ》い、彼女を見た。

「笑ってすまないな。きっとお前は真剣に悩んでいるのだろうに」

優しく声をかけられた優愛はパッと顔を上げる。

「その悩みは私では解決できないものか？」

真剣に聞かれて迷ったが――「ハイ」と頷《うなず》いた。

鎧《よろい》が聞いたという陰謀を相談するためには、自分が聖霊と話せることを打ち明けなければならない。

(そんなことをしたら、私がいろんな秘密を知っていることに気づかれてしまうかもしれないわ)

女王が兄王子を廃嫡《はいちゃく》するためにしたことを、優愛は知っている。それを気取られれば、女王が何をするかわからなかった。

彼女は優れた為政者だ。一緒に手紙を書くほど気に入られている優愛でも、女王の地位を脅《おびや》かす存在だと思われたなら即座に切り捨てるくらいのことはするだろう。

(牢屋に閉じ込められたり最悪口封じに殺されたりする可能性もあるわよね？　そんなの嫌だし、何より女王さまに、そんな真似させたくないもの！)

平然と優愛を切り捨てても、きっと女王は陰で泣くはずだ。そんな未来はまっぴらごめんである。

「ありがとうございます。でも、できる限り自分で頑張ろうと思います」

「そうか。無理はしないようにな。人が一人でできることには限界がある。頼ってくれれば、いつでも力になるぞ。私も、レジェールもな」

女王は優しく笑ってそう言った。

しかし、王太子にはなおさら相談できないことだ。

優愛はもう一度礼を言いながら考えこんだ。

（そうよね。一人で悩んでいても、これ以上どうしようもないわよね。誰かに相談——といっても、私が相談できるのは聖霊さんたちくらいだけど）

ここにグウェナエルがいれば聞いてみたのだが、残念ながら彼はいない。そもそも聖霊たちはモノについているため、彼らに会うためにはそのモノに近づくほかなかった。

（ジュリアさんに聞きたくても、王太子殿下に一人で会いに行くのはいろいろ面倒そうよね？　気軽に会えるのは、カイルさんやラディさんだけど、あの二人に相談したら大騒ぎになっちゃいそう）

剣の聖霊である二人は直情径行。思ったままに行動し暴走しそうである。

（こういう相談事ならアーバーさんがいいんだろうけど、用もないのに魔法長官に近づくのはいかがなものかしら？）

他に誰かいないか——

（あ！　いるじゃない。落ち着いて物知りそうな聖霊さん！）

ポン！　とその場で手を叩《たた》いた優愛は、またしても女王に笑われたのだった。

その晩。

『フム。それは、ゆゆしき問題だな』

優愛の相談を受けた聖霊は、三頭身の体で深刻そうに腕を組む。

「そうなんです！　私はどうしたらいいんでしょう？　教えてください。ファンタインさん！」

ひそひそと優愛は、万年筆の聖霊ファンタインに相談していた。

白髪《しらが》まじりの髪をオールバックにした紳士風のおじさま聖霊は、一心不乱に机に向かうチアリの頭の上だ。

先ほど優愛はチアリに王太子とアーサーがとても仲がよいのだと意味深に囁《ささや》いた。そのたった一言だけで妄想をたぎらせたチアリは、すぐにファンタインを握って小説を書きはじめる。自分の世界に没頭している彼女は、優愛が多少挙動不審になろうと気にしない。

(王太子殿下とアーサーさまには申し訳ないけれど)

事《こと》は一刻を争うのだ。きっと二人とも許してくれるだろう。

『その地下室に行って、直接鎧《よろい》の聖霊から話を聞ければよいのだが』

「メイド風情《ふぜい》では、用もないのに地下室なんて行けないと思います」

『まあ、そうだろうな』

ファンタインは残念そうに顎《あご》に手をやり『う～ん』と唸《うな》る。

「一応、女王陛下の部屋からの帰りにもう一度アミュさんと話をして、相手の容姿を確認してもらったんですが、キラキラと輝くほどに美しい男性だったとしかわからなくって」

男性でそこまで美しいと言われる者など、やはり王太子以外に思い浮かばない。

『相手は二人なのだろう？　もう一人はどうだ？』

「全然覚えていないそうです。そもそも鎧《よろい》にとって、人の顔なんてみんな同じに見えるのだそうで、アミュさんも私の顔を覚えるのが大変だったって言っていました」

『フム』と、もう一度ファンタインは考え込む。

『それは、いささかおかしくないかい？　なら、どうして地下室の鎧《よろい》は片方の人間を〝美しい〟と思ったのだろう？』

「それくらい、並外れて美しい人だったのでは？」

『そうかもしれないが……そもそも、鎧《よろい》の美醜《びしゅう》は人間と同じなのか？』

指摘されて優愛は考え込んだ。

黒髪黒目で日本人の彼女は、この国の人々に比べればかなり特徴的な容姿をしている。そんな彼女でも、アミュは覚えるのが大変だったと言ったのだ。それなのに、いくら美形とはいえ、この国の人間にしか見えない王太子を特別に見ることができるのだろうか？

(それに美形っていうのは、要は平均的な顔なんだって聞いたことがあるわ)

左右対称――シンメトリーで、目も鼻も口も大きすぎず小さすぎず、目立った特徴がない。それが美形の基本なのだ。

果たして鎧《よろい》の聖霊は、そんな平均的な人間を『美しい』と思えるのだろうか？

「……私、もう一度アミュさんに確認してみます」

『フム。それがいいだろう。あと、もう一つ。アミュのもとに行く前に、ユアはこの話を信頼できる人間に話したほうがいい。信じてもらえるかどうかは別として、今回のことはとても危険だ。ユアには【精霊の加護】があるが、我ら聖霊は自分の力を失って久しい。神が我ら聖霊の力を取り戻してくれるそうだが、それもいつになるのか。正直、今ユアが危険な目に遭《あ》っても我らでは誰も助けられないと思う』

そう聞いて優愛の体は震えた。今さらながら、自分が今やろうとしていることの危険が身にしみてくる。

（どうしよう？　誰に相談したらいいの？）

迷っていても、優愛の脳裏に浮かぶのはたった一人の顔だ。いつも優しく彼女を守ってくれる頼りがいのある男性。

「ラルドさんは信じてくれるでしょうか？」

『ああ、彼ならば大丈夫だろう。そうするといい』

彼女の呟《つぶや》きを拾ったファンタインが、力づけるように頷《うなず》く。

「ユアさん、王太子殿下は落ち込むアーサーさまをどんな風に慰《なぐさ》めると思いますか？」

そのとき、急にチアリが声をかけてきた。

王太子なら、落ち込むアーサーを慰《なぐさ》めるよりもさらに追い打ちをかけて地中深く沈めそうである。

まさかそうも言えない優愛は、「そうですね」と言って考えるふりをした。

チアリの書いている小説に目を落としたファンタインが嘆《なげ》かわしそうにため息をつく。

『ともかく、ユア。決して一人で危険に近づかないように』

チアリを見てうなだれ、首を横に振るファンタインに「はい」と答えた優愛だった。

善は急げ。

そう思った優愛は自分の決意が鈍らぬうちにと、その足でラルドの部屋に向かった。

騎士団第五隊長のラルドは、王城内に立派な個室を与えられており、普段はそこで寝泊まりをしている。

既《すで》に就寝時間は過ぎていて、こんな時間に女性が一人で訪れることには気後れを感じたが、しかしそんなことを気にしている場合ではない。

敵襲は明後日《あさって》の予定で、つまり明日には明日になってしまうのだから。

(何を言っているのか、自分でもわからなくなりそうだけど。ともかく急がなくっちゃ!)

夜の城内はほの暗くシンと静まりかえっている。空気も冷えていて優愛は羽織《はお》っていたケープの襟元《えりもと》をギュッと掴む。

コツコツと歩く自分の靴音が、とても大きく響いた。

ようやく着いた扉の前で一つ深呼吸した彼女は、コンコンとノックをする。

「誰だ?」

ラルドはまだ起きていたようで、すぐに返事が聞こえた。

「ラルドさん。私、ユアです」

名乗り終わらないうちに、扉が開かれる。

「ユア！　どうした、こんな時間に？　何かあったのか⁉」

焦《あせ》って聞いてくるラルドの顔を見て、優愛は心からホッとした。

彼の部屋はまだ明るくて、漏れ出た光がほの暗い廊下を四角く照らす。

その光の中に立った優愛は、自分が思っていたよりずっと今回の件に心を痛めていたことに気づいた。だって、ラルドの顔を見ただけで泣いてしまいそうなのだ。

『ユア！　どうしたんだ？　いや、ユアならいつでも大歓迎だが、何か面倒ごとか⁉』

ラルドに続き、カイルアイネンも、ポン！　と足下に現れた。三頭身の剣の聖霊は、えいやっ！とばかりにラルドに飛びつき、スルスルと登って肩の上に落ち着く。

「話があるんです。聞いてくれますか？」

「ああ。もちろんだ。――ユア、何があった？」

優愛の泣き出しそうな雰囲気に気づいたのだろう。ラルドはとても心配そうだ。

こんなときだが、優愛はそれがとても嬉しいと思った。

素早く招かれて部屋の中に入り、椅子に座って顔を上げる。

「ラルドさん、あなたは聖霊を信じますか？」

どこかの宣教師みたいなセリフで、話をはじめた。

その後、優愛は全てを話した。

スキル【聖霊の加護】の力で自分が聖霊と話せること。

この世界には本当に聖霊がいて、ラルドの持つ剣カイルアイネンにも聖霊が宿っていること。

カイルアイネンや他の聖霊たちと、いろいろな話をしたこと。

そんな中で、鎧《よろい》の聖霊アミュから陰謀の話を聞いたこと。

その陰謀が明後日《あさって》に迫っていること。

迷ったが、自分が異世界から神の力でこの世界にトリップしてきたことも正直に話した。

今回の事件では言わなくてもいいことなのかもしれないが、今を逃したら一生言えないような気がしたのだ。

(信じてもらえないかもしれないけれど、これ以上ラルドさんに隠し事をしたくないんだもの)

聞き終わったラルドは、しばらく声を発しなかった。きっと、突然もたらされた奇想天外な話をのみこむのに時間がかかっているのだろう。

やがて大きく息を吐き出し、優愛をジッと見つめる。

優愛は緊張して、ドキドキと不安に胸を高鳴らせた。

「そうか。敵が攻めてくるなんて、そんな恐ろしい話を聞いてしまったのか。……不安だっただろう。よく俺に話してくれた」

大きな手が彼女の頭に伸びてきて、優しく撫《な》でていく。

優愛の緊張は一気にとけた。

「信じてくれるんですか？」

安堵《あんど》で胸を一杯にしながら確認する。

「ああ。俺が子供の頃、家を出て薬師になりたいと思っていたなんて知っているのは、亡くなった兄だけだ。思えば、その話をしたとき、兄の腰にはカイルアイネンがあった。カイルアイネンはずっと俺を見ていてくれたんだな」

ラルドは感慨深そうに、腰の剣に手を触れる。

『ラルド〜!! ようやく俺の存在をわかってくれたんだな! 嬉しい! 嬉しいぜ!!』

カイルアイネンが感極まってラルドの首にしがみついた。三頭身の聖霊がラルドの頬に自分の頬をくっつけて、わんわんと泣いている。

感動的な場面なのだろうが、カイルアイネンの涙だけでなく鼻水までラルドの顔についているため、優愛はちょっと引いた。

しかしラルドは何も感じていないようで、平然として話を続ける。

「それに、我が家には［名剣カイルアイネンの肖像］という人物画が代々伝わっているんだ。もしもカイルアイネンが人間であったならこんな人物だろうという〝想像〟で描かれたものだと言われていたんだが」

ひょっとしたらそれは、遥《はる》かな昔、優愛と同じ【聖霊の加護】のスキルを持った人間が描いたものかもしれなかった。その可能性に、こんなときだが優愛はわくわくしてしまう。

「本当ですか? どんな絵です?」

「豊かな黒髪と、紺《こん》に金色のまじったラピスラズリのような鋭い目を持つ、威風堂々とした騎士の絵だ」

優愛はしばらく黙りこんだ。

「その騎士は三頭身ではないですよね？」

「三頭身？　いや、どう見ても八頭身かそれ以上だと思うが？」

わくわくした心があっという間にしぼんでいく。

「それはカイルさんではないと思います」

きっぱり断言した。

『はぁっ？　いやいや、違う！　俺だよ、俺！　間違いなく俺の絵だ!!　俺だって、力が漲《みなぎ》っていた昔は、こんな小さくなかったんだよ！』

小さな手を振り足を振り上げ、カイルアイネンが主張する。違うと断じられたことが、非常に不本意らしい。

「体は小さくなくても、〝威風堂々とした騎士〟なカイルさんなんて、考えられません」

優愛はフルフルと首を横に振った。

『なっ！　俺に決まっているだろう!!』

「とっても想像できません！」

『ユア〜!!』

絶対違うと言いきる優愛と、そうじゃないと言い張るカイルアイネン。カイルアイネンの声は優愛以外には聞こえないのだが、優愛の声は夜の部屋に大きく響く。

「何を言っているのかわからないが、ユアはそんな風にも話せるのだな」

驚きで目を瞠《みは》っていたラルドがなんだか嬉しそうに呟《つぶや》いた。

自分が思わず大声を出してしまったことに気づいた優愛は、ハッとする。

ここが王宮の中でも高位の者に与えられる部屋でよかった。この辺りの部屋の壁は厚く、防音がしっかりしている。

同時に自分の行いを海より深く反省した。こんな言い争いをしている場合ではなかったのに。

「大きい声を出してすみません。ラルドさん、鎧《よろい》の話はどうしたらいいと思いますか？」

そう。優愛は鎧《よろい》の聖霊から聞いた陰謀の話をどうするべきか相談にきたのだ。

当初の目的を思い出し、真剣な表情でラルドを見つめる。

今までいつも彼女を助けてくれた騎士は、安心させるように優しく微笑《ほほえ》んでくれた。大きな手が今度は頬に触れて、そっと撫《な》でる。

「まずは、実際に話を聞いた鎧《よろい》の聖霊に会ってみるのが一番いいと思う。明日、朝一番に地下室への入室許可をもらうから、一緒に行こう」

たしかに直接話を聞ければ、もっと情報を得られるかもしれない。本当は今すぐにでも行きたいのだが、その前にやることがあるのだそうだ。

「同時進行で、いつ攻められてもいいように騎士団にも準備をさせたい。ただ、こっちは、さすがに俺の権限だけでは動かせないからな。団長にも協力してもらわなければならないんだ。同じ話を団長にしてもいいか？」

聞かれて優愛は、コクリと頷《うなず》いた。

事《こと》が事《こと》なのだから、味方は多いほうがいいに決まっている。

「でも、団長さまは信じてくださるでしょうか？」

ラルドはあっさり信じてくれたが、セレスタンが信じるかどうかはわからない。

「そんなことは絶対ないと思うが、もしものときは、俺がセレスタンを脅《おど》してでも言うことをきかせるから大丈夫だ」

優愛の頬に手を触れたまま、ラルドが物騒なことを言う。青い目が酷薄《こくはく》そうにキラリと光った。

「……脅《おど》す」

「団長を強請《ゆす》るネタくらい山ほど持っている、心配するな」

それは、ひょっとしてひょっとしたら、例の〝可愛い物好き〟にまつわることだろうか？

ラルドの笑みが黒く見えて、優愛は顔を引きつらせる。しかし、今は手段を選んでいられないのも間違いないことだ。

「それなら――」

そう考え直した彼女は、ラディスラフから聞いたセレスタンの行動の〝あれこれ〟をラルドに伝えた。セレスタンには大変申し訳ないが、非常時なのだから許してもらいたい。

話を聞いたラルドは、ものすごく複雑な表情を浮かべた。

「……【聖霊の加護】か。恐ろしいスキルだな」

それほど恐ろしいものとは思えないのだが、ラルドの呟《つぶや》きには実感がこもっている。

続いて彼はすぐにセレスタンのもとに向かうと言った。騎士団を動かすには準備がいるため、一刻でも早いほうがいいそうだ。

「ユアはこのままここで眠るといい」

「え？」

「明日早朝に地下室に行くからな。自分の部屋まで戻る時間があれば、その間少しでも長く休んでほしい。俺のベッドでは嫌かもしれないが」

優愛は慌《あわ》ててブンブンと首を横に振った。ラルドのベッドが嫌だなんて、そんなはずはない。

すると彼は嬉しそうに笑った。

「鍵はかけていくから、心配せずに眠るといい。大丈夫だ。任せておけ」

触れている手でもう一度頬を撫《な》でてから、部屋の出口へ向かう。頬を撫《な》でたとき、彼の親指が唇をかすめ、優愛は胸がドキドキした。

『じゃあなユア、ちゃんと寝ておけよ。ラルドと俺に任せておけば、心配なんてないからな』

ラルドの肩から振り返り、カイルアイネンが笑って手を振る。

扉がパタンと閉まったとたん、優愛の体からドッと力が抜けた。座っている椅子の上でヘナヘナとくずおれ、両手で恐る恐る唇に触れる。

(ラルドさんの手が、私の唇に――)

男の人が唇に触れたのなんて、もちろんはじめてだ。

ボン！　と、火を噴いたように頬が熱くなる。

ただでさえ、ラルドのベッドに眠るということに興奮気味だったのに、これではとても眠れそうにない。

（でもでも！　せっかくラルドさんが気をつかってくれたんだもの、眠らなくっちゃ！）

そう自分に言い聞かせる優愛だった。

◇◇◇

それからしばらくした後、同じく城のセレスタンに与えられた部屋の中で、恐ろしいと評判の騎士団長は頭を抱え床にしゃがみこんでいた。

「そんな。ユアちゃんが俺の秘密を知っていたなんて」

先ほどからブツブツと呟《つぶや》き続けている。

「いい加減にしろ。早く騎士団を動かせるようにしないと手遅れになるぞ」

優愛に見せていた優しい顔の片鱗《へんりん》も見せないラルドが、冷たく上司を急《せ》かした。

「嘘だ。嘘だと言ってくれ！　なあ、ラルド、そうだろう？」

「残念だが、いくら俺でもお前が〝猫耳カチューシャ〟を作っていたとまでは知らなかった。そんなことを知っているのは、お前のラディスラフだけじゃないのか？」

ギクリと大きな体を震わせたセレスタンは、恐る恐る自分の剣を鞘《さや》ごと腰から外す。目の前の床に置き、柄《つか》から剣先までを見渡した。

そしていきなり、ドォーッ！　と涙を流す。

「嬉しい！　俺のラディスラフに聖霊が宿っているだなんて、ものすごく嬉しいのに!!　……ラディスラフ！　お前は、どうしてそんなことまでユアちゃんに話してしまったんだっ⁉」

鬼気迫る勢いで問《と》い詰《つ》めるセレスタンだが、【聖霊の加護】を持たない彼には、ラディスラフの答えを聞く術《すべ》はない。

「安心しろ。どうやら俺のカイルアイネンも、俺が子供の頃の情けない話をすいぶんユアに話して聞かせたようだ。……ユア曰《いわ》く、聖霊はお喋《しゃべ》りらしい」

無表情なのに、明らかに落ち込んだ雰囲気を出してラルドは告白した。

そんなことを言われても、ちっとも安心できないセレスタンだ。

「だからユアちゃんは、お前も俺も怖がらなかったんだな」

悄然《しょうぜん》として呟《つぶや》く男は、当分立ち直れそうにない。

その気持ちは痛いほどわかるラルドだが、今は悠長に待っていられなかった。セレスタンの側に行き、彼の肩に手をかける。

「しっかりしろ！　立って有事に備《そな》えるんだ。襲撃計画を未然に防げれば問題ないが、万が一を考えて、出撃準備を整えたほうがいい。抜き打ち訓練と称して、各国境警備にも伝令を飛ばし、いつ、どの国から奇襲をかけられても対応できるようにしよう」

ラルドの進言に、セレスタンはゆるゆると顔を上げた。

「ああ。そうだな。そうしないと」

そう声は出すのだが、動きがいつもよりかなり鈍い。ショックから立ち直れていないのは一目《いちもく》瞭然《りょうぜん》だ。

小さく舌打ちしたラルドは、最終手段を使うことにした。セレスタンの肩に置いた手で彼を引き寄せ、耳元で囁《ささや》く。

「頑張ってシャンとしろ！　全てが丸く収まったら、ユアに〝猫耳カチューシャ〟をしてくれるよう、頼んでみるから」

聞いた瞬間セレスタンは、目をガバッと見開き勢いよく立ち上がった。

「なっ！　本当かっ⁉」

「ああ。俺たちだけではユアも頷《うなず》いてくれないかもしれないが、カイルアイネンやラディスラフも巻き込んで、全員で頼めばきっと大丈夫だ」

ラルドが力強く断言する。

するとセレスタンは目に見えて元気になった。

「そうか。俺の渾身《こんしん》の〝猫耳カチューシャ〟が、ついに日の目を見るのか」

感慨深そうに呟《つぶや》く彼に、ラルドは残念なものを見る視線を向ける。

黙って立っているだけで熊も逃げ出すと言われる騎士団長は、キッと表情を引きしめると、キビキビと動き出した。

「各隊長を呼び出せ！　すぐに〝抜き打ち訓練〟をはじめるぞ。行動は秘密裏に――敵の急襲情報を得たが、内部に間諜《かんちょう》がいる――という設定だ。その際、不審な動きをする奴をチェックしろ！　急げ！　ぐずぐずしている暇はないぞ」

誰がぐずぐずしていたのだと、喉元まで出かかった言葉をラルドはのみこむ。立ち直ったセレスタンの指示は的確で、ラルドの思惑《おもわく》通りでもある。

「わかった」

短く頷《うなず》いて、ラルドは駆け出す。

――ここからは、時間との勝負だった。

◇◇◇

翌朝、優愛は戻ってきたラルドと一緒に地下室に向かった。

早朝の冷たい空気に覆《おお》われた城内は、いつもと違い、なんだかざわざわしていると感じる。

(特に大きな音が聞こえるとか、人の姿が見えるというわけではないのだけど……空気がピンと張《は》り詰《つ》めているような?)

ラルドは昨夜から眠っていないと言っていた。セレスタンと一緒に飛び回っていたそうで、つまりこの空気は極秘裏に動いている騎士団の放つものなのだろう。

『ラルドもセレスタンも大活躍だったんだぜ。あっという間に騎士団の連中を動かして、出撃準備を整えたんだ。ああ、ちゃんと女王にも許可を取ってあるから心配はいらないぜ。やっぱりこういうときは、普段の信頼がものを言うよな』

鼻高々で自慢するのは、いつも通りラルドの肩に乗っているカイルアイネンだ。剣の聖霊は昨夜来のラルドの行動を逐一《ちくいち》教えてくれた。

『……まあ、後から根掘り葉掘り説明させられそうなんだけどな。特に魔法長官は聞きたそうにしていた』

それが一番困る優愛である。女王と魔法長官の秘密は、一切知らぬ存ぜぬでしらを切ろうと決意する。

『ああ、そうだ。先に言っておくけれど〝猫耳カチューシャ〟の件は、俺もラディも無関係だからな！』

突如《とつじょ》、カイルアイネンはそう宣言した。

「猫耳カチューシャ？」

突然出てきたまるで関係ない単語に、いったいなんの話なのかと優愛は首を傾《かし》げる。

一方、ラルドはピクリと体を揺らした。

「カイルアイネン！」

自分の剣の名を呼ぶと、柄《つか》をギュッと強く握る。よほど強く握ったのだろう、カイルアイネンは『グエッ』と変な声を出した。

「ラルドさん？」

「いや、なんでもない。……ここが地下室の入り口だ。入るぞ」

なんだか誤魔化《ごまか》されたような気がするが、今はそんな話をしている場合ではない。

鍵のかかった大きな扉をギィ～ッと軋《きし》ませて開け、先に中を確認したラルドが手で招く。一緒に部屋に入ると、暗闇に包まれた。しかしそれも一瞬、すぐにラルドが灯りをつけて、部屋の中が照らし出される。

そこはかなり大きな一室だった。壁と中央に三列棚が並んでいる。どの棚にもギュウギュウと箱が納められていて、納まりきれなかったものは床に積まれていた。年に数度清掃が入るという話でそれほど汚れていないのに、雑然としている印象を受ける。

見回すと、壁際の棚と棚との隙間に一体の鎧《よろい》が見えた。きっとあれがアミュの言っていた鎧《よろい》だろう。

真っ先にカイルアイネンがその鎧《よろい》に近づいていく。

『おい！　お前がアミュに連絡した聖霊か？』

カイルアイネンの呼びかけに応え、鎧《よろい》の兜《かぶと》のてっぺんに、ポン！　と三頭身の鎧《よろい》が現れた。

「え？　アミュさん？」

一瞬、優愛がそう叫んでしまうほど、その聖霊はアミュそっくりだ。

『違う。俺……チューラ』

『そうか。俺は名剣カイルアイネンさまだ！　こいつは今の俺の持ち主のラルドで、そしてこっちがユアだ！　ラルドは騎士団の第五隊長で、ユアは俺たち聖霊の言葉が話せる【聖霊の加護】のスキルを持ったすごい人間なんだぞ！』

最初にラルドを、次にユアを指さして、カイルアイネンが偉そうに紹介する。

すると鎧《よろい》の聖霊チューラは、ガチャガチャと音をたてながら兜《かぶと》をユアのほうに向けた。

『ユアさん……アミュから、聞いている。……でも、俺、新しい話ない』

ポツリポツリと呟《つぶや》くギューラ。その声は小さく途切れがちで、彼が人見知りで初対面の相手には緊張して話せない性格だというのは、本当らしい。

「はじめまして、ギューラさん。こんな風に突然押しかけてしまって、すみません。どうしても直接お話を聞きたくて。新しい話でなくていいんです。もう一度話していただけますか？」

優愛はできるだけ丁寧にギューラにお願いした。怖がらせては元も子もない。

ギューラは少しためらったものの最終的に頷《うなず》いてくれる。そして、あらためて話してくれたのだが、その内容はアミュから聞いた話とまったく変わらない。

「ここに来た二人の人間に見覚えはないんですね？」

『わからない。……見たことあるかも、だけど、覚えていない。……人間、みんな同じ顔』

やはり、鎧《よろい》の聖霊には人の顔の見分けがつかないようだった。

「でも、片方はとても美しい人だったんですよね？」

確認すると、ギューラは酔っ払ったようにユラユラと体を揺らしはじめる。

『……ああ。ホント、キレイだった。キラキラ、ピカピカ、テカテカしてて』

…………ん？　と、優愛は思う。

「テカテカ？」

美しい人間相手に、テカテカはないだろう？

もう一度確認しようと口を開けたのだが、その口が急に大きな手に塞《ふさ》がれた。

もちろんそれはラルドの手で、自分の唇に人差し指を当てた彼は、素早く灯りを消して優愛と一緒に棚の陰に身を潜《ひそ》める。

『ユア、誰か来る。静かにしていられるか？』

説明してくれたのはカイルアイネンだった。

コクコクと優愛が頷《うなず》くと、ラルドが手を離してくれる。

カイルアイネンと優愛の会話は彼には聞こえないはずなのだが、どんな会話をしているかの想像はつくのだろう。

ジッと息を殺していると、静かに扉が開かれた。

バタバタと二人分の足音がして、扉が閉まるのと同時にパッと灯りが点《つ》けられる。

（うっ！　眩《まぶ》しい）

思わず優愛はそう思った。

点灯した照明が眩《まぶ》しかったわけではない。その照明を反射したモノが眩《まぶ》しかったのだ。

地下室に入ってきたのは、二人の男性だった。

一人は灰色の髪をした長いローブの男性だ。

不機嫌そうに眉をひそめるその顔を、優愛は見たことがある。

（たしか、宰相さまの副官の一人じゃなかったかしら？　宰相さまには副官が三人いて、一番〝外れ〟って有名な人よね？）

〝外れ〟というのは、メイド目線である。実は城で働く人には仕《つか》えたい人、仕《つか》えたくない人ランキングがあり、ローブの男はその仕《つか》えたくない人ランキングに十年連続で入賞しているという要注意

人物なのだ。なんでもメイド頭のブラックリストにもトップで名前が載っていて、彼の周囲に派遣されるメイドは、口でも腕っ節でもそんじょそこらの男に負けないスーパーメイドが当たると決まっているという。

（メイド頭に文句を言いにきては、反対に言い負かされてスゴスゴ帰る姿を見たことがあるわ）

もう一人は、優愛の知らない人物だ。異国風の服を着ていて、顔だけ見ればまだ若そうな青年である。小さくつり上がった目で神経質そうに宰相の副官を見ていた。

『彼だ！　彼だよ、昨日ここで話をしていたのは！　こんなに美しい男を見間違えるはずがないからね!!』

ヂューラが彼にしては大声で興奮したように叫ぶ。

優愛は頭を抱えた。どこからどう見ても、その男は美形ではない。

（ああ、でも、こういうことだったのね）

同時に、妙に納得した。

「××！　○□△×!?　――」

その直後、聞こえてきたのは異国の言葉。宰相の副官のほうが話している。

「……これは？　どこの言葉だ？　ずいぶん癖が強くて聞き取れない」

ラルドが小さな声で呟《つぶや》いた。どうやら二人が何語を話しているのかわからないらしい。

以前カイルアイネンが、ラルドは自国語の他にも周辺五カ国語を話せるのだと言っていた。そんなラルドでもわからないとは、いったいどこの言葉なのか？　この国に攻め入ろうというのだから、普通に考えれば周辺諸国のどれかのはずなのに、どうしてわからないのだろう？

（暗号を使っているとか？　まさか周辺国を飛び越えて遠国が攻めてくるわけないと思うけど？　あと考えられるのは、なまりがきつくてわからない場合よね）

同じ日本語でも、方言だと聞き取れないことがある。

（私も地方に行ったとき、タクシーの運転手さんが何を言っているのかわからなくて困ったことがあったわ）

しかし、どんな言語であろうと聖霊には関係ない。彼らが聞き取るのは、言葉にしようとする思念だからだ。

『ハハハ、こいつ、騎士団に潜り込ませた密偵からの定期連絡がなかったって言って、焦《あせ》っているぜ。ラルドとセレスタンが怪しい動きに気をつけていたからな。きっと密偵は抜け出せなかったんだろう。今まで連絡がないなんてことはなかったんで、計画が漏れたんじゃないかって心配している』

宰相の副官の話の内容を、カイルアイネンが声高に教えてくれた。

もう一人の男は両手を上げて相手を宥《なだ》めようとしている。

「○○◇×△――」

『こいつ、自分は知らないって言っているぜ。自分のほうは計画通り進んでいるし、何度もこんなところに呼び出さないでほしいって抗議している』

手を振り頭を振って、男は宰相の副官に訴える。彼が頭を動かす度にテカテカと光が反射した。

『ああ！　なんて美しいんだ！　人間の中にも、こんなに光り輝く者がいるなんて！』

ギューラはうっとり感激している。

（たしかに、光り輝いているけれど）

優愛は非常に残念な思いで、ギューラが見とれている相手に目を向けた。

一生懸命、宰相の副官を説得している男は、滅多にお目にかかれないほど見事な〝若ハゲ〟だったのだ。しかも頭の形がまん丸く、周囲の光を均等にピカピカ跳ね返している。

（裸電球みたい）

人間とは違う鎧《よろい》の価値観では、こんな風に光り輝く（？）人間こそが、最高に美しい人なのだった。わかってみれば「なるほど」と納得できる。

（それにしたって、感覚が違いすぎるでしょう⁉）

いや、やっぱり納得できない！

目の前の男性には申し訳ないが、彼を最高に美しい人と認めるのは優愛には無理だ。

（外見が全てだとは思わないけれど！）

一国を滅ぼす悪事に加担しているのだから、内面も美しくなさそうだ。

『この輝き！　完璧なこのカーブ！　彼ほど美しい人間は、いない！　なあ、そう思うだろう、ユアさん！』

うっとりしすぎのギューラは、酩酊《めいてい》状態になっていた。初対面のおどおどした様子はどこにいったのか、大声で優愛に訴えてくる。

棚の陰に隠れていて反論できない優愛に代わり、カイルアイネンが反論してくれた。

『ハァ～？　そんなはずないだろう？　お前、ずっとお蔵入りしていたせいで、感覚がおかしくなっているんじゃないか？　こんな心身揃った不細工の、どこが美しいよ？』

『そ、それは！　たしかに、内面は多少問題あるかもしれないが、ここまで輝いているのだ。他は些末《さまつ》なことだろう？』

『どこが些末《さまつ》だ!?　お前も聖霊なら、心をないがしろにするんじゃねぇ！』

両手を腰に当て三頭身の体を精一杯反《そ》らしたカイルアイネンが、ビシッと叱《しか》りつける。

その勇姿に優愛は心の中で拍手を送った。

「さすがカイルさん！　いいこと言いますね。私もハゲている人が美しくないとは言いませんが、この人はダメだと思います！」

つられてきっぱり断言する。もちろん小さな声でだけど。

優愛や聖霊たちにそんな判定をされているとは夢にも思っていない男と宰相の副官は、その後もわからない言葉で話し合っていた。やがて――おそらく二十分くらい後だと思うが、なんとか落ち着いた宰相の副官が、異国風の服を着た男を連れて地下室を出ていく。

扉が閉まり、部屋の中は真っ暗になった。

それでも、しばらくラルドはそのまま動かない。おそらく男たちが戻ってくる可能性を考えて身を潜《ひそ》めているのだろう。

当然、優愛も動けなかった。

暗闇の中、狭い棚の隙間に隠れた二人の体はピッタリくっついていて、優愛の頭はちょうどラルドの胸の位置。一見細身に見えるのに、その実、鍛《きた》え上《あ》げられた胸筋がすぐ目の前だ。

こんなときなのにドキドキと高鳴る心臓に、優愛は困ってしまう。しかもこういうときに限って、いつもお喋《しゃべ》りなカイルアイネンまで黙って扉のほうを向いたままなのだ。

どうにもできずに固まっていれば、ようやくラルドが大きく息を吐いた。

「行ったな。もう戻ってはこないだろう」

ラルドは優愛から離れて部屋の灯りを点《つ》けにいく。

パッと周囲が明るくなり、優愛は思わず両手で顔を覆《おお》った。絶対顔が赤くなっている。

「どうした？　ユア」

急に顔を隠した彼女を、振り返ったラルドが心配する。

「な、なんでもないです」

『ええ？　とてもそうは見えないぞ。顔も赤いし、熱でもあるのか？』

カイルアイネンも肩によじ登ってきて、顔をのぞきこんできた。

やっぱり顔は赤かったらしい。羞恥《しゅうち》で優愛の顔は、ますます熱くなる。

「ユア？」

グッと近寄られて、焦《あせ》った。

（お、落ち着かなきゃ。……でも、どうしよう？　あ、そうだわ！　こんな場合じゃないんだから、ちゃんと話をしないと）

「ラルドさん、さっきの人たち捕まえなくていいんですか？」

優愛はつい先ほど出ていった男たちのことへ話を戻した。言葉はわからなかったものの、彼らがギューラの言っていた二人組だということを、ラルドもきっとわかったはず。なのにあのまま出ていかせてしまってよかったのか？

急に話題を変えられたラルドは、戸惑《とまど》ったように二、三度瞬《まばた》きをした。

その後、優愛を真剣な表情でジッと見つめてくる。

「具合が悪いわけではないみたいだな」

安心したようにそう言った後で、答えを返してきた。

「彼らを捕まえたいのはやまやまだが〝地下室で異国の言葉を話しながら密会していた〟という理由だけでは、拘束できないからな」

いかにも怪しい二人だが、たしかにそれだけで捕まえるわけにはいかない。

世襲君主制で女王が統治するソージェイアだが、きちんと法律はあり、身分の上下にかかわらず人権が保障されている。

それを守る立場の騎士団が、明確な証拠もなしに誰かを拘束はできないのだ。しかも片方は宰相の副官。迂闊《うかつ》に手など出せない相手である。

「でも！　彼らは間違いなく、この国を襲う話をしていましたよ！」

優愛はカイルアイネンが聞かせてくれた二人の話の内容をラルドに告げた。

あらためてカイルアイネンに確認すると、結局彼らは出ていくまで似た話を繰り返し、最終的には『今さら多少不具合が起こっても計画を止めることはできないため、自分たちは自分たちの役目を果たそう』ということになったらしい。

「――そうか。話の内容がわかったのは収穫だが、彼らがそう言っていたと証明するものが何もないからな。どこの国の言葉を話していたのかもわからないのに、内容が理解できたはずがないと言われてしまえば、そこまでだ」

ラルドは悔しそうに眉をひそめる。

『俺たち聖霊は、意味はわかっても言葉の区別はつかないしな』

彼の肩に乗ったカイルアイネンも、悔しそうに顔をしかめた。

「せめて何語を話していたかくらいわかれば、やりようはあるのだが。それさえわかれば、彼らのバックにいる国の見当もつけられる」

もちろんわざと他国の言葉を使って話していた可能性も考えられるが、そうだとしたらラルドが聞いてもわからないような言葉にまでする必要はないだろう。

そして言葉がわかれば、奇襲に対してどの国を警戒すればいいのかわかる。

「ズレクかスモロだと思うのだが、俺が聞いていた範囲では両国の言葉の片鱗《へんりん》も聞き取れなかった。一瞬ネスヴァドの単語が聞こえた気がしたが……いや、たぶん気のせいだろう」

「ネスヴァド？」

自分で言って自分で否定したラルドの言葉に、優愛はひっかかった。

ネスヴァドはこの国ソージェイアの友好国で、だからこそ奇襲をかけてくるはずなどない国だ。

そのためラルドは否定したのだが。

（ネスヴァドって、他でも聞いた気がするわ。どこでだったかしら？　……あ！　そうだわ。アドネさんよ！　大樹の聖霊アドネさんから聞いた話の中にあったじゃない！）

思い出した優愛はポンと手を叩《たた》く。

「ラルドさんは、前の戦いの原因が王太子殿下とスモロの王女のせいだったことを知っていますか？」

突然優愛にそんなことを聞かれ、ラルドは面食らったように瞬《まばた》きする。

「あ、ああ」

「では、そのスモロの王女がネスヴァド王の妾《めかけ》になっていることは知っていますか？」

続いて彼は大きく目を見開いた。

「は？　いや、そんな話は聞いたことがない」

きっと、極秘裏に行われたことなのだろう。いくら戦争に負けたからといって、一国の王女が他国の国王の妾《めかけ》になるなんてあり得ない。いろいろ裏があるに決まっている。

「本当のことです！　以前私が崖《がけ》から落ちたときに助けてくれた大樹の聖霊のアドネさんが、そう言っていました！　アドネさんの根は大地を通して大陸中につながっているそうで、重要な情報は逐次《ちくじ》得ているらしいのです」

『へぇ～？　さすがアドネ嫗《おうな》だな』

カイルアイネンが感心して頷《うなず》く。

一方、ラルドは難しい顔で考えこんだ。

「そういえばネスヴァド王は、太っ――ふくよかな女性が好みなのだと聞いたことがある」

スモロの王女は、王太子曰《いわ》く、体を動かすこともままならないほどに太った女性である。

「自分好みの王女を手に入れるために、ネスヴァドはスモロと手を組んだのでしょうか?」

「あり得ないことではないな。ネスヴァド王は好色で狡猾《こうかつ》だ。……しかしずる賢《がしこ》い男だからこそ、我が国に敵対するような悪手をうつことはないと思っていたのだが」

優愛はネスヴァド王を知らない。

しかし、おかげで先入観なしにいろいろと考えられた。

「ネスヴァド王は、最初はソージェイアに敵対する意図はなかったのかもしれません。ただ単に没落した好みの王女をこっそりと手に入れただけ。表に出さずに監禁するのなら、それは、即ソージェイアへの裏切りにはなりませんよね?」

むしろ、これ以上おかしなことをしないように監視しているのだと、堂々と言い張れそうである。好色で狡猾《こうかつ》だというなら、それくらい厚顔無恥でも不思議ではない。

「ネスヴァド王はスモロの王女を囲ったつもりで囲われてしまったのかもしれません。恋愛小説なんかではよくある話です」

自分が優位だと信じている男が、女の手のひらで転がされる。そんな悪女が活躍する恋愛小説をつい最近チアリが書いていた。

(もっともチアリのお話のヒロインは、男で少年騎士なんだけど)

その少年騎士のモデルはアーサーだったりする。

「困ったつもりで囲われる？」

「あ、もちろん全然根拠とかありませんから。私がちょっとそう思っただけです。だって、スモロの王女さまって執念深そうですよね？　王太子殿下に復讐するためならなんでもしそうだなぁって思って」

スモロ王女はネスヴァド王のモロ好みな女性。しかも親子ほども年の違う年下妻だ。好色の国王が骨抜きになっていたとしても不思議ではないだろう。

ネスヴァド王を篭絡《ろうらく》したスモロの王女が今回の事件の黒幕にいることは、十分考えられる事態だった。

優愛にそう言われたラルドは、少し考えこむ。

「そうだな。そんな事情があるのなら、ネスヴァドが敵に回ることもあり得ることだ。よし。俺はその線で宰相の副官を問《と》い詰《つ》めてみる。よもや騎士団がネスヴァドを疑っているとは思っていないだろうから、うまくやればボロを出すかもしれない」

ラルドの青い目が、獲物を捕らえる鷹《たか》みたいに鋭く光った。

かと思えば、一転、気遣わしそうな優しい目で優愛を見てくる。

「ユア、君は自室に戻りゆっくり休んでいるように」

「そんな！　ラルドさん、私も何かお手伝いをします。あまり大したことはできませんけれど、でも聖霊の通訳とか、そういうことなら私にもできますから！」

勢いこんで言ったのだが、ラルドは首を横に振った。

「いや。ユアはもう十分役立ってくれた。ネスヴァドのことだって、優愛に言われなければ俺は気づけなかったんだ。ありがとう。……これから先は、俺たちの出番だ。直接敵と相対するようになるだろうから危険も大きい。俺はユアには安全な場所にいてほしい」

ラルドの大きな手が、優愛の肩に乗せられる。

「でも！」

「お願いだ。ユア」

青い目を心配そうに陰らせてラルドは優愛を見つめた。

『ラルドの言う通りだぜ。ユアに荒事は向かないだろう。ここは黙って俺たちに任せておけ！』

カイルアイネンが小さな拳《こぶし》を握ってドン！　と自分の胸を叩《たた》く。

二人からそんな風にされては、優愛は頷《うなず》くしかなかった。

「あ、でも、もう一人の異国風の服を着ていたほうの男の人はどうするんですか？　このまま逃げてしまうかもしれませんよ？」

「大丈夫だ。今、城は厳戒態勢になっていて、よほどの理由がない限り出ていけないようになっている」

既《すで》に昨夜のうちに、ラルドはいろいろと手回しをしていたらしい。

『大丈夫だって。ラルドに任せておけば心配ない！　俺もついているしな！』

不敵に笑うカイルアイネンは、可愛らしいのにカッコイイ。

もはや、自分にできることはないのだろう。

そう思った優愛は、大人しく自室に戻ることにした。ラルドとカイルアイネンが送ると言ってくれたが、今は一刻を争うので丁重《ていちょう》に辞退する。

「仕事は休みをもらってあるから」

『真っ直ぐ部屋に帰るんだぞ！』

相変わらずおかんなラルドとカイルアイネンは、姿が見える限り後ろを振り返り見送ってくれた。

（もうっ！　気をつけるのはラルドさんのほうなのに）

気遣われるのは嬉しいが、優愛だって心配だ。

（だって、他国が攻めてくるんでしょう？　戦場は遠いはずだけど、有事の際には転移魔法を使って出陣するんだって聞いたことがあるわ）

もちろん国境にも騎士は常駐しているが、戦況が厳しければ王都騎士団も派遣されると聞いている。

（本当に戦争があるなんて……命のやりとりをするんだ）

平和な日本で生まれ育った優愛は、戦争なんて教科書か小説、テレビや映画の中でしか見たことがない。ラルドやセレスタンが戦うのかと思えば、胸が塞《ふさ》がるような気持ちになった。

トボトボと廊下を歩き、自分の部屋を目指す。

『ユアさん！　ユアさん！』

そんなユアに突如《とつじょ》声がかかる。

顔を上げたとたん、目の前にパッ！　と現れたのは、国王の王冠の聖霊グウェナエルだ。

『城から強引に逃げだそうとしている男がいる！』

開口一番叫んだグウェナエルの声は、切羽詰《せっぱつ》まっていた。

多少本体と離れようと持ち主がいる場所に姿を現すことができると言っていたグウェナエルだが、今ここに女王はいない。それなのに現れているということは、よほど無理をしているのか？

「男ですか？」

聞き返しながら見つめると、グウェナエルの顔色はかなり悪かった。

『ああ、そうだ。今回の事件はアデライドを通して私も知ることができた。それで城中に意識を張り巡らせて見張っていたのだ。すると、今まさに逃げ出そうとする男が現れた。これを見逃すわけにはいかないからな！　頼む、ユアさん！　男を止めてくれ』

たしかに、このタイミングで城から逃げるなんて怪しすぎる。ひょっとしてひょっとしなくても、その男というのは、あの異国風の服を着た男なのではないだろうか？

優愛は急いで駆け出した。一瞬、ラルドに伝えることも考えたが、その暇はない。

「その人はどこです？」

『城の北門近くだ！　城を出ようとしたら門で足止めをくらい、その後、人目を忍んで脇の庭園に入っていったらしい。北門に飾られている盾の聖霊がその様子を見ていたのだ。……それに、同じ辺りから小規模な転移魔法を使おうとしている気配がすると、アーバーからも報告が入っている。アーバーが頑張って魔法を阻止しているから男はまだ逃げてはいないはずだ』

どうやら人間が知らない間に、聖霊たちは彼らなりの大活躍をしていたらしい。

『しかし、アーバーも私も、今は本来の力の百分の一も出せなくなっている。正直、どこまで頑張れるかわからない。……だからユアさん、あなたに頼むしかないのだ』

そう言うグウェナエルは本当に辛《つら》そうだった。

「わかりました！　私にできることならなんでもします！　グウェナエルさんはどうか本体に戻ってください！」

実際、グウェナエルの体は半分消えかかっている。もう力の限界なのだろう。

『すまない！　庭には蔦《つた》の聖霊がいる。話はしてあるから、そやつに男のところまで案内してもらってくれ！』

それだけ話すと、グウェナエルはスーッと姿を消した。

（アーバーさんも、いつ力が切れるかわからないわ。急がなくっちゃ！）

心密《ひそ》かに決意して、優愛は懸命に走った。北門近くの通用口から庭園に出る扉をくぐる。

『君がユアさんかい？　僕は蔦《つた》の聖霊だ。男はこっちだよ！』

外に出たとたん、緑の髪の男の子の姿をした聖霊が現れた。彼は優愛を手招きして飛んでいく。

おかげで、優愛は迷わずに男のもとにたどり着けた。

外の日の光を浴びて眩《まぶ》しく後頭部を光らせている男は、やはり地下室で会った人物だ。

彼は今朝は持っていなかった一本の杖《つえ》を持っており、その足下には不思議な文様が浮かび上がっている。

（ひょっとしたら、あれが転移魔法なの？）

優愛は魔法など見たことがないが、そうとしか思えない不思議な現象だ。

（あの人、魔法使いだったのね？　なんとしても止めなくっちゃ！）

そのまま走り続けた。

「クソッ！　なんでうまく魔法が発動しないんだ」

彼女の十メートルくらい先で、男は苛立《いらだ》たしそうな声を出している。きっとアーバーの妨害がうまくいっているのだ。

（よかった。それに、あの人の話しているのはこの国の言葉だわ。きっとさっきは会話を聞かれるのが嫌で、わからない言葉を使っていたのね。今は自分一人だから普段の言葉に戻っているのかしら？）

なんにしても、これで話が通じない心配はなさそうである。

ホッとしたのだが、しかし次の瞬間、彼の足下の文様がパア～ッ！　と光り出した。

「よし！　ようやく成功だ。これでここからおさらばできる」

ついにアーバーも力尽きたらしい。

優愛は焦《あせ》った。逃げられてはいけないと強く思う。

「待って！　逃げるなんて許さないわ！」

叫びながら男との距離を一気に詰《つ》めると、思いきって飛びかかった。

「なっ!?　誰だ、きさま！」

男は驚いて声をあげる。

同時に、優愛は彼の手をがっしりと掴んだ。

一瞬遅れて、足もとの魔法陣が目を開けていられないほど強い光を放つ！

『ユアさん！　うわぁ～!!　大変だぁ～！』

蔦《つた》の聖霊の声がなぜか遠ざかっていく。

ともかく掴んだ手を離すまいとだけ思い——優愛の意識はブラックアウトした。


それからどれほど経ったのだろう。

少しの間だけ、優愛は気を失っていたようだ。

「どうするんだ？　こんな女を連れてきて！」

「俺だって好きで連れてきたわけじゃない！　突然飛びついてきたんだ！」

「つまりお前の正体はバレていたんだな？　だから城の警備が急に厳しくなったのか！」

複数の男が言い争っているのが聞こえる。

「仲間たちが城から出られなくなったのもお前のせいなんだな！」

「違う！　俺は十分警戒していた。仲間との連絡だって誰もいない地下室で、しかもネスヴァド辺境領の言語を使っていたんだ。俺から情報が漏れるなんてことは絶対あり得ない！」

否定の言葉を叫ぶ大声には、聞き覚えがある。たぶん例の頭のハゲた男だ。

（私、あの人に飛びついて一緒に転移してしまったのかしら？）

優愛はこっそり薄目を開けた。

一番先に視界に飛び込んできたのは、白い小さな花をつけた雑草。どうやら優愛は、土の上に放置されているらしい。

目を凝《こ》らすと、視界の隅に光を弾く頭が見えた。思った通り数人の男たちと話している。

「――もういい。こうなってしまっては城にいる仲間は置いていくしかない。俺たちは予定通りここから転移して侵攻軍と合流するぞ。お前は早く魔法陣を構築しろ。他の者は周囲の警戒だ。誰一人この場に近づけるなよ！」

リーダーらしき男の言葉に、他の男たちは頷《うなず》いた。その後、バラバラにその場を離れていく。

頭で光を反射しつつ例の男が近づいてきて、優愛は慌《あわ》てて目を瞑《つむ》った。

(私、どうなるの？　彼らは転移魔法でこの国から逃げるみたいだけど、そんな大がかりな魔法ができる人がいるなんて聞いたことがないわ)

しかもそれは、あのハゲの男らしい。

城で有事に転移魔法を使う際は、魔法長官であるオディロンと複数の部下が協力するのだと聞いている。しかもあらかじめ設置されている複雑な魔法陣を利用した上で、だ。

その転移魔法をたった一人で、しかも今から即席に作る魔法陣で行使するなんて、よほど力の強い魔法使いでなければ無理だろう。

(まあ、転移するのは彼と数人の仲間たちだけみたいだから、騎士団全部を送る城の転移魔法とは規模が違うのかもしれないけれど)

それにしたって、大したものである。

彼らを逃がしたくはないが、それより心配なのは敵に捕まってしまった今の自分の状況だ。

幸いにして拘束されてはいないのだが、それはそんな必要がないからかもしれない。

(あんなに仲間がいたら、私が一人で逃げ切れるはずがないもの)

考えれば考えるほど不安になってくる。最悪殺されることだってないとは言えない。

不安に震える優愛の脳裏に、ラルドとカイルアイネンの姿が浮かぶ。

彼らは、彼女が城にいないことに気がついてくれるだろうか？

(たぶん蔦《つた》の聖霊さんがグウェナエルさんに連絡して、グウェナエルさんはカイルさんに知らせてくれると思うんだけど。ラルドさんはカイルさんの言葉が聞こえないし、私の状況を知りようがないわよね)

普通に考えれば無理である。

絶望的な状況だが、なぜか優愛は大丈夫だと思えた。

(ラルドさんとカイルさんは、ずっと一緒だったんだもの。今はカイルさんっていう聖霊がいるってことも知っているし……大丈夫、ラルドさんはきっと助けにきてくれるわ！)

それは、絶対の信頼だ。

過保護で優しいおかんなラルドなら、どんな不可能も可能にしてくれると優愛は信じている。

だから、自分にできることは、彼らを信じて待つことだった。

(そして、いざそのときは、落ち着いて行動するのよ。パニックになって、助けにきたラルドさん

の足を引っ張るわけにはいかないもの）

まずは、自分にできることとできないことをしっかり把握する必要がある。

とは言っても、優愛にできることは正直あまりない。聖霊と話せはするけれど、肝心の聖霊がここにはいない。

（こんなことなら、ラルドさんから護身術でも習っておくんだったわ。他に何かできることはないかしら？）

考えていた優愛は、ふと自分が服の内側に紐《ひも》でぶら下げた小さな袋を持っていることを思い出した。中には、大樹の聖霊であるアドネにもらった長さが十センチくらいの細い枝が入っている。

（たしか、万が一危険に陥《おちい》ったときは、きっとなんとかしてくれるはずってもらったのだったわ。とてもそんな力はなさそうな小枝に見えたけど？）

何かの役に立つのだろうか？

それでも、今のところこの小枝だけが、優愛が持っている唯一の対抗手段だ。

（いざというときは、これを使おう！）

密《ひそ》かに心に決める。

「おい、起きろ！」

ちょうどそのタイミングで、声がかかった。

おそらく、例の頭のハゲた男だろう。

一瞬、このまま気絶しているふりを続けようかと思った優愛だが、逃げるにしてもなんにしても情報があったほうがいいかと思い直した。

恐る恐る目を開けて、ゆっくりと体を起こす。

同時に先ほどはほんの少ししか見られなかった周囲を見回した。

目に入るのは、高い木々と石畳の道、整備された芝生《しばふ》だ。

(なんだか見たことがあるみたいな？　……え？　ひょっとして、ここって、この前来た公園の中なんじゃない？)

あのときと違い、まったく人気《ひとけ》がないのだが、雰囲気が似ているように思える。似ているだけで、まったく違う場所かもしれないが、それでも公園だという可能性は捨てきれなかった。

キョロキョロしていれば、いつの間にか男がすぐ目の前に立っている。

彼は優愛を見てバカにしたように笑った。

「お前は誰だ？　どうして俺に飛びついてきた？」

「アナタ、変ナコト、スルシテタ」

咄嗟《とっさ》に優愛は、少し前まで使っていた片言で答える。このほうが余計な話をしないで済みそうだ。

「異国人のメイドか？　珍しいな。……ということは、俺に気がついた城の密偵じゃないのか？　まあいい。どのみち連れ帰って尋問するだけだ」

男はフンと鼻を鳴らした。そのまま優愛から五メートルくらい離れ、両手を広げる。

「お前はそこで大人しくしていろ。言っておくが、逃げようとしても無駄だぞ。ここには、俺が魔法で結界を張っている。誰も出られないし入ってもこられない」

それで誰もいないのかと、優愛は嫌々ながら納得した。

どうやら男は魔法陣を張ろうとしているらしく、彼の足もとからは光の文様がゆっくりと広がっていく。

優愛は焦《あせ》った。魔法陣を完成させられたらまずい。

「アナタ、ナゼ、コンナコトスル？」

咄嗟《とっさ》に声をかけた彼女に、男は笑う。

「答えてやる必要はないが、魔法陣を作るのは時間がかかる単純作業だ。暇潰《つぶ》しに教えてやろう。——俺たちは、この国を攻め滅ぼそうとしている国の先発部隊で、密偵任務を終えてここで落ち合い、攻撃がはじまる前に転移魔法で王都から脱出する予定だった。だがなぜか、急に城の警備が強くなり集まれない仲間もいるが、こうなっては仕方ない。すぐに脱出することにして、こうして転移魔法のための魔法陣を作っているのさ」

「ソンナスゴイコト、一人、デキルアルカ!?」

概《おおむ》ね予想通りの答えだったが、驚いて見せた優愛に、男は顔を歪《ゆが》めてますます笑った。

「ハハ、お前が驚くのも無理はない。転移魔法は、普通は複数人で使う魔法だからな。俺はそれを改良したんだ。——俺のスキルは【魔法改造】なのさ。既存の魔法を自分の都合に合わせて改造することができる。他のどんなスキルにも負けないスゴイものなのに、周囲の奴らは魔法を使える人間が少ないという理由だけで、俺のスキルを〝外れスキル〟と言って嘲笑《あざわら》いやがった。いくらスゴイ改造魔法でも、使える者がいないのでは実用性がないと言ってな」

吐き捨てるようにそう言った男は、次いで自分がどれほどバカにされてきたかを悔しそうに話し出す。

異国風に見えた男だが、生まれはこの国なのだそうで、十代半ばまでソージェイアの中でも隣国ネスヴァドに近い田舎《いなか》町で暮らしていたという。

その間、ずっと周囲に蔑《さげす》まれ、いじめられて育ったのだと。

そしてついに我慢の限界が来て、ネスヴァドへ逃げ出したのだそうだ。

「だから、俺は俺を笑った奴らを見返すためにネスヴァドについたんだ。もうすぐこの国は、ネスヴァドに攻めこまれる！　ハハハ！　ざまあ見ろ。俺を蔑《さげす》んだ奴なんて、全員ネスヴァドに滅ぼされてしまえばいい！」

頭と同じくらい瞳をギラギラさせて、男は笑う。

優愛は男の狂気に怯《おび》えながらも、少し身につまされた。外れスキルとバカにされるのは自分も同じだ。

それでも優愛がバカにされたのは、この世界に転生してからのこと。しかも彼女の側には、スキルがなんだろうと関係なく守ってくれるラルドがいた。

(でも、きっとこの人には誰もいなかったんでしょうね。そして、ずっとバカにされて生きてきたんだわ。下手をしたら、物心がついてからずっと)

【魔法改造】なんて、本当にすごいスキルだと思う。

魔法使いが少ないとはいっても、皆無《かいむ》というわけではないのだから、冷静に考えれば、男のスキルは賞賛されてもおかしくないものだ。それなのに、これほど彼は追《お》い詰《つ》められた。

（たぶんこうなった背景には、彼を蔑《さげす》んだ人のやっかみもあったんじゃない？　私のときも酷《ひど》かったもの。いくら外れスキルだからって、あんなに笑う必要はないはずだわ。……これは、あくまで私の想像だけど、この世界は〝スキル〟に対するコンプレックスが大きすぎるんじゃないかしら？）

スキルは、己《おのれ》の適性や努力の象徴。生まれつき持っているものと、努力と鍛錬《たんれん》で身につけるものがある。しかし、いずれにせよ神からの授《さず》かりもので、つまり、いいスキルを持っている人間は、イコール神から愛されている人間だと思われやすいのだ。

（反対にスキルが悪ければ、その人そのものが神に愛されない、取るに足らない人間だと判断されているみたいに感じるのよね）

異世界からきた優愛にとって、スキルはあったらお得かな？　というくらいの便利能力だ。スキルだけがその人の全てだなんて、到底思えない。けれどこの世界では、そう思う人のほうが多いのだろう。

（蔑《さげす》まれて、全否定されて、この人は歪《ゆが》んでしまったのかしら？）

それはとても哀れで悲しいことだ。

でもだからといって、男を許せるかといえば、それは違った！

（自分をバカにした相手を懲《こ》らしめたいからって、他国の侵略の手引きをするのは、絶対間違っているもの！）

優愛はキッと男を睨《にら》む。一言、言ってやらねば気が済まない！

「アナタ、間違ッテマス！」

正気を疑うほど笑っていた男は、優愛の言葉を聞いてピタリと笑いを止めた。ギロリと彼女を睨《にら》む。

「綺麗事を言うな！　お前に、何がわかる⁉」

「私モ、〝外レスキル〟デス！」

大きな声で叫ぶと、男は目をまん丸に見開いた。

「お前も？」

「私、スキル、【聖霊ノ加護】デス」

「……【聖霊の加護】」

優愛のスキルを聞いた男は、痛ましそうに顔を歪《ゆが》める。どうやら【聖霊の加護】は、外れスキルを持っている者からも同情されるようなスキルらしい。

（失礼しちゃうわ！）

優愛は腰に手を当て胸を反《そ》らした。

「私、笑ワレマシタ。タクサン！　デモ、仕返シシヨウ、思ワナイ。笑ウ、イケナイコト！　デモ、仕返シ、モットイケナイ！　私、自分ノスキル好キ。アナタ、好キナイデスカ？」

相手が愚《おろ》かなことをしたからといって、自分まで愚《おろ》かになる必要なんてない。誰が何を言ったって、優愛は自分のスキル【聖霊の加護】を気に入っていた。

（お喋《しゃべ》りな聖霊に、いらない情報まで教えられるのは困りものだけど、でもそれを補《おぎな》って余りあるほど、一杯助けてもらっているんだもの！）

他人の評価なんて関係ない。自分で自分のスキルに自信を持てれば、復讐なんて考える必要はないはずだ。

男に必要なのはそういう気持ちではないかと、優愛は懸命に伝えようとする。

しかし、男は聞きたくないという風に、首を激しく横に振った。

「うるさい！　人質の分際で俺に偉そうな口をきくな！　同じ外れスキル――いや、俺よりもっと酷《ひど》いスキルのくせに、いい子ぶりやがって。やはり、俺の気持ちなんて誰もわかるはずがないんだ！」

自分の思いに凝《こ》り固《かた》まった男は、聞く耳を持とうとしない。

「ムダ話はここまでだ！　お前は黙って見ていろ！」

そして忌々《いまいま》しげに優愛から目を背けると、自分の作業に没頭しだした。

（ダメだわ。このままでは転移魔法で連れ去られてしまう。なんとかして逃げなくっちゃ！）

優愛は服の上から自分の胸のあたりをギュッと握った。そこにあるのは、細い小枝の入った袋。

今こそ、この小枝を使うときかもしれなかった。

（たしか〝挿し木〟だって言っていたわ。危険に陥《おちい》ったときは、地面に挿せとも）

彼女がいるのは石畳の小道の上だ。枝を挿すなら地面の上がいい。

そう思った優愛は、パッと立ち上がり駆け出す！

「あ！　こいつ、逃げても無駄だと言っただろう！　……クソッ面倒な。みんな捕まえてくれ‼」

男の怒鳴り声を聞いた仲間たちが、捕まえようと向かってきた。

優愛は男たちのいない芝生《しばふ》のほうへ走る。

(芝生《しばふ》だと、うまく挿せないかも。もっと柔らかそうな土はないかしら?)

キョロキョロと視線を彷徨《さまよ》わせながら、追いかけてくる男たちのいないほうに向かった。

そして、ついに地面がむき出しになっている空き地を見つける。

「こいつ！　ちょこまかと!!」

騎士服を着ている体格のいい男が、優愛に向かって手を伸ばしてきた。

その脇をすり抜け、地面に勢いよく倒れこむ！　気分は、ラグビーのトライである。

楕円《だえん》形のボールの代わりに、走りながら袋から取り出していた細い小枝を地面に思いっきり突き刺した！

「お願い！　助けて、アドネさん!!」

ありったけの声量で叫ぶ！

すると次の瞬間、小枝からカッ！　と、光が溢《あふ》れた。

あまりの眩《まぶ》しさに目を瞑《つむ》った優愛は、自分の体が何かに突き上げられるのを感じる。

その何かは突き上げただけでなく、その後もグングンと彼女の体を持ち上げた。

「ヒェッ!?　イヤァァァ～ッ!!　何っ?」

恐怖で、伸ばした手の先にあったものを掴む。

そして叫びながら目を開けた。

視界に飛び込んできたのは、一面に揺れる緑の葉っぱだ。

「へ？」

優愛が掴んでいたのは、手頃な太さの木の枝だった。お腹《なか》の下には、直径三十センチくらいの太い横枝があり、彼女はそこに竿《さお》に干されたタオルみたいに引っかかっている。

「え？　え？　……えええぇぇぇぇっ!?」

なんとその場には、いつの間にか見上げるような大樹が生えていた。

優愛はその大樹の高さ五メートルくらいの枝に引っかかっているようだ。

眼下に目を向けると、彼女を攫《さら》ってきた男とその仲間たちが、ポカンと口を開け呆然《ぼうぜん》とこちらを見上げている。男の頭に木漏《こも》れ日が反射してキラリと光るのが眩《まぶ》しい。

（ひょ、ひょっとして、この樹はアドネさんのくれた小枝が変化したものなのっ!?　……信じられない！　すごすぎでしょう!?）

優愛は言葉を失った。

聖霊は弱体化して力を失ったと言われていたが、深い山奥にずっと一人でいたアドネは例外だったのだろうか？　ひょっとしたら、力を使わずためていたのかもしれない。

（そうでなかったら、神さまが言っていた、聖霊の弱体化の対応策がうまくいったのかも？）

たしか、この世界の神は弱体化をなんとかしようとしていると聞いたような気がする。

なんにしても、この高さはすごい。

呆《あき》れる以外にない優愛だが、同時にホッとする。ここまで高い枝の上なら、男たちは手が出せないはずだ。

そう思って下を見ると、忌々《いまいま》しそうにこちらを見上げる男と、突然大樹が生えたことに右往左往する彼の仲間たちが見えた。何人かは、この樹に登ろうとしては落ちている。

「ダメだ、この樹、皮がツルツルしていて登れないぞ！」

「クソッ！　誰か斧《おの》を持ってこい！　切り倒すんだ!!」

ハゲた男がむきになって叫ぶ。

「バカッ！　そんなことをしている場合か！　突然こんな大樹が生えたんだ。大騒ぎになって、すぐに人が集まってくるに決まっている！　いくら結界を張っていても、それを破れるほどの実力者がきたらおしまいだ。早く逃げないと手遅れになる！」

仲間の男たちは、優愛を捕まえようとする男を必死で説得していた。こんなとんでもない事態で、優愛にかまけている場合ではないのだろう。

それを聞いた優愛は、しめたと思った。どうやら無事に助かりそうだ。

きっとそのうち、この樹を見たラルドやカイルアイネンたちがこちらに駆けつけてきてくれる。

そうなれば、もう何も心配いらない。

安心した彼女は、落ちないように慎重に体を動かし、体勢を変えることにした。いくらなんでもずっと干したタオル状態でいたくない。

（こんな姿、ラルドさんに見られたくないもの）

なんとか体を起こして頭を動かしたのだが――その瞬間、ヒュン！　と音を立てて何かが耳元をかすめた。

その何かは、ズドッ！　と音を立て、木の枝に突き刺さる。

恐る恐る目を向けると、そこには羽根のついた矢がブルブルと振動していた。

「え？」

慌《あわ》てて下を見れば、弓に矢をつがえた男が優愛を狙っている。言わずと知れたハゲた男だ。

（ひぇぇぇぇっ～!!　どっから弓矢なんて出したのよ!?）

優愛は慌《あわ》てて頭を下げた。

その頭上を二番目の矢が通りすぎていく。

「おい、何をしている!?　そんな女にかまっている場合じゃないと言っただろう！　サッサと逃げるぞ！」

仲間の一人が矢をつがえた男の肩を乱暴に掴んだ。その瞬間も男は矢を射ていたが、おかげで三本目の矢は明後日《あさって》の方向に飛んでいく。

「離せ！　邪魔をするな！　あの女は俺たちの顔をしっかり見ているんだぞ。連れていけないのなら、殺すしかないんだ。そうでなければ、今後俺たちの仕事がやりにくくなる」

「それはそうかもしれないが……それより、ここで捕まったら元も子もないだろう？　逃げるほうが先だ！」

「しかし!!」

男たちは喧々囂々《けんけんごうごう》言い争う。優愛を攫《さら》った男は、何がなんでも彼女を始末したいようだ。

ひょっとしたら、先ほどのスキルの話が彼の気に障《さわ》ったのかもしれない。

この隙だと思った優愛は、素早く枝の上を移動した。なんとかして男たちから陰になるほうに動こうとする。

「逃がすか!!」

それに気づいた男が再び矢を彼女に向けた。今度は慎重にこっちを狙っている。

他の枝の陰に隠れながら、優愛は焦《あせ》った。

(どうしよう？　とても諦めそうにないわ。このまま樹の上を逃げ続けるしかないの？)

男だってこの国から逃げなければならないのだから、いつかは諦めるだろうが、その前に矢が当たらないとは言い切れない。

(万が一当たったらどうしよう？　いやだ、死にたくない！　誰か助けて！)

絶体絶命の優愛の脳裏に、頼りになる優しい男の顔が浮かんだ。無表情でも、優しいとわかる大好きな顔だ。

「助けて！　ラルドさん!!」

気づけばそう叫んでいた。声を限りに、ラルドの名を呼ぶ！

そのとき――

「ユア～!!」

助けを願った男の声がした。

同時に優愛のもとに小さな体が飛んでくる。

『ユア！　無事か？　ケガしていないか⁉　遅くなってすまない！　大丈夫か⁉』

矢継ぎ早に聞いてくるのは、カイルアイネンだ。小さな聖霊の向こうには、馬に乗って駆けつけてくるラルドの姿がはっきり見えた。

『この樹が見えたからすぐに駆けてきたんだ。他の聖霊のおかげで、ユアが城から出たのはわかっていたし――こいつはアドネ媼《おうな》の樹だろう？　やっぱりすげぇな、あのばあさんは！』

そんなことを言いつつ、カイルアイネンは優愛の肩に乗ってくる。小さな手がペタリと優愛の頬に触れた。

『ああ、ユア。俺とラルドが来たからにはもう大丈夫だからな。安心していいぞ』

力強くそう言ったカイルアイネンが頬を優しく撫《な》でる。

小さな小さなその手に、優愛は大きく安堵《あんど》した。

三頭身の聖霊の姿がとてつもなく大きく感じられる。

気持ちがゆるみ、頬を涙がポロリと落ちた。

『ユア！　泣くなっ！　もう俺とラルドがいる。絶対守ってみせるから』

カイルアイネンの言葉に、彼女は泣きながら何度も頷《うなず》く。

『怖い目に遭《あ》わせて悪かったな』

「ううん。私が迂闊《うかつ》なことをしたのが、いけなかったの。もっと慎重になっていればよかった」

泣きじゃくる優愛を、カイルアイネンはずっと撫《な》でてくれる。

そして心配する彼女に、別れてからこれまでのことを教えてくれた。

宰相の副官を捕まえ背後にネスヴァドがいるとわかっていると尋問すると、観念して自白したため計画の詳細がわかり騎士団が出撃したこと。

その最中、グウェナエルから優愛が攫《さら》われたと聞いたカイルアイネンやラディスラフが剣本体を震わせたため、ラルドが異常に気づいたこと。

優愛が行方不明になっていると知ったセレスタンが、ラルドと部下数名を捜索に回してくれたこと。

手分けして王都中を捜しているところに大樹が見えて駆けつけたこと。

優愛とカイルアイネンが話している間に、樹の下にいた男たちは慌《あわ》てて逃げ出しはじめた。

「うわっ！　あれは？　氷の騎士か!!」

「だから早く逃げようって言ったんだ！」

「いや、俺たちのほうが人数は多いんだぞ。いくら氷の騎士が相手だからって、さすがに負けないんじゃないか？」

「いいから急げ！　お前は早く転移魔法の準備をしろ!!」

男たちは怒鳴り合いながらもなんとか態勢を立て直そうとしている。

「魔法を少しでも使える者は、転移魔法の準備を手伝え！　残りは時間を稼ぐぞ！　相手は一騎！　怯《ひる》むな!!」

男たちの一人で比較的年配に見えた男が、大声で命令した。その声を受けて、彼らは二手に分かれて動き出す。

ハゲた男と他数人が馬車の近くに戻っていき、転移魔法を使う準備をするようだ。あとの男たちはラルドのほうに向かう。

「ラルドさんは大丈夫ですか？」

いくらラルドが強いといっても、相手は複数だ。それなのに、手分けをして優愛を捜しているはずの他の騎士たちが合流する気配はまだない。

心配になった優愛は、カイルアイネンに確かめた。

小さな聖霊は体に見合わぬ大きな声で笑う。

『大丈夫に決まっているだろう？　ラルドには、この俺、カイルアイネンさまがついているんだからな！　どれ、一丁暴れてくるか!!』

言うなり、ピョンと樹から飛び下りた。

小さな体がまばゆく光りだし――やがて、光そのものになる！

カイルアイネンが転じた光は、ラルドに向かって一直線に飛んでいき、ちょうど抜かれた剣の刀身に吸い込まれた。

次の瞬間、剣は爆発的な光を発する!!

『貴様ら！　よくもユアをいじめたな!!　たっぷり礼をしてやるから、思い知れ!!』

そんな大声が響き渡った。

とはいえ、聞こえているのは優愛だけらしい。光が見えるのも彼女だけのようで、ラルドも敵も声に反応しないし、眩《まぶ》しがる様子も見せなかった。

それでもラルドは圧倒的に強く、カイルアイネンは凄《すさ》まじい。

剣の描く軌道は風のようで、縦横無尽《じゅうおうむじん》に敵を斬り伏せる！

優愛の目には、輝くカイルアイネンの光の奔流《ほんりゅう》がはっきり見えた。太陽のフレアみたいに燃え上がる光が、剣の動きに合わせ踊っている。

一人、二人――あっという間に、全ての敵がラルドの前に倒れ伏す。

そのままラルドは馬を駆り、残りの男たちへ迫った！

見れば彼らは、魔法陣を描く男を守るように円を描いて立っている。

そのとき、急に樹木の葉が揺れた。

いつの間にか風が吹いていて、地上から舞い上がるその風が、男たちの声を届けてくる。

「急げ！　まだか？」

「最悪、お前だけでも転移しろ！」

「お前がいれば、王都へいつでも奇襲をかけることができるのだからな！」

普通は風が吹けば樹が揺れる。しかしこのときの風は、まるで揺れる樹が引き起こしたかのようだった。

ひょっとしたらアドネの樹が風を呼んだのかもしれない。

そんな風に思えるほど都合よく聞こえてきた声に、優愛は危機感を覚えた。

我が身の安全より、転移魔法の使える男を逃がそうとする男たちが少し不思議に思える。

（たしかに、彼は転移魔法を一人で使えるから、彼がいれば王都に直接攻撃を仕掛けられるわ。そ

うすれば、圧倒的に有利なのは間違いないわよね。でも、そんなことが可能なら、どうしてもっと早く攻撃しなかったのかしら？）

やれるものなら、とっくの昔にやっていたはずである。

やらなかったのは、できなかったからで――でも、現在男たちは「できる」と叫んでいる。

そして、魔法使いの男を無事に逃がそうと躍起《やっき》になっているのだ。

（今まではできなかったけど、できるようになったっていうこと？）

そのために魔法使いの男は王都へ――王城へ潜入していたのかもしれない。

（城の中に転移魔法の出口を設置したりしたとか？）

だとすれば、絶対男を逃がしてはいけないはずだ。

まだ推測にすぎないが、優愛はそう確信する。

ラルドとカイルアイネンに向かって声を張り上げた！

「真ん中にいる人を逃がさないでください！　彼は、絶対！　捕まえなきゃいけません!!」

精一杯叫んだ彼女の思いは、ラルドとカイルアイネンにしっかり伝わったらしい。

馬を駆るラルドの速度がグン！　と上がる。

魔法使いを守っていた男たちも、馬に乗りラルドに立ち向かっていった。

たちまち起こる乱戦の中で、カイルアイネンが唸《うな》る！

敵は次々にカイルアイネンの刃に斬られ倒れていった。

最後の一人が倒れると、ハゲた男が憎々しそうにラルドを見て、ついで樹の上の優愛を睨《にら》む。

「覚えていろっ！　必ず戻って、お前たちを殺してやる!!」

捨て台詞《ゼリフ》を叫んだ男は両手を振り上げた。彼が今まさに転移魔法を使おうとしているのは、間違いない。

「ダメです！　逃がさないで!!」

『ラルド！　俺を投げろ!!　――ユア、ラルドにそう言ってくれ！』

優愛の言葉を聞いたカイルアイネンが叫んだ。

優愛はギュッと拳《こぶし》を握る！

「ラルドさん！　カイルさんを投げてください!!」

――それは、後で冷静になって考えれば、ずいぶん無謀なことだった。

いくらラルドの膂力《りょりょく》が優れているからといっても、彼の位置と男の位置は離れすぎていて、とても届く距離ではない。

なのに、彼は即座に優愛の言葉に従った。

ブン！　と腕を一振り!!　抜き身のカイルアイネンを渾身《こんしん》の力で投げる！

そして、奇跡は起こった。

ラルドの手を離れたカイルアイネンから、カッ！　と光が迸《ほとばし》り、見る見る人の形を取って、偉《い》丈夫《じょうふ》の姿になったのだ！

長い黒髪をポニーテールで結んだその男は、紺《こん》に金色のまじったラピスラズリのような鋭い目をしている。

彼は二メートル近い長身で、ラルドと同じ騎士服に身を包んだ姿は、神々《こうごう》しいほどの力に満ちていた。

『このカイルアイネンさまから逃げようなんざ、百万年早いんだよ!!』

そう叫んだその男は、銀色に光る剣を大上段に振りかざし、空を飛んで、転移しようとしていた男に迫る！

えいやっ！　とばかりに振り下ろした剣は、あり得ないほどに光の刀身を伸ばして男を斬った！

声もなく倒れる男と、その傍《かたわ》らに着地して仁王《におう》立《だ》ちとなるカイルアイネン。

（えっと？　ホントに、カイルさんよね？　え？　え？　……どうして三頭身じゃないの？）

優愛は絶賛混乱中だ。

なぜ、なんの力もないはずのカイルアイネンが現れ、力を振るったのか。と、いうことよりも、いつもの三頭身でないことが気にかかるくらいに、動揺している。

『やったぜ！　アドネ媼《おうな》の樹がこんなにでっかくなっているからな。いけると思ったんだ。漲《みなぎ》る力！　溢《あふ》れる魅力！　バリバリだった往事《おうじ》の力が戻っている!!　ユア、これが本当の俺だぜ！　どうだ、すげぇだろう!?』

ひじを肩の上くらいまで上げ、拳《こぶし》を耳に近づけ力こぶを強調するポーズをとったカイルアイネンは、いつも通りのテンションだ。

（……あ、よかった。本当にカイルさんだわ）

子供みたいなその姿に、優愛は正直ホッとする。

その後、先ほどと同じように空を飛んだカイルアイネンは、樹上からサッと優愛を抱き上げて軽々と地上に下ろしてくれた。いわゆるお姫様抱っこで、この美丈夫がカイルアイネンかと思うと、彼女の心境は複雑だ。

「ユア！　無事でよかった」

地面に足が着くか着かないかというちに、ラルドが近寄ってきて抱きしめてくれる。

「ラルドさん」

力強い腕を感じた優愛は、ようやく肩の力を抜く。助かったのだと、心の底から実感できた。

「ユア、もう二度と離さない。以前、山の中でお前を見失い、そして今日またお前を失いかけた。こんな恐怖は二度とごめんだ！　ずっと俺の側にいろ！」

ラルドの声は怖いくらいに真剣だ。彼の声の響きから、本当に自分を案じてくれたのだということが、よくわかる。

そのことを申し訳ないと思いながら、でも優愛は嬉しいと思う気持ちをおさえられなかった。

「……ハイ。ラルドさん。私も、ずっとラルドさんの側にいたいです」

彼女は自分からも必死に手を伸ばして、ラルドの背に回す。ギュッと服を握りしめて気持ちを伝えた。

『よかった。よかったなぁ。ユア！』

いつもと違い見上げるくらいに背が高くなったカイルアイネンが、感極まったように涙ぐみ鼻をすする。

ラルドの腕の中から、感謝をこめてカイルアイネンを見上げた優愛は――徐々に自分の首が下がっていくのに驚いた。

「え？」

どうしてそんなことになっているのかと首を傾《かし》げたのだが、そのわけはすぐに知れる。

シュルシュルシュルと、カイルアイネンの背が縮んでいっているのだ。

『うわっ⁉　なんでだ？　ひぁ～っ！　力が抜けていく～!!』

情けない悲鳴を上げたカイルアイネンは、ポン！　と音を立て、いつもの三頭身に戻った。

同時に、優愛たちの背後でもボン！　と大きな音がして、振り向くと、あれほど大きかった樹が影も形もなくなっている。残ったのは、地面に転がる小さな枝一本だけ。

「ひょっとして聖霊の力が、また消えてしまったの？」

どうやらそのようだ。

この世界の神さまの、聖霊の力を取り戻す試みは、まだ道半ばなのかもしれない。

『そんなバカなぁ～!!』

カイルアイネンの叫び声が、むなしく空に吸い込まれていった。

エピローグ　おかんな騎士の溺愛は、まだまだ続くようです

その後、ネスヴァドの密偵は、ラルドに縛り上げられ無事牢屋につながれた。ラルドは男たちを動けないように叩《たた》き伏《ふ》せただけだったし、聖霊カイルアイネンに斬られた魔法使いも、実際に傷口はない。もっとも、体が傷ついていないというだけで感覚的にはバッサリ斬られたのと同じ痛みを感じたのだそうで、文字通り、彼は死ぬほどの苦しみを味わったことになる。

(実際に死なないでよかったわよね？　これに懲《こ》りて、少しは改心してくれるといいんだけど)

それができなければ一生牢屋の中だろう。あの男の様子ではそうなる可能性のほうが大きそうだ。

ネスヴァドの襲撃も、騎士団の素早い対応で被害を最小限に抑えて制圧できた。

優愛も間違いなく功労者の一人なのだが、あまり目立ちたくない彼女は、大事にしないでほしいとラルドやセレスタンにお願いした。結果、事件の詳細は公《おおやけ》になっていない。

とはいえ、突如《とつじょ》王都に出現したアドネの大樹だけは、目撃者が多かったためにもみ消すことができなかった。そのせいで、消滅したと思われていた聖霊が存在していたことが、事件とは別に人々に知らされる。

聖霊を発見したのが【聖霊の加護】のスキルを持つ優愛だということになったのは、仕方のない流れだろう。

（まあ、これくらいなら大騒ぎにはならないわよね？　樹が生えただけで、聖霊が何かしたところは誰も〝見ていない〟んですもの）

――あの日、一時的に力を取り戻して大活躍したカイルアイネンだったが、残念なことにその勇姿をはっきり見たのは優愛だけだった。

あのときの光景は、ラルドの目にはただただ眩《まばゆ》い光の奔流《ほんりゅう》とだけ映り、声も聞こえなかったのだそうだ。

「俺が投げたカイルアイネン（剣）から急に光が伸びて敵を斬ったから驚いた。その後で、光に包まれたユアが樹から下りてきたし。……そうか、あの光はカイルアイネン（聖霊）だったのだな」

『えぇぇ～？　俺の勇姿を見ていないのか⁉』

三頭身に戻った可愛いカイルアイネンは、ガックリとうなだれている。けれど、ラルドには【聖霊の加護】のスキルはないのだから仕方ない。

代わりといってはなんなのだが、あの日以降、今までまったく見えなかった聖霊たちが普通の人の目にも光として映るようになった。相変わらず声が聞こえるのは優愛だけだが、キラキラと輝く聖霊に、人々は驚きと憧憬《どうけい》の目を向けるようになっている。

「――いずれ、聖霊の力は昔みたいに強くなるのだな？」

「はい。おそらく」

女王の質問を受けて、優愛は自信がないものの頷《うなず》いた。神はたしかにそう言っていたが、それがいつになるかはわからない。だとすれば、優愛が確約できるはずもなかった。

彼女の返事を聞いた女王は「そうか」と言って、それ以上の追及はしなかった。

今日の彼女は、落ち着いた雰囲気の濃緑色のドレスを着て、一際輝く国宝の王冠をかぶっている。王冠の聖霊であるグウェナエルが『いつもケースに入れられていてつまらない』と言っていたと、優愛が教えたからだ。

もちろん、優愛がそれ以外にも女王の秘密をいろいろ聞いているということは、黙秘している。女王の秘密は墓場まで持って行く覚悟の優愛である。

そして、普通の人にも認識されるようになった聖霊たちだが、光る光らないは聖霊自身がコントロールできるらしく、中には今まで通り存在を隠しているモノもいた。

人見知りな地下室の鎧《よろい》の聖霊ギューラや、王太子のピアスの聖霊ジュリア、それに侍女仲間のチアリのペンの聖霊ファンタインなどである。

ギューラが隠れている理由は言うまでもないのだが、ジュリアとファンタインが出てこない理由は、己《おのれ》の主人のせいだった。『存在を知られたら絶対、面倒なことになる！』と断言するジュリアとファンタインに、優愛は反論できない。

（まあ、王太子殿下はジュリアに気づいていそうなんだけど）

面倒くさい主人を持った聖霊たちには、自分で頑張ってもらう以外ない。

見えるようになったことの他は、聖霊たちは今までとそれほど変わらず、あの日のカイルアイネン以外は特段力を発揮していない。

それなのに、なぜか人々は聖霊に興味津々《きょうみしんしん》になった。今までまったく優愛に関わろうとしなかった人たちが、【聖霊の加護】のスキルを持っている彼女をたずねてくるくらいに。

見るからに古そうな壺やら絵画やらを抱えてくる人々は、口を揃えて、それらの品々に聖霊が宿っているかどうかの鑑定を頼んでくる。彼女が「聖霊はいません」と答えると、がっかりして帰っていくのだ。

（光っていないってことである程度の予想はついているはずなのに、どうして？……それについこの前まで、聖霊を思いっきりバカにしていた人がほとんどよね）

どうして急に人々は聖霊の宿っているモノを欲しがるようになったのだろう？

『そんなの、実際のあたしたちが名剣だったり王冠だったり魔法の杖《つえ》だったりと、人間がスゴイと思っているモノばかりだからに決まっているじゃない？　ホント人間って見栄っ張りで欲深いのが多いのよね。今まで見向きもしなかったものに価値があると知れば、急に手のひらを返すんだから』

呆《あき》れたように酷評するのは、セレスタンの剣の聖霊ラディスラフである。

言われてみれば、たしかにそうかもしれなかった。

優愛自身はあまりそんな風には思えないので、他人の価値観はわからないのだが……

あの事件から一週間。

「ラディスラフ！　お前、余計なことは言っていないだろうな？　頼むからこれ以上、私の醜態《しゅうたい》を曝《さら》さないでくれよ！」

いつものように騎士団長室の掃除をしている優愛に、自分の剣から出た光がチカチカと瞬《またた》きながら近づくのを見たセレスタンが、焦《あせ》ったような叫びをあげた。

乙女趣味である自分の性格が優愛にモロバレだったとわかった騎士団長は、事件以降非常に気まずそうだったのだが、最近ようやく態度が元に戻りつつある。

（ううん。戻ったんじゃなくって、開き直ったって言うべきかしら？）

それでも、猫耳カチューシャを実際に持ってきてつけてほしいとお願いされるとは、優愛も思わなかった。

セレスタン作の猫耳カチューシャは、モフモフのフカフカ。真っ黒な猫耳の他に、真っ白なバラとかすみ草を羽でアレンジした髪飾りも付いていて、厳《いか》つい男性が手作りしたとは信じられないほど繊細《せんさい》で美しい仕上がりだ。

正直、ものすごく心惹《ひ》かれたのだが、丁重にご遠慮させてもらった。

（なのに、なぜかラルドさんまで団長と一緒にお願いしてくるんだもの！　しかも、「カイルアイネンやラディスラフもつけてほしいと思っているはずだ」なんて言うし）

驚いて剣の聖霊二人を見れば、カイルアイネンは首をブンブンと横に振り、ラディスラフは露骨《ろこつ》に目をそらしていた。

そういえば、以前カイルアイネンが『〝猫耳カチューシャ〟の件は、俺もラディも無関係』と言っていたが――――そうか、このことだったのかと、優愛は納得する。

セレスタンだけならまだしも、ラルドにも頼まれた彼女がしぶしぶながらも猫耳カチューシャをつける日は、そう遠くないかもしれない。

「やあ、ユアはここかな？　ああ、やっぱりいたね。アーサーが、またリベンジデートをお願いしてきたんだよ。今度は国立歴史博物館で聖霊を探すコースだってさ。……どうかな？　受けてくれるかな？」

にこやかに微笑《ほほえ》んで部屋に入ってきたのは、王太子殿下だ。性格の悪いレジェールは、優愛が嫌がるのを承知の上で、アーサーとのデートを仲介してくる。

「殿下！　勝手に入られては困ります!!」

『てめぇ！　またユアにちょっかいかけに来やがったな!?』

『もう、本当に嫌われ者ってヒマよねぇ？　他に行くところがないのかしら？』

ガタン！　と椅子から立ち上がったセレスタンに続き、カイルアイネンとラディスラフが王太子に突撃していく。

「アハハ、これは熱烈歓迎だね。カイルアイネンもラディスラフも、私が大好きなのかな？」

『違ぇよ!!』

『勘違いも、はなはだしいわ!!』

カイルアイネンとラディスラフはポカポカと王太子を殴っているのだが、それが見えるのは優愛だけだ。他の人の目には、王太子に二つの光がまとわりついているようにしか見えないのだから王太子の勘違いも仕方ないと言えなくもないのかもしれない？

当然、レジェールはノーダメージで、聖霊の攻撃はまったく通じていなかった。

『ムダなのに、よくやるわねぇ』

ポン！　と、優愛にだけ見えるように現れた王太子のピアスの聖霊ジュリアが、呆《あき》れた風にため息をつく。

既《すで》にこの光景も日常茶飯事《さはんじ》だ。

「ユア、こっちに。殿下の話は聞かなくていい」

そんな中、立ち上がったラルドが近づいてきた。

優愛を引き寄せ、二つの耳を自分の両手で押さえる。

至近距離で顔をのぞきこまれ、彼女の心臓はバクバクと高鳴った。

最近のラルドは、おかんな行動に甘さと色っぽさがたっぷりプラスされている。おかげで、優愛の心臓はいつでも全力疾走。いつか倒れるかもしれないと、真剣に心配してしまう。

「ユアの耳に入るのが、俺の声だけならいいのに」

とどめに、少し手をゆるめた耳元で甘く囁《ささや》かれ、顔が熱くなった。

それが嫌ではないのだから、彼女の心も知れているというものだ。

〝外れスキル〟をもらって異世界トリップをした優愛。

彼女は、おかんな騎士と聖霊たちにこの上なく溺愛されて、今日も異世界で幸せに暮らしているのだった。

待望のコミカライズ!

気がつくと、異世界の戦場で倒れていた女子大生の茉莉《まり》。まわりにいる騎士の格好をした人たちは、茉莉に「女王陛下」と呼びかける。てっきり夢かと思い、気負わずに振る舞っていたが、なんと、本当に女王と入れかわってしまっていた!? さらに、ワガママな女王の悪評が耳に入ってきた上、茉莉はもう元の体に戻れないらしい。そこで茉莉は、荒《すさ》んだ国の立て直しを決意して——?

＊B6判 ＊各定価：本体680円＋税

アルファポリス 漫画 検索

この作品に対する皆様のご意見・ご感想をお待ちしております。

おハガキ・お手紙は以下の宛先にお送りください。

【宛先】

〒150-6008 東京都渋谷区恵比寿4-20-3 恵比寿ｶﾞｰﾃﾞﾝﾌﾟﾚｲｽﾀﾜｰ 8F
(株) アルファポリス　書籍感想係

メールフォームでのご意見・ご感想は右のＱＲコードから、
あるいは以下のワードで検索をかけてください。

アルファポリス　書籍の感想　検索

ご感想はこちらから

本書は、「アルファポリス」(https://www.alphapolis.co.jp/)に掲載されていたものを、
改稿のうえ、書籍化したものです。

外《はず》れスキルをもらって異世界《いせかい》トリップしたら、チートなイケメンたちに溺愛《できあい》された件《けん》

風見くのえ(かざみくのえ)

2020年 7月 5日初版発行

編集－黒倉あゆ子
編集長－太田鉄平
発行者－梶本雄介
発行所－株式会社アルファポリス
〒150-6008 東京都渋谷区恵比寿4-20-3 恵比寿ｶﾞｰﾃﾞﾝﾌﾟﾚｲｽﾀﾜｰ8F
TEL 03-6277-1601(営業) 03-6277-1602(編集)
URL https://www.alphapolis.co.jp/
発売元－株式会社星雲社(共同出版社・流通責任出版社)
〒112-0005 東京都文京区水道1-3-30
TEL 03-3868-3275
装丁・本文イラスト－藤村ゆかこ
装丁デザイン－AFTERGLOW
(レーベルフォーマットデザイン―ansyyqdesign)
印刷－図書印刷株式会社

価格はカバーに表示されてあります。

落丁乱丁の場合はアルファポリスまでご連絡ください。

送料は小社負担でお取り替えします。


ISBN978-4-434-27546-3 C0093